Vida y Pensamiento de México

ANTONIETA
(1900-1931)

FABIENNE BRADU

ANTONIETA
(1900-1931)

FONDO DE CULTURA ECONÓMICA
MÉXICO

Primera edición, 1991
Segunda reimpresión, 1992

ISBN 968-16-3593-0

Impreso en México

A

GUILLERMO SHERIDAN

Y si nuestra alma valió algo es porque ardió
más fuertemente que otras.

André Gide

INTRODUCCIÓN

¿Quién, en México, no conoce el nombre de Antonieta? Pocas mujeres célebres pueden, como ella, prescindir del apellido para identificarse. Tal vez, solamente Antonieta Rivas Mercado, Frida Kahlo y Tina Modotti gozan de esa popularidad onomástica. Sin embargo, la familiaridad con la que se evocan sus nombres no es garantía de un conocimiento profundo y razonado de sus vidas y personalidades. Padecen, antes bien, el incómodo manoseo de los mitos.

Son relativamente recientes las investigaciones sobre la vida de Frida Kahlo y, entre ellas, hay que destacar el libro de Hayden Herrera: *Frida: una biografía de Frida Kahlo* (1985). El renovado interés por su obra plástica apremiaba una empresa biográfica. Lo mismo sucede con Tina Modotti, cuya vida está indagando Elena Poniatowska desde hace algunos años. En el caso de Antonieta Rivas Mercado, la inexistencia de una obra artística acabada demoró un poco más la necesidad de la biografía, a pesar de que fue objeto de una película, *Antonieta*, dirigida por Carlos Saura, y de una obra de teatro, *El destierro*, firmada por Juan Tovar. Las ediciones de sus cartas, relatos, esbozos novelescos y fragmentos de diario, que realizaron Isaac Rojas Rosillo en 1975 y Luis Mario Schneider en 1981, abrieron decisivamente el camino de la curiosidad, tanto entre el público lector como en la mente alerta de los editores. Agradezco la confianza que me demostró el Fondo de Cultura Económica cuando, al encargarme la biografía, pensó que yo podría saciar esta curiosidad.

José Vasconcelos afirma que "un libro, como un viaje, se comienza con inquietud y se termina con melancolía". Ésta es una verdad que puedo aplicar a mi experiencia con la biografía de Antonieta. La inquietud inicial provenía de la certeza de enfrentarme a un mito fascinante e inasible que me obligaba a sopesar todas sus facetas. Su muerte trágica la hizo entrar en un reino preciado por el imaginario nacional: el de los derrotados cuyo sufrimiento no está exento de dignidad y de cierta grandeza. El sacrificio final consagró su tránsito al mito. Pero la vida de Antonieta también es tierra fértil para la mistificación. Por sus múltiples y variados episodios, da pie a que cada quien, según sus intereses y creencias, transforme una sola de sus facetas en un reflejo de todo el cuerpo. Así, como si se la viera a través de un calidoscopio, aparecen sucesivamente una Antonieta ferozmente antiyanqui; una declarada opositora al régimen político del Partido Nacional Revolucionario —antecedente del PRI—; una mecenas al estilo de Victoria Ocampo o de Anna de Noailles; una vanguardista o, presumiblemente, feminista; o una suicida inmolada por la pasión amorosa. El imaginario colectivo rechaza las contradicciones y prefiere parcializar y hasta mutilar una vida, en lugar de reintegrar las tensiones que le dieron forma. Para contrarrestar esta tendencia, puse mi empeño en ubicar todos estos señuelos en sus circunstancias reales, y, sobre todo, en bruñir la bisutería de que se hace un mito para reconstruir el probable semblante de una vida.

Me enfrenté a los riesgos de un mito, sin excluir mi propia fascinación por un personaje que no siempre me fue fácil *adivinar*. Porque ¿no es éste el verdadero reto de una biografía: adivinar lo que sucede entre cada manifestación tangible del personaje? La suma de sus actos y decisiones representa la punta de un *iceberg* que, con mayor o menor ventura, podemos llegar a conocer a través de la investigación. Pero, la biografía aspira a reconstruir la parte oculta del *iceberg*, la mayor y más insondable. Y esto no consiste solamente en buscar las motivaciones de los actos tangibles de una vida, sino, por ellos, acercarse a la sustancia misma del personaje. Esto, como decía Valéry, significa "conjeturar la historia de esta graduación de la complejidad".

Confieso que el suicidio de Antonieta seguirá siendo para mí un enigma y que estoy consciente de haber llegado al umbral de un pozo cuyo fondo apenas vislumbré. Hay ciertas fronteras que no pueden traspasarse, ni con una rica imaginación, si se tiene un poco de honestidad. Algunas otras circunstancias de su vida quedaron oscuras, por la deficiente información y por los apretados nudos sentimentales que implicaban. Ensayé alternativamente el rigor de la investigación y la intuición que me autorizaba una compenetración cada vez mayor con el personaje. En varios casos, tuve que optar por una versión posible de los hechos, procurando que estuviera acorde con la idea que me había hecho de Antonieta sobre el presupuesto de una amistad irrealizable. Puedo haberme equivocado, pero nunca por negligencia de mi parte.

Debo mencionar otros escollos que tuve que sortear. En primer lugar, la casi total inexistencia de fuentes escritas y documentadas acerca de la vida de Antonieta. Mi labor de investigación consistió sobre todo en entrevistar a las personas que la conocieron directa o indirectamente. Encontré algunas cartas inéditas y otros escritos alusivos a ella que, sin embargo, no constituyen mucho más de lo ya recopilado por Luis Mario Schneider. El cotejo con los originales de sus cartas y otros escritos me permitió completar algunas transcripciones, poner algunas fechas necesarias y un poco de orden en toda la cronología. A través de su letra manuscrita, intenté asimismo descifrar estados de ánimo o el grado de urgencia con que ciertos mensajes habían sido redactados. También las fotografías, elocuentes si se saben leer, aportaron pistas para interpretar situaciones y relaciones.

La memoria, deficiente o preestablecida, de ciertos informantes directos fue otro obstáculo y motivo de desesperación y desaliento. Pero no los puedo culpar del desgaste que causa el tiempo. Recuerdo con emoción los esfuerzos que algunos hicieron para recordar la historia. Otra parte esencial del trabajo fue confrontar las distintas versiones para, una vez más, aspirar a una posible verdad. No he identificado en mi texto el origen particular de las fuentes, a veces para respetar un anonimato que se me había pedido preservar, y en la mayoría de los casos, porque la versión final resultó ser una amalgama en la que intervinieron distintos informantes. Dado el carácter eminentemente oral y testimonial de mis fuentes, no puedo sostener la documentación que subyace en la biografía. Sin embargo, he tratado de evitar el estilo novelado que, en algunos países, ha venido a sustituir la biografía tradicional. A lo sumo, he *escenificado* algunos episodios con el principal objeto de no convertir esta vida, singularmente rica, en un relato muerto y aburrido. Esta hubiera sido mi mayor deslealtad hacia una mujer que me reveló, a lo largo del trabajo, su espíritu consistentemente noble y empecinadamente emprendedor.

La composición de la biografía en 13 capítulos no es producto de mi imaginación: me la impuso la vida misma de Antonieta. Su exceso de dotes y sus veleidades de carácter la llevaron a redactar su vida como una sucesión de capítulos. Cada vez que abría uno nuevo, tenía la ilusión de que su vida se desarrollaría en línea recta hasta alcanzar la realización de una vocación o de un amor. Pero la línea recta se truncaba a mitad de camino, propiciando así un quiebre en otra dirección. Por lo tanto, el dibujo de su vida parece un haz de tentativas que nunca fueron exploradas hasta el final. No encontró su "camino de perfección" y sólo en la muerte pensó que hallaría *lo más irreemplazable de su ser*. Antonieta, llama de amor muerta.

Si he insistido en las inquietudes y en las dificultades que rodearon mi enfrentamiento con el personaje, debo agregar que, después de disipar las nieblas del mito, encontré a una persona entrañable con la que establecí una vicaria amistad hecha de admiración, pero también de discusiones y desacuerdos. De ahí que haya terminado este libro con melancolía. . .

CAPÍTULO I

La noche invernal se tendía con velocidad sobre las cinco de la tarde cuando los alumnos del Atelier Taranne —una de tantas academias de bellas artes en la ciudad— se preparaban a abandonar el recinto y la jornada. La docena de jóvenes alocados y hambrientos bajó estrepitosamente las escaleras y se volcó en Saint-Germain-des-Prés dispuesta a divertirse y, sobre todo, a sofocar el hambre en algún figón barato y abundante del Barrio Latino.

Era el año de 1872.

Los muchachos se dirigieron hacia el bulevar Saint-Germain, que apenas recorrían unos cuantos transeúntes urgidos por cobijarse del frío y de la oscuridad. También los muchachos iban con prisa, pero la de ellos se parecía más a la turbulencia que disimula la precariedad de la vida estudiantil en gozosa bohemia. Una pareja de ancianos se hizo a un lado para dejarlos pasar y volteó para mirar un poco más, entre divertida y ofuscada, a un barbón descomunal que andaba por los dos metros y los 100 kilos y cuyos trancos obligaban a correr al resto del grupo. Para colmo, el gigantón llevaba en la cabeza un fez cuya borla giraba hacia todos los puntos cardinales al ritmo de sus pisadas y de sus exclamaciones. ¡Si hubieran sabido que este fenómeno de la naturaleza era, además, mexicano, de un sitio llamado Tepic *—donde seguramente se practicaba la antropofagia—* la boca se les hubiera abierto un poco más!

La ronda se acercaba a la iglesia de Saint-Germain. Antonio plantó su corpulencia en la esquina del templo y se hizo rodear de sus condiscípulos para admirar el campanario más antiguo de París y del que había venido hablando durante la caminata. Ya frente al atrio, repararon en un grupo de curiosos que se agolpaban alrededor de algo que los muchachos no alcanzaban a ver. Se olvidaron de disquisiciones arquitectónicas. El espectáculo singular que ameritaba el frío de tanta gente, con seguridad merecería, si no una misa, sí una momentánea devoción.

Sentado dentro de un cuadrilátero pintado con gis sobre el pavimento, un oso pardo miraba bonachonamente, y casi con indiferencia, al grupo de curiosos que mantenía su distancia. Un hombre que sólo llevaba encima una falsa piel de pantera, unos botines negros y un bigote lustroso, daba vueltas alrededor del cuadrilátero enseñando un luis de oro en una mano y sujetando con la otra la cadena que lo ataba a su compañero de trabajo.

El hombre pregonaba salpicando a su auditorio:

—¡Un luis de oro para quien logre quedarse más de un minuto en el cuadrilátero del diablo con este feroz oso de Siberia! ¡Un luis de oro!

La verdad era que no se veía tan feroz ese oso tranquilamente sentado. Los muchachos empezaron a darle de codazos a Antonio:

—¡Ve tú, vamos! ¡Tú puedes! ¡Todos comemos con esa moneda! ¡Anda, Antonio, no dirás que te impresiona un oso!

Antonio se resistía. No le impresionaba el tamaño del oso, al que rebasaba por mucho, sino el vaho que expulsaba del bozal, un vaho espeso como la fuerza bruta que se quemaba en sus entrañas. Ya no veía a la bestia oscura que se borraba en la sombra, sino su vaho que se iluminaba en la llama vacilante de un "bec-de-gaz".

El hombre detuvo su pregón al advertir la mirada fascinada de Antonio y lo invitó a rebasar el círculo que formaba la gente. Antonio dio unos pasos. Ahora todos lo veían a él, incluyendo al oso que intuía que éste iba a ser su contrincante de la noche. Unos segundos más, otros gritos de aliento de parte de sus amigos, las miradas de los transeúntes ahora pasmadas por este bípedo tocado de un fez, por este otro oso, observado por el verdadero con una estúpida simpatía burlona, y Antonio se decidió a cruzar la leve frontera de gis.

Apenas lo hizo, el gitano estiró la cadena y el oso entró en una torpe actividad. Antonio supo que ya no había vuelta atrás. La algarabía de sus amigos se detuvo. Antonio vio al oso detrás de su propio vaho. Algo le sucedió en ese momento, y en lugar de esperar pasivamente, se despeñó sobre el animal, lo tranqueó contra el suelo, sujetó con sus descomunales manos el pelo ríspido y caliente de sus belfos y lo detuvo así, de espaldas, aplacado sobre la piedra fría del atrio de Saint-Germain, durante más de un minuto.

El azoro fue total, incluyendo el del oso, que ni siquiera intentaba mover las patas traseras que se levantaban cómicamente en el aire.

—¡Oh! ¡Ah! ¡Ah, ben ça alors! —coreaban los espectadores.

Y el rumor admirativo crecía con los segundos que se prolongaban. Cuando Antonio soltó al oso y éste se volvió a sentar, para reponerse del susto, los muchachos rompieron en vivas a Antonio.

—¡Vive le Mexicain!

Antonio levantó los brazos, agradeció con una solemne caravana a la concurrencia, y finalmente lanzó una fragorosa carcajada que cruzó el aire como un cohete multicolor.

El gitano fue un alma noble: lo felicitó con un fuerte apretón de manos y le entregó el luis de oro, que esa noche pagó una cena excepcionalmente jubilosa y al día siguiente varias deudas pendientes en las tiendas del Barrio. Antonio quedó registrado en los anales de la bohemia no sólo como un destacado estudiante de arquitectura, sino también como el héroe de una beligerante noche del invierno de 1872. A partir de ella, y por el resto de sus días, Antonio Rivas Mercado fue conocido como *el Oso*.

Antonio Rivas Mercado había salido de la ciudad de México, y más precisamente de la calle de Damas y Cadena, a una temprana edad. Era el menor de una familia de ocho hermanos y dos medias hermanas. Hasta los 10 años había crecido entre el mimo de las mujeres de la casa: su madre, doña Leonor, sus hermanas Leonor, Elena y Juana que cuidaban de él como de un niño prematuro, y las sirvientas que se afanaban en la casa de don Luis Rivas y doña Leonor Mercado. Sólo a don Luis le preocupaba el exceso de voces femeninas alrededor de su benjamín. Trazó planes para el niño que no comunicó a nadie, ni siquiera a doña Leonor. Un buen día, pidió a su esposa que vistiera a Antoñito porque se lo iba a llevar. Doña Leonor obedeció la orden, sorprendida sin embargo de que don Luis, que nunca cuidaba personalmente de sus hijos y menos en un día entre semana, manifestara semejante propósito. A la noche, cuando don Luis regresó a su casa solo y silencioso, doña Leonor inquirió por la suerte del muchacho. Lo imaginó extraviado en algún despacho de los clientes de la Barrón Forbes y Compañía, la empresa de importación y exportación que manejaba su marido con su asociado en Londres, Eustaquio Barrón Escandón. Don Luis la tranquilizó. Explicó que Antoñito no dormitaba en ninguna oficina del centro, sino que viajaba hacia Londres, donde viviría un tiempo, en casa de su socio. Pretendía así que el muchacho "no se echara a perder entre mujeres" y adquiriera una educación europea sólida y masculina.

Antonio Rivas Mercado siempre recordaría el año de 1864, pues pensaba que en el océano, en sentido contrario, Maximiliano y Carlota llegaban a adueñarse de México.

Doña Leonor estimó que la decisión de su marido era una manera un poco truculenta de templar el carácter de su hijo: apenas tenía 11 años, cruzaba solo —o malamente encargado a unos oficiales de barco— el vasto océano para llegar a un país cuyo idioma desconocía, y a una casa donde, si bien se hablaba con frecuencia de los Rivas y de los Mercado, por los lazos comerciales que unían a las dos familias, tal vez no encontrara el debido calor de un hogar.

Para Antonio las cosas no fueron tan negras como las imaginaba su madre. La travesía fue una rica aventura y el Colegio Católico de Stonyhurst donde comenzó sus estudios, una bondadosa institución. Además, en Francia estaba su tía Elena, hermana de su padre, casada con un francés de nombre Lavadie. Poco después, esa pareja se encargó de él. Antonio hizo su secundaria en el Liceo de Burdeos y se decidió por estudiar arquitectura en les Beaux-Arts de París, e ingeniería en la Sorbona. Esos años de formación, que el arquitecto no se cansaría de evocar para sus hijos y sus nietos, se cristalizaron en un relato nutrido de anécdotas sobre un trasfondo de alegría.

Antonio había gozado la libertad de ser un estudiante entre otros. Se había sentido francés como cualquiera de sus compañeros, había aprendido a valerse por sí mismo, a descubrir lo que su curiosidad le pedía conocer y a despreocuparse de las convenciones sociales. Había conservado de esos años una faltriquera con la que recorrió Italia a pie con un grupo de amigos, caminando entre 20 y 30 kilómetros al día, durmiendo en los pajares de las granjas y desayunando los huevos frescos y la leche recién ordeñada que los hospitalarios granjeros les ofrecían. Durante algunos meses habían conocido y estudiado las maravillas del Quattrocento y del arte bizantino. Ahora, esta mochila guardaba para él la experiencia bucólica y libertaria de esos tiempos.

También había ido a conocer la tierra de sus antepasados: Málaga, ciudad natal de su abuelo don Manuel de Rivas que, de allí, se había embarcado hacia México, con el cargo de Capitán General del puerto de San Blas. En ese viaje a España, Antonio adquirió —¿o fue una remembranza de la sangre?— una fervorosa inclinación por la cultura morisca que se tradujo no solamente en el fez que usaba con frecuencia, sino también en sus obras arquitectónicas futuras.

En los años finales de su estancia en Francia, las noticias de su familia se habían hecho cada vez más escasas. México había recuperado su republicanismo, pero ¿qué había significado esto para su familia? ¿Cómo se había traducido la historia del país en sus particulares destinos? Antonio lo ignoraba. Tampoco vislumbraba muy bien lo que le depararía el regreso a México. ¿Qué haría con sus diplomas, sus medallas, sus conocimientos y sus nuevos hábitos? Sólo regresando lo sabría. Antes de abandonarla, ya había comenzado a germinar en él una incurable nostalgia por Francia, a la que sentía su segunda patria.

Curiosamente, partía a la conquista de su propio país. No era tanto un viaje de regreso como de emprendimiento. Antonio Rivas Mercado intuía que, para siempre, gozaría y sufriría la suerte de los desterrados que viven como péndulos encima de un océano cada vez más estrecho.

El regreso, al igual que la primera salida, fue mucho menos sombrío de lo que Antonio Rivas Mercado había imaginado durante los largos días de la travesía solitaria. Se encontró con una familia más acomodada de lo que esperaba: sus hermanos se habían hecho de haciendas y sus hermanas de maridos hacendados. México se empeñaba en construir una fisonomía acorde con su título de nación republicana, independiente y soberana.

El arquitecto Rivas Mercado se convirtió en el candidato ideal para realizar los proyectos civilizadores que el gobierno de Porfirio Díaz había prometido al pueblo. Sin embargo, fue el presidente Manuel González quien, en un simulado interludio dentro de la dictadura de Díaz, le encargó su primera obra importante: la terminal de la aduana de ferrocarriles en Tlatelolco. El edificio de dos plantas resultó imponente y elegantísimo, con sus pisos de azulejo italiano y su fachada afrancesada, rematada por un reloj de carillón.

La carrera del arquitecto Rivas Mercado se repartió entre obras monumentales y casas particulares. Algunas han sobrevivido, como el hoy Museo de Cera de la ciudad de México, la casa que construyó para su cuñado, el licenciado Ignacio Torres Adalid, frente a la Alameda, o su propia casa de la calle de Héroes, en la actual colonia Guerrero.

Rivas Mercado no fue cabalmente lo que suele llamarse "un hombre de régimen". Si su obra arquitectónica se identifica plenamente con el Porfiriato, su carrera no se cimentó en la privanza política, sino en su talento y dedicación. Arquitecto del Porfiriato, su obra no empezó con el Caudillo en el poder, y si se le volvieron a encomendar proyectos en el apogeo de la dictadura esto se debió a sus méritos, que no exclusivamente a sus contactos políticos. Esto se hizo evidente durante el concurso para la construcción del Palacio Legislativo (hoy Monumento a la Revolución). Rivas Mercado presentó un proyecto cuyos conceptos y bondades elogió Amado Nervo en la *Revista Moderna*. Las autoridades decidieron, no obstante, darle el contrato a un extranjero, por razones obviamente ajenas a la arquitectura. Esto fue una espina que a Rivas Mercado se le quedó clavada para siempre en el orgullo y, prácticamente, la única mancna en su brillante historial. De haber sido hombre dado a argucias y caravanas, el desenlace hubiera sido muy otro.

Cuando el siglo entraba en su última década, Antonio Rivas Mercado se había hecho de cierto renombre y estaba por cumplir los 40 años. Era un hombre demasiado dedicado en cuerpo y alma a su profesión para ver en la soltería una desventaja existencial. Sin embargo, el encuentro con Matilde Castellanos Haaf en la terraza del *Café Colón* —ese postinero lugar del Paseo de la Reforma, favorecido por la buena sociedad porfiriana—, lo cimbró de tal manera que, a escasos tres meses del suceso, decidió pedirla en matrimonio.

Matilde Castellanos Haaf rozaba esa edad en que se decía de las señoritas que "estaban quedadas", pues tenía ya la fruslería de 26 años. Nada, sin embargo, parecía justificar esa tardanza: Matilde era guapa, de porte distinguido y un garbo al que concurrían sus sangres zapoteca, criolla y alemana.

La familia, originaria de Juchitán, era criolla por la rama paterna y, por la materna, los Haaf, descendiente de un alemán dueño de tierras cafetaleras en el Istmo. Matilde era, además, una mujer con educación, elocuente en francés y en inglés. Había salido muy niña de Oaxaca para estudiar en la ciudad de México, alentada por un tío inglés que se había encargado de su formación. Sus padres se instalaron unos años después en la capital, donde el padre se dedicó a sus empresas teatrales y operísticas y la madre, católica devota, a vigilar la educación de sus hijos y nietos.

Matilde Castellanos Haaf era, a su modo y dentro de los estrechos límites de la sociedad de su tiempo, una mujer que se había hecho a sí misma. Su ambición de ocupar un lugar medianamente destacado en una sociedad que se regía todavía por el criterio de las 300 familias, se reveló a una edad tempranísima en una parábola del ascenso que cifraría, simbólicamente, sus aspiraciones ulteriores: en un folleto turístico del Popocatépetl que conservaría durante muchos años, se lee esta frase escrita con su letra infantil: "Soy la primera mujer blanca que ha escalado el Popocatépetl, a la edad de 10 años." Por supuesto, había en esta observación una mezcla de justificado orgullo y una precoz conciencia de pertenecer a una raza socialmente sancionada. Pero nadie que ocupara la cumbre de esa sociedad que el Porfiriato *blanqueó* progresivamente, se hubiera tomado el cuidado de subrayar lo que resultaba evidente. (Y de todas formas, es legítimo suponer que el ascenso se habrá limitado a las faldas del volcán.)

¿Habrá así calculado Matilde Castellanos Haaf su matrimonio con Antonio Rivas Mercado? El apellido de su esposo no se contaba entre los 300 nombres que formaban la cumbre de la sociedad porfiriana, pero tenía todo en su favor para ingresar a esa nómina, sobre todo gracias a la simpatía personal del Arquitecto, sésamo para abrir las puertas más inaccesibles.

La escalada de su segundo Popocatépetl se anunciaba tan asoleada como la primera: todo auguraba felicidad y bienestar. Antonio ascendía como una flecha hacia las cimas de la gloria y su fortuna crecía en las mismas proporciones. Decidieron que había llegado la hora de construir su casa, un lugar para fincar la heredad, para ver crecer a los hijos, para que Matilde recibiera semanalmente como todas las damas de sociedad.

Una sola preocupación turbaba a Matilde: a veces tenía la sombría impresión, en sus afanes de alpinista, de que su marido más parecía un oso que un Popocatépetl...

CAPÍTULO II

HACIA 1898, el matrimonio Rivas Mercado se instaló en su nueva casa, tercera calle de Héroes número 45. Su primera hija, María Emilia, había muerto al poco de nacer. La segunda, Alicia, vino a reparar esta ausencia como un regalo del cielo, pues nació el día de Reyes de 1896.

Don Antonio Rivas Mercado construyó esta casa conforme a una precisa concepción de la vida hogareña: como morada del clan y con respeto a la intimidad de cada uno de sus miembros. Era una casa barrocamente amplia y curiosamente oblicua, al frente de un vasto terreno que formaba parte de la antigua huerta de San Fernando. Los árboles antiquísimos plantados por los primeros franciscanos que llegaron a la ciudad de México rodeaban la casa. Desde la reja forjada de la entrada, que ostentaba las iniciales que don Antonio compartiría con sus hijas, ARM, podía verse, a cierta distancia, la casona afrancesada de dos pisos. Sin muros excluyentes, el dombo de los árboles disimulaba el camino semicircular que conducía hasta la terraza de pilares.

En la planta baja, dos espaciosos salones tapizados conciliaban muebles franceses con unos cuantos toques moriscos que casi siempre reaparecían en los arreglos interiores del Arquitecto: antiguos tapetes persas que durarían más de un siglo, y una profusión de lambrines y maderas talladas que conjugaban, híbridamente, lo oriental, lo barroco y lo provenzal. El comedor, de dimensiones respetables, tenía una mesa ovalada que se agrandaba a voluntad, según el número de invitados a las comidas que solía organizar la casa.

Todavía en la planta baja, estaban las habitaciones del Arquitecto y de Matilde y otra, exigua, que servía de cuarto de cuna, donde vivían los recién nacidos hasta su graduación al segundo piso, donde se encontraban las demás habitaciones. En la parte trasera de la casa, don Antonio había construido una capilla que pudo ser una concesión a su suegra o un reto profesional en la resolución de su domo, muy próximo a las ventanas del segundo piso.

Sobre el techo, en una suerte de incompleto tercer piso, don Antonio tenía un estudio, donde trabajaban cuatro o cinco dibujantes que acudían diariamente a la casa. Don Antonio no tenía oficina y vigilaba sus obras y proyectos desde este estudio que se abría a una terraza rodeada de macetones de bronce. Desde allí supervisaba los trabajos de sus dibujantes y a los carpinteros que labraban los muebles y las decoraciones en maderas finas. También podía echar una mirada a las caballerizas a un costado del ingente parque, observar el vaivén de la calle o bien saludar a sus amigos y vecinos de enfrente, el entrañable matrimonio formado por don Joaquín Casasús y Catalina Altamirano.

La casa funcionaba gracias a un numeroso servicio —unos 15 empleados en total— que incluía a recamareras, cocineras, mozos, jardineros, dos caballerangos y un cochero, además del desfile de nanas de la niña Alicia, quien solía despacharlas en su calidad de hija única y mimada.

En 1898 había nacido un hermano, Antonio, que no logró sobrevivir el parto. Antonieta, que llegó el 28 de abril de 1900, nació ya en la nueva casa de Héroes, con la primera primavera del siglo, bajo la supervisión del doctor Francisco Vázquez Gómez, médico de la familia.

Alicia y Antonieta serían, durante cuatro años más, las únicas hijas del matrimonio. Matilde tenía ideas precisas sobre la educación que ameritaban las niñas, lo mismo que don Antonio, cuyas ocupaciones, sin embargo, le impedían involucrarse en el asunto. Además, no tenía particular afición a la puericultura, ni, en general, a lo que no fuera su profesión. Hasta comprarse ropa era para él un agobio que sólo vencía bajo las reiteradas presiones de su esposa.

En cambio, Matilde Castellanos era un modelo de elegancia. La mayor parte de sus vestidos procedía de Europa, a donde encargaba asimismo la ropa de las niñas y el menaje de la casa. Era fácil, en ese principio de siglo, mandar traer de Europa lo necesario y lo superfluo. Las compras no demoraban en llegar a la casa, y era siempre motivo de ilusión desempacar géneros, vestidos a la medida, sombreros de última moda, desaforados y profusamente adornados, sombrillas larguiruchas como flamencos endomingados, estolas y guantes, corsetería de complicada mecánica, así como vajillas de Sèvres y de Limoges, cristalería de Bohemia, manteles y sábanas de Holanda que resplandecían como inmaculadas banderas.

Las preferencias de Matilde iban hacia el color blanco que, según ella, consagraba la decencia, la frescura y la nitidez predicadas por su condición social y su estricto carácter. Las niñas siempre debían ir de blanco, impecables, aunque esto significara cambiarlas varias veces al día, y con el pelo bien ceñido por un moño sedoso y abultado. Como todas las de su clase, Alicia y Antonieta no se vestían para su propia comodidad sino para lucir su gracia, su buena salud y una condición social que, así, se tasaba a primera vista.

Ya desde este asunto del vestido y la apariencia, comenzó a haber dificultades entre Antonieta y su madre. Como era de esperarse, en los primeros años de su infancia Antonieta se subordinó a la imagen pulcra, de ropón *watteau*, guantes y sombrero, que su madre favorecía y que, por lo demás, Alicia usaba con fruición. En una fotografía en la que Antonieta no tiene más de cuatro años, ¿se adivina ya, en la expresión de su cara, cierta inconformidad con esta estampa de *petite fille modèle* a la Condesa de Ségur? ¿Será un ademán de rebeldía o, quizá mejor, del recelo que le produce la sensación de que su cuerpo y su mente no habitan el mismo lugar?

La pequeña Antonieta está en otra parte: en un mundo de ensueño, de divagaciones cercanas a una melancolía que sorprende en criatura de tan escasos años. Sin embargo, allí está: con su vestido blanco adornado de dorremíes, con un ramito que, sobre el corazón, concede la pose; su cabeza ladeada, la mirada en fuga hacia un ámbito elevado, misterioso. Uno cree ver en estos ojitos saltones y almendrados un gajo de tristeza que parece haber nacido con ella y que no es propia de su edad. Su expresión es casi una incongruencia.

Antonieta no era bonita ni "mona" como Alicia; no sonreía, como su hermana, con la seguridad y la satisfacción que propician los encajes, las sedas y el charol reluciente. Sus poses sugieren que su reino está en otra parte, por encima de frivolidades terrenas. Pero, ¿dónde? Antonieta dispondrá de varias vidas para averiguarlo...

Las diferencias de carácter entre Alicia y Antonieta se acentuaron desde temprano. Alicia era timorata y obediente, y Antonieta una traviesa incorregible. Le divertía asustar a su hermana mayor. Alicia padecía cada una de sus diabluras y se desesperaba al no poder hacerla entrar en razón. Ni los argumentos que avanzaba ni la autoridad que le confería su primogenitura lograban disuadir a Antonieta de sus veleidades y comportamientos indebidos.

Antonieta tenía un cuerpo espigado, hasta un poco macilento, dotado de tal elasticidad que hacía con él lo que quería. Se subía a los árboles como un simio, saltaba de un desnivel a otro como una pelota, se metía por los ventanillos del sótano, donde se escondía el tiempo suficiente para angustiar a Alicia, a las nanas y a la cocinera. Su madre, en cambio, desde su salón, se asomaba de vez en cuando al jardín para someter a las niñas con dos gritos. Antonieta se divertía sobremanera subiéndose a los árboles venerables de los franciscanos. Caminaba como un pájaro por la rama más alta y liviana, y volteaba la mirada hacia la realidad, hacia el pie del árbol donde Alicia suplicaba, tapándose los ojos.

Un día, Antonieta se paró en el vano de la ventana de su cuarto que se abría sobre el domo de la capilla. Con un pie en el vano y el otro en el aire, le gritó a Alicia: "¡Me voy a tirar!" Alicia respondió con un gesto de pánico. Antonieta se lanzó al vacío, segura de su impulso y de caer en cuclillas sobre el domo. Alicia gritó. Antonieta cayó y se deslizó hasta otro punto de apoyo, y con otro salto felino se arrojó ahora al patio trasero, adonde había salido corriendo la cocinera alarmada por los gritos. Alicia no se atrevía siquiera a asomarse: temía la visión del charco de sangre en el que, de seguro, yacía el cuerpo desarticulado de Antonieta. Paralizada, al punto del llanto, escuchó entonces los pasos de Antonieta en la escalera, que subía a toda prisa para disfrutar el susto que no se borraba de la cara de su hermana. Abajo, la cocinera se alzó de hombros, sonrió a pesar suyo y volvió a los hornos de la panadería contigua a la cocina.

Las niñas prácticamente no salían de esa casa que era un mundo. Salvo cuando se trataba de acompañar a la abuela Luz Haaf de Castellanos hasta su casa o ir de compras por las calles del centro. Algunas veces las sacaba su padre a visitar una obra cercana, o su madre, a casa de alguna amiga suya.

Además, ¿por qué habrían deseado escaparse del jardín encantado que rodeaba la casa? Había tantas cosas que ver, tantos rincones que explorar... En la terraza del frente estaban las jaulas de los pájaros, sombreadas por los helechos que se alineaban en los macetones, entre azaleas y palmas desmayadas. Veredas de grava bordeaban los árboles y formaban, para ellas, avenidas tan anchas y largas como las de una ciudad. En el arenero levantaban castillos de torres semejantes a la que coronaba la casa de Héroes y donde don Antonio había instalado un pequeño observatorio. Las rosas del jardín eran tan afamadas y generosas, que no se sabía si perfumaban más en sus arriates o en el vestíbulo de la casa, donde, acomodadas en un inmenso ramo, daban la bienvenida.

La zoología del jardín encantado era variada: los pájaros en libertad que venían a beber en la fuente y que, según la abuela Haaf, levantaban su cabecita después de cada trago para agradecer a Dios la frescura de su don. Un chivo arrastraba una carretilla en la que viajaban las niñas por las avenidas de grava. Eran sucesivamente damas de la alta sociedad que paseaban por Plateros y, si el animal acelaraba el paso, un carro en el circo romano. Los perros, *Brasil* y *Sika*, participaban en casi todos los juegos. En esta casa los perros siempre fueron queridos y a éstos les sucedieron otros que acompañaron a sus amos hasta la muerte.

Por supuesto, había momentos en que las niñas se aburrían, en que el jardín encantado tomaba las apariencias de una cárcel y las altas rejas se antojaban infranqueables. Pero el sortilegio se rompía con una excursión a las haciendas de los tíos Rivas o Torres Adalid, o simplemente con un paseo a

Xochimilco que estaba lo suficientemente retirado para que el viaje significara aventura en distintos episodios.

Alicia y Antonieta anhelaban el consuetudinario viaje de Semana Santa a Chapala, meca de notables. Para los Rivas Mercado la costumbre se inició en 1904 y año tras año hasta el estallido de la Revolución, volvieron a una casa que alquilaban a orillas del lago. La expedición, ruidosa y multitudinaria, se hacía en un *pullman* rentado por los Casasús y los Rivas Mercado. Salían la víspera del viernes de Dolores preparados para vacacionar 15 días, a veces acompañados de otros amigos, músicos y jóvenes poetas protegidos de don Joaquín Casasús. Los capitalinos se encontraban allí con algunos apellidos distinguidos de Guadalajara —Paulsen, Schneider, Vera, Prieto, Colignon, Villaseñor, Corcuera, Castañedo— que también se refugiaban en el lago de los tumultos de Semana Santa.

En Chapala estaba la casa de la tía Anita, una tía de don Antonio, que era la mejor situada en la calle del Agua Caliente, con una huerta enorme que daba a la playa. En cada casa de familiares y amigos, se ponía un altar de Dolores y al llegar el Viernes Santo se hacían las visitas. Las niñas recibían a cambio refrescos de tamarindo y de horchata, dulces y naranjas adornadas con banderitas de papel dorado. Con don Guillermo de Alba —hermano de Esther de Alba, casada con Alberto Pani—, se hacían unas excursiones fabulosas a los cerros circundantes. Cada niño llevaba su tentempié y una cantimplora, y don Guillermo los guiaba como un flautista de Hamelin hasta los frescos bosques de las alturas. Como si se tratara de una escalada al Popocatépetl, don Guillermo sacaba fotos a sus menudos alpinistas.

El santo de don Antonio era otra excursión segura. Toda la familia, incluyendo a la abuela Haaf y al tío Alberto (un hermano de don Antonio que vivía en la casa de Héroes), salía de paseo a lugares cercanos del valle de Cuernavaca, a Jalapa o a Querétaro. Para ir a Popo Park, se alquilaba un vagón de tren en la fábrica de papel San Rafael, mismo que recogía a la familia en la tarde. Sin embargo, las excursiones más frecuentes los llevaban a la hacienda del tío Ignacio Torres Adalid en San Antonio Ometusco y a la del tío Juan Rivas Mercado en Metepec.

Las cortas estadías en las haciendas de los tíos reunían primos y primas a jugar en el campo, mientras los adultos montaban a caballo. La hacienda de San Antonio Ometusco era la más grande, sembrada de miles de magueyes, inabarcable monotonía sólo rota de vez en cuando por un pirul. El matrimonio sin hijos de Torres Adalid y Juana Rivas consentía fervorosamente a las hijas del Arquitecto.

La tía Juana mandaba traer ropa fina de Europa para ataviar a las niñas, pero también las dejaba jugar en los charcos de lodo ("como puerquitos"), mientras Antonio y Matilde paseaban a caballo. Nadie sabía de esas libertades, y menos Matilde, que nunca las hubiera permitido. Un mozo cómplice avisaba el retorno de los padres —era fácil divisarlos con anticipación en la llanura de magueyes— y la tía Juana las lavaba y vestía como las niñas modelo que no habían dejado de ser.

El tío Ignacio no era tan agradable y permisivo como la tía Juana. Había hecho su fortuna con el pulque. No solamente poseía los campos de magueyes y la industria, sino también los expendios más importantes de la ciudad de México. Los dueños de los edificios preferían venderlos, y no alquilarlos, a causa del mal olor y de la atmósfera de vicio que inevitablemente rodean a las pulquerías. Don Ignacio era muy rico y creía que todo en la vida se arreglaba con el dinero. Usaba muletas a consecuencia de una polio juvenil y su carácter se había agriado con los efluvios de la bebida nacional. Su malhumor se acentuó con los años, sobre todo a partir de la muerte trágica de Juana Rivas que un día, visitando la casa que su hermano le estaba construyendo frente a la Alameda, se cayó de un andamio. La muerte de su tía Juana fue seguramente la primera pena profunda en la vida de Antonieta, que la adoraba.

Después de la muerte de Juana Rivas, una prima de don Ignacio Torres Adalid, Refugio Pradel, se encargó del manejo de su casa. La tía Toti, como pronto pasó a llamarse, juntaba a sus propios nietos y a los adoptivos en la hacienda de

Ometusco o en la casa de la Alameda. Se trataba de las hijas de su hija, Refugio Adalid de Lazo: Antonia, Lupita y *la Rorra;* la hija de Juan Rivas Mercado: María Remedios Rivas, previsiblemente apodada *la Beba;* Alicia y Antonieta, y uno que otro recogido que don Antonio solía llevar a su propia casa o a la de sus parientes. Mientras cosía o tejía, la tía Toti sentaba a las niñas a su alrededor y les contaba vidas de santos: las de Santa Genoveva de París, Santa Isabel de Hungría o Santa Genoveva de Brabante, cuyas epopeyas Antonieta escuchaba con mezcla de admiración y de incredulidad. El pasaje que más le gustaba era cuando Santa Genoveva defendía con sus rezos la ciudad de París amenazada por las hordas de Atila. En cambio, la difamación que había perdido a la virtuosa Genoveva de Brabante la dejaba perpleja. La tía Toti no sabía cómo responder sus preguntas sobre temas tan delicados como el adulterio y la calumnia. Para no ahondar en esos asuntos, insistía en la épica del sacrificio que había hecho de ellas unas santas. ¡Qué bello era morir por una causa noble y sagrada! Pero, sobre todo, vivir una vida llena de aventuras edificantes, de conquistas y de batallas, de ejemplar resistencia a los bárbaros.

Antonieta, después de escuchar esas historias, se quedaba soñando... de día y de noche.

La educación de Alicia y de Antonieta fue casera en todos los sentidos. Alicia había estudiado el inglés con Berta Glinch, una ahijada de don Antonio. En ese idioma, antes que en español, aprendió a leer y a escribir. Berta Glinch era hija de una Ms. March que había sido a su vez la institutriz de las hermanas de don Antonio. Cuando Alicia cumplió siete años, entró al servicio de la casa la señora Torres, una profesora normalista que se encargó más seriamente de la educación de Alicia y de Antonieta. Esta señora tenía una inconfundible pinta de institutriz. Como solía suceder en el siglo pasado, era de esas personas que llevaban su profesión inscrita en el rostro y en el porte. En su caso, la delataban unos quevedos atados a una cinta de terciopelo negro que nunca se quitaba, ni para retratarse. Se había formado en el rigor de la Escuela Normal y se apegaba en sus clases a los programas oficiales de enseñanza primaria que, en tiempos de don Porfirio, se inspiraban en el sistema francés. Años después, cuando Vasconcelos procuró diseñar una enseñanza y una cultura acordes con el nuevo régimen revolucionario, tuvo que reconocer las virtudes de los programas y de los manuales de la época porfiriana. Alicia y Antonieta recibían, pues, enseñanza particular, y asistían a presentar exámenes a las escuelas oficiales que les otorgaban, según su éxito, los grados correspondientes.

A pesar de su estricta catadura, la señora Torres daba clases muy agradables. Llegaba todas las mañanas con puntualidad británica y obligó a Antonieta a alcanzar un nivel correspondiente al de la mayor, Alicia. Además de las materias oficiales y obligatorias, la señora Torres enseñaba a sus pupilas cosas tan diversas como coser, bordar, hacer encajes, pintar vidrio y pirograbar, actividades que Alicia consideraba a veces de un gusto dudoso pero que se juzgaban indispensables para una buena educación femenina. La maestra les fomentó el gusto por la recitación que ocupaba, al igual que en el sistema francés, un lugar exageradamente estratégico en la formación de los escolares. También les templaba el carácter, recomendándoles paciencia con sus semejantes y caridad con sus servidores. Estas prédicas iban dirigidas sobre todo a Antonieta, cuyo carácter recio tomaba a veces la forma de un incipiente despotismo para con aquellos que se oponían a su ya bien firme voluntad. La educación física complementaba la del espíritu, conforme al apotegma romano. Para tal efecto, se había instalado en la casa de Héroes un gimnasio que pronto se volvería del uso exclusivo de Antonieta.

La otra parte de la educación casera consistía en escuchar a los invitados de don Antonio, arquitectos, pintores, escultores o escritores, mexicanos y extranjeros, que acudían casi diariamente a las comidas familiares. Don Antonio siempre defendió la costumbre adquirida en Francia de que los hijos comieran en la mesa de los adultos. Era usual, entre las familias mexicanas de la alta sociedad mandar a los hijos a comer con las nanas. Don Antonio nunca aceptó esa forma de segregación, como tampoco aceptaba la costumbre de que los hijos le besaran la mano a sus padres. También pensaba, y en esto tuvo una feliz intuición, que el trato con artistas y las conversaciones que versaban casi siempre sobre temas elevados, dejarían en sus hijos una predilección por lo que constituía su propia razón de ser: el arte.

Desde siempre, Antonieta estuvo en contacto con personas cuyo mundo ofrecía una alternativa seductora e interesante a los formalismos y a la frivolidad que solían ser el alimento cotidiano de la *gens* femenina bajo el Porfiriato. Durante las largas comidas, entre los muchos platillos que se servían para colmar el apetito desbordante de *el Oso*, Antonieta observaba a los amigos artistas de su padre. Algunos pasaron a ser, con el tiempo y la convivencia, tíos adoptivos, como Adamo Boari, el arquitecto italiano que estaba diseñando el Palacio de Correos. Don Antonio tenía alma de samaritano, y no pocas veces sus comensales eran alumnos traqueteados por el hambre y las bellas artes. Lo habían nombrado director de la Academia de San Carlos donde daba clases y formó varias generaciones de arquitectos. Antonieta los observaba y escuchaba conversaciones que tal vez no significaban para ella una enseñanza formal, pero que sin duda la familiarizaban con el mundo del arte.

Niña, dio muestras de una sensibilidad que no era únicamente el resultado de este trato continuo con artistas. Era una niña dotada, despierta, inteligente. Su padre fue el primero, y tal vez el único, en reparar en esto; el primero en advertir ciertas dotes que se manifestaban en ella como una segunda naturaleza. Aunque fuera todavía en la forma de juegos, lograba con una asombrosa facilidad y naturalidad todo lo que se proponía con el cuerpo y el espíritu. Se tratara del baile, la música, la recitación de poesías o las obritas de teatro que montaba con sus primas, para todo era un manantial de talento y de ingenio.

Antonieta intuyó pronto que la belleza física no sería el triunfo en la baraja de su vida. En esta temprana repartición de cualidades que suelen hacer los padres, marcando para siempre las seguridades y los traumas de los hijos, Alicia era la guapa y Antonieta la inteligente y singular. Tuvo así que compensar una carencia establecida por otros y fortalecer lo que la singularizaba, aquello que, sobre todo, le valía el reconocimiento orgulloso de su padre. ¡Qué importaban la desaprobación y los suspiros exasperados que provocaba su "singularidad" a su madre, si con ella se ganaba la predilección de quien siempre sería para ella el dios de un culto secreto y apasionado!

CAPÍTULO III

Se acercaban las fiestas del Centenario de la Independencia. En el conjunto de festejos, le tocó a don Antonio Rivas Mercado la tarea de inmortalizar al Centenario en una columna que hoy se conoce como el "Ángel" de la Independencia. Don Porfirio recomendó al arquitecto que no escatimara recursos para santificar el paso de su gloria y el esplendor del aniversario.

Los bronces de la columna se encargaron a Francia y, en abril de 1909, hubo que partir hacia allá a inspeccionar las fundiciones y los moldes, así como la estatua del Ángel que coronaría la columna.

La familia Rivas Mercado contaba con dos nuevos miembros: Mario, el único varón que sobrevivió, nacido el 1º de julio de 1904; y Amelia, la última hija del matrimonio, nacida el 3 de noviembre de 1908. Era difícil que viajara toda la familia por la tierna edad de los dos últimos. Don Antonio, tal vez instado por Matilde, decidió llevarse a Alicia, para enseñarle su segunda patria, y para no sentirse demasiado solo en esa estancia parisiense que auguraba durar algunos largos meses. Alicia aceptó con la condición de que fuera también Antonieta. (De seguro, ésta aprendería rápidamente francés y la sacaría de más de un apuro.) A su vez, Antonieta puso una sola condición: que se le cortara el pelo "a la Juana de Arco" para no gastar su tiempo y su paciencia en complicados peinados.

Se embarcaron en *La Navarre*, un transatlántico francés que llevaba una cantidad impresionante de pudientes mexicanos hacia la primavera parisiense. En La Habana subieron más pasajeros, entre ellos la familia de la Condesa de Argüelles, cuyos hijos se hicieron compañeros de juego de Alicia y Antonieta en la cubierta superior del barco, la más lujosa y despoblada. Don Antonio llevaba bajo su protección —y para que lo ayudara a controlar a las niñas durante la travesía— a un joven pintor oriundo de Tepic, Enrique Freyman, que se iba a París con una beca. Don Antonio no cesó de prodigarle consejos y aliento, reconociendo en él mucho de su propio pasado.

De Saint-Nazaire tomaron un tren hasta París, adonde llegaron entrada la noche. El bullicio de la estación sonaba más ensordecedor en francés. Los esperaba Pierre Rivera, un pintor español que las niñas conocían de sobra: había visitado varias veces a México y, durante una de sus estancias en su casa, había hecho un retrato a Alicia. Una señora, que parecía formar parte del comité de recepción, se afanaba en juntar el equipaje. Saludó a las niñas con tronados besos y se echó en los brazos de don Antonio. La mujer no paraba de hablar, y Antonieta la miraba con el ceño fruncido, sin saber si le molestaba más no entender una palabra de su retahíla o atestiguar sus demostraciones de afecto para con su padre. Se trataba de Blanche, esposa de Jean Joyeux, el mejor amigo que tenía don Antonio en este lado del Atlántico. Joyeux era biólogo y diputado por el departamento de Vienne en la legislatura de entonces. Blanche se llevó a los mexicanos a dormir en su casa del 72 rue d'Assas, a unos pasos del jardín del Luxemburgo, y esa misma noche se ganó de las niñas el cordial apodo de "Tante Blanche".

Tante Blanche tenía todo preparado: una casa con un diminuto jardín a unas cuantas cuadras de la suya; una sirvienta bretona, Catherine, de cofia almidonada y corselete de terciopelo, delantal azul para el diario y blanco para los domingos; una institutriz inglesa, Miss Louise, para Alicia y Antonieta y comidas al mediodía en el restaurante *Fleurus*, frente al Luxemburgo. La única falla en sus preparativos fue el español, que pretendió dominar en ocho lecciones, con el fin de entenderse con las hijas de don Antonio. Como buena normanda, estaba negada para los idiomas. Zanjó el asunto con el pretexto de que sus "hijas adoptivas" deberían aprender francés cuanto antes.

Tante Blanche era una mujer llena de energía que tomaba decisiones con aplomo y celeridad. Al día siguiente de su llegada, revisó la ropa de las niñas y concluyó: "C'est bon pour l'Amérique!" Las llevó al *Almacén del Louvre* y les compró a cada una un traje sastre de lana gris y un sombrero de paja con listón de terciopelo negro para el diario y, para los domingos, un traje azul marino y sombrero adornado de flores. Además, las proveyó de blusas, medias de popotillo y botines negros de incontables agujetas que espantaron a Alicia, hasta que se dio cuenta de que así iban calzadas todas las niñas del Barrio Latino.

Gracias al pragmatismo de Tante Blanche, la vida en París se fue encauzando en una rutina que, sin embargo, no menguaba el asombro de las niñas ante la Ciudad Luz. Don Antonio planeaba las visitas y los recorridos. La primavera era exquisita y cada paseo una fiesta. El programa del día era como sigue: en la mañana, con Miss Louise, clases y visita a un monumento, un museo o un parque que don Antonio sugería la noche anterior. Al mediodía, comida en el *Fleurus* o en otro restaurante si el paseo las llevaba lejos del *Quartier*.

El jardín del Luxemburgo era el escenario de los juegos vespertinos, y las hermanas no se demoraron en explorar todos sus rincones. A Antonieta le fascinaba el Teatro Guignol y, como todos los niños del barrio, gritaba y pataleaba cada vez que el Gendarme estaba a punto de pegarle una paliza a Guignol. A la hora de la merienda, acudían con Miss Louise a los mejores salones de té, como el *Rumpelmayer* o el *Karciomak*, para atragantarse de *patisseries*. Regresaban a la casita del Luxemburgo para cenar con su padre y comentar los descubrimientos del día.

Algunas noches, don Antonio las invitaba a cenar a las fondas de la Huchette o de Saint-Severin. Antonieta bajaba el bulevar Saint-Michel de su mano, tratando de igualar su paso con las zancadas de *el Oso*. Una vez a la semana, iban al cine *Panteón*, cerca de la plaza Sainte-Geneviève. A la salida, Alicia y Antonieta se doblaban de la risa con las imitaciones de Max Linder que su padre improvisaba en el regreso a casa. Los domingos se reservaban al teatro: *l'Opéra Comique*, el *Châtelet*, la *Gaïté Lyrique* y, claro, la *Comédie Française*. Habrán llorado con las aventuras de Gavroche, se habrán emocionado con *Michel Strogoff* y silbado las coplas de *Giroflée* y de *Zampa*, que le encantaban a don Antonio.

Una noche fueron a ver a la gran Sarah Bernhardt que, ya en el ocaso de su carrera, les pareció no obstante una belleza. Antonieta se fascinó con ella. Le impresionó su voz eminentemente teatral, exasperadamente monocorde que, como decían sus contemporáneos, acariciaba los nervios. De pronto, desgarraba la monotonía con un grito, y permitía la impetuosa irrupción de sus sentimientos. Si su escasa edad y su deficiente francés no le permitían a Antonieta apreciar en toda su magnitud el drama que se representaba, no se le escapó esa melodía monocorde y cautivadora que producía, como un milagro irrepetible, la voz de Sarah Bernhardt. A modo de juego, la imitaba para divertir a Tante Blanche y a sus amigas parisienses. Pero después, en sus años de madurez, los que la conocieron se sorprendieron de la tonalidad tan peculiar y en apariencia tan trabajada de su voz. Estaba aprendiendo a modular su singularidad, hasta en el *grano de la voz* que no pudo quedar en ningún retrato.

Fue también en esa época cuando Antonieta se forjó una idea un tanto novelesca de la bohemia artística. Con su padre, iba a visitar pintores que vivían en condiciones precarias cuando no francamente miserables. El buen humor y la alegría que animaban las comidas le hicieron creer que la bohemia era una manera más ligera y apasionante de vivir, entre el polvo y las risas, el desorden y la improvisación. Antonieta envidiaba la vida de Madeleine, la hija de Pierre Rivera y de Rita, a quien nadie le llamaba la atención porque llevara el delantal manchado o los dedos llenos de tinta. Madeleine le contaba lo vertiginoso que era bajar las rampas de Montmartre como si fueran un gigantesco tobogán, y volver a subir las escaleras colgadas del cielo para deslizarse otra vez hacia las copas de los árboles. ¡Miss Louise jamás la dejaría probar esa aventurera vida de los "titi"!

Visitaron a Diego Rivera que, en ese año de 1909, vivía en la rue d'Alesia, con la discreta y maternal Angelina Beloff. Diego Rivera pintaba sus cuadros cubistas que lastimaban el ojo académico y clasicista de don Antonio.

—¿Cómo es posible, Diego, que siendo usted tan buen dibujante, pinte esos horrores?

—Don Antonio, no son horrores. Usted es de otro siglo. Además, esto es lo que se vende y si no vendo mis cuadros, nos morimos de hambre.

Diego Rivera tenía razón: don Antonio era de otro siglo y nunca entendería las vanguardias ni la modernidad que despuntaba. Tiempo después, cuando México hiciera su Revolución, don Antonio optaría por retirarse. Habrían pasado su tiempo y sus gustos. No pelearía, no se indignaría como lo hizo ese día en el taller de Diego, sino que simplemente se haría a un lado, para ceder el escenario a las siguientes generaciones, sin saber aún que su hija Antonieta iba a participar, con unos cuantos artistas, en el escándalo de la modernidad.

Antonieta tampoco apreció la pintura cubista de Diego Rivera; era demasiado joven, y confiaba en las palabras de su oráculo que reprobaba, con ática vehemencia, esas distorsiones de la realidad y del arte. Angelina Beloff se desvivía con ellos en atenciones que no podía ofrecer, como si intentara ocultar a un tiempo los desplantes pictóricos de su compañero y la miseria en la que vivían. Varias veces, los Rivas Mercado volvieron a ver a Diego, que no vacilaba en buscar a don Antonio y pedirle su ayuda para becas y recomendaciones.

Entre Tante Blanche y Antonieta se estableció una relación de mutuo cariño y admiración. Casi en seguida, Tante Blanche se percató de la singularidad de Antonieta. La hizo su preferida y cosa que decía Antonieta que se hiciera, cosa que se hacía. Antonieta veía a Tante Blanche como a una madre ideal: dinámica, alegre, emprendedora hasta el punto de llevar los pantalones de la casa. Tenía sobre todo el mérito de valorar en Antonieta lo que Matilde reprobaba. Ella propició la primera vocación artística de Antonieta.

Una noche, fueron a ver *El lago de los cisnes*. Era la primera vez que Antonieta veía un ballet clásico, romántico, vaporoso, deslizante entre las brumas etéreas del bosque. ¡Y esas bailarinas, tan llenas de gracia, que repetían una proeza tras otra sin cansarse nunca! Antonieta salió encantada por el espectáculo. Se fue a la cama, embriagada por el grisú romántico, y convocó para dormirse a todas las hadas que se habían encarnado, esa noche, en el escenario. Sin embargo, algo le intrigaba y no la dejaba abandonarse al ensueño. ¿Cómo hacían para pararse de puntas? Prendió la luz, se puso ante el espejo del armario y se paró de puntas.

—¿Qué haces? —le preguntó Alicia, despierta por la luz.

—¡Mira! —Antonieta volvió a pararse de puntas y ejecutó algunos pasos que recordaba con asombrosa exactitud.

Pero el asombro no desveló a Alicia que le pidió apagara la luz y se durmiera. Antonieta siguió bailando frente al espejo: se fascinaba contemplando la facilidad con que todo le salía. Era a un tiempo la bailarina y la espectadora. Su camisón se convertía en un tutú azul, la recámara se llenaba de los compases de la orquesta y Antonieta giraba, se detenía en una *attitude* que remataba con un *relevé*, bajaba en un *arabesque*, daba un *pas de bourrée*, dos *sauts de chat*, continuaba con un *jeté* al que seguía otra *attitude*, otro *relevé* y un *arabesque* y una *pirouette* y un *développé*... El ensueño terminó cuando Alicia pegó un grito:

—¡Basta, déjame dormir!

A la mañana siguiente, Alicia se quejó con su padre. ¡Cuántas veces Antonieta había vuelto a encender la luz y se había vuelto a plantar frente al espejo para bailar! Tantas veces como se había acordado de otro fragmento del ballet y todas las veces que le había sacudido el pecho la ilusión de ejecutarlo. Antonieta repitió su proeza delante de su padre y de Tante Blanche. Ésta decidió tomar el asunto en sus manos y vigilar que se propalaran esos dones providenciales.

Comenzó por buscarle un profesor. La directora del ballet de la *Opéra Comique* la mandó al diablo sin acceder siquiera a bajar la mirada hacia Antonieta. Tante Blanche vociferó unas maldiciones y golpeó la puerta del salón asegurándole que acababa de perder a la bailarina más extraordinaria de todos los tiempos. Ya en la calle, Tante Blanche y Antonieta se burlaron de la vieja Madame Mariquita —así se llamaba— y se encaminaron hacia otra academia. Tante Blanche no era de esa clase de mujer que se rinde a la primera. Todo el camino estuvo murmurando, más para sí que para Antonieta, una larga letanía sobre la cantidad de talentos perdidos para la humanidad a causa de la estupidez de unas cuantas personas. Cuando llegaron a la academia del profesor Soria, que era ni más ni menos que profesor en la Ópera de París, Antonieta se sentía depositaria de un espolio que Tante Blanche defendería contra viento y marea.

El profesor Soria era un hombre de unos 50 años que vestía siempre de jaqué y parecía un espárrago enorme. Desde la tirantez de su altura escuchó a Tante Blanche con repugnancia y curiosidad. Estaba tan exaltada, que habló sin cesar durante varios minutos, mientras Soria se ponía a examinar a Antonieta. La niña es flacucha —pensó—, pero tiene el músculo alargado y firme. Su cara es singular, ¿será por esa tez aceitunada, entre tersa y enfermiza? ¡Y estos ojos que lo piden y lo ofrecen todo sin necesidad de que medien las palabras! ¡Y este cuello largo y flexible, que parece un junco que nunca se rompe! La imaginó con cinco años más, con un cuerpo grácil y moldeado por sus enseñanzas y los ejercicios repetidos a diario en pos de la perfección. Soria hizo una señal a Tante Blanche para que se callara, le indicó al maestro que estaba sentado al piano que tocara unos compases, y con un gesto invitó a Antonieta a que pasara al centro del salón.

Antonieta se quitó el sombrero y dejó los zapatos a un lado del sombrero con una calma que sorprendió al Profesor. Caminó hacia el centro del inmenso parqué. Repitió lo que había visto en el escenario de la Ópera. Se sintió llevada por la música y bailó como ella misma no hubiera sospechado que sabía hacerlo. Soria no decía nada. Sólo la veía y calculaba. . . ¡En cinco años, qué no daría esta niña! Con otra señal de la mano, Soria detuvo al pianista. Se acercó a Antonieta y sentenció:

—Mademoiselle, está usted realmente dotada para el ballet. Es un oficio difícil, pero confío en que tendrá usted la fuerza y la voluntad para dedicarse a él. La espero mañana para su primera lección. Me dará mucha alegría enseñarle este arte digno de los ángeles, pero que hay que pagarle al diablo. . .

Tante Blanche festejó las palabras de Soria como si acabara de escuchar la capitulación de Atila ante los rezos de Santa Genoveva. Por esto la quería Antonieta: porque retumbaba en su corazón la misma ilusión que hacía latir el suyo. Además, Tante Blanche era cariñosa: le acariciaba el pelo, la tomaba en sus brazos y a cada rato le sellaba las mejillas con besos sonoros. Antonieta no recordaba que su madre hubiera tenido alguna vez un trato similar con ella.

De la callecita cercana a la Madeleine donde se encontraba la academia del profesor Soria, se fueron a pie a la rue de la Paix para comprar un atuendo digno de la futura estrella. Escogieron un *tutu* con lentejuelas, como si Antonieta fuera a estrenarse al día siguiente en el mismísimo escenario de la Ópera, una túnica a la griega para las clases, unas mallas rosas, un par de puntas de satén y unas zapatillas de cuero para desgastarse los pies en el parqué de la academia.

Comenzó a ir a sus clases dos veces por semana. Los otros días, cada vez que podía, se paraba frente al ropero para ensayar incansablemente lo que había aprendido en la clase anterior. Sus progresos eran rápidos. En forma muy intuitiva aún, sentía que por primera vez su vida se llenaba de sentido, de algo que era suyo, sólo suyo, y por el que se sentía capaz de dar la vida. Probaba el esfuerzo y su justa recompensa. Por supuesto, predominaba la felicidad de bailar. Pero también estaba en esa edad en que los progresos se verifican a diario, en la que cada cosa que se aprende, se aprende por primera vez y toma así la apariencia de una verdadera conquista.

Llegó el verano y la pequeña familia emigró a la costa atlántica, al pueblito de Luc-sur-Mer donde los Joyeux tenían una casa. El esposo de Tante Blanche pasaba buena parte del tiempo en su laboratorio de biología, que se encontraba a un lado de la casa, sin dar mayores explicaciones sobre la naturaleza de sus trabajos. ¡No fuera Tante Blanche a dirigir también sus experimentos! De ahí, el gran misterio que rodeaba el laboratorio. Para las niñas, se trataba de unos grandes tanques de agua de mar, de donde se sacaban muestras para analizar quién sabe qué. El verdadero mar tenía más atractivos que las cisternas que lo miraban como incongruentes cárceles inmóviles. Como siempre, Tante Blanche cuidó de lo que a nadie se le hubiera ocurrido: comprar a las niñas trajes de baño, pantalones de pana y zapatos de minero para las excursiones al campo.

A las primeras señales del final del verano, se fueron a la casa de campo de los Joyeux, en Peroux, cerca de Poitiers. Les tocaron las vendimias, su trabajo de sol a sol y el cansancio de la noche que apagaba en un santiamén las animadas sobremesas de los jornaleros. Después de probar el primer vino de garrote, el pueblo siguió de fiesta con una boda campesina. Los mexicanos se sumaron al cortejo, encabezado por un violista, que recorrió el pueblo endomingado en la doble algarabía de las bodas y del vino. Se efectuó un gran banquete al aire libre. Duró el día entero y, para ciertos comensales, hasta bien entrada la noche, iluminada por faroles colgados de los árboles.

Regresaron a París en octubre, pero no a la casita del Luxemburgo, sino cerca de allí: al *Hotel de l'Espérance*, en la rue Vaugirard. Todo retomó su curso como antes del verano: las visitas con Miss Louise, los teatros, el cine en la Montagne Sainte-Geneviève, y las clases de ballet. Por su parte, Alicia posaba para la placa que se colocaría en lo alto de la columna a la Independencia. Don Antonio estaba satisfecho con la hechura de los bronces y faltaba poco para embarcarse a México.

Después de Navidad, se fijó el regreso para principios de febrero. Fueron días de gran ajetreo en todo lo que corrió de enero: ver los últimos espectáculos, comprar ropa y regalos para toda la familia, empacar los baúles, despedirse de todas las amigas y de los amigos, cenar, comer, correr.

Antonieta se dividía entre la alegría del retorno —volver a la casa y al jardín encantado, volver a ver a su madre, a Mario y a Amelia, que ya debía estar caminando— y la tristeza de dejar a Tante Blanche, a Tonton Jean, a sus amigas, y sobre todo, sus clases de ballet, su París y su jardín del Luxemburgo.

El profesor Soria fue el que más lamentó la noticia del pronto regreso a México. Pidió hablar con don Antonio. El "no" fue rotundo: rehusaba recibir a un "marica". El coro que despepitaron Tante Blanche, Antonieta y Alicia para convencerlo de lo contrario acabó con sus oídos y su resistencia. Intuía don Antonio que recibir a Soria podría causarle a Antonieta más dolor que alegría.

Se presentó Soria más propio y estirado que nunca, con su jaqué negro y su sombrero de alta copa que alargaba su estampa vegetal. Le propuso a don Antonio que su hija se quedara cinco años en Francia, al cuidado, por supuesto, de una honorable familia, para completar su formación de bailarina. Remató la exposición con la afirmación de que, en cinco años, Antonieta figuraría como primera bailarina en la Ópera de París. Le daba a don Antonio su palabra de honor. Don Antonio se quedó callado. Antonieta estaba paralizada, dispuesta a que otros fallaran sobre un futuro que ella no sabría decidir. Esperaba que esos dos hombres bondadosos conciliaran lo que, para ella, tomaba las proporciones de un dilema.

Por fin, don Antonio se levantó de su sillón, inmediatamente seguido por el profesor Soria. Don Antonio lo rebasaba con una buena cabeza, y Antonieta, sin decir nada, levantó la cabeza hacia los dos gigantes —un espárrago y un oso— y clavó los ojos, pura interrogación, en la barba blanca de su padre, en los labios de su oráculo:

—Señor Soria, le agradezco de todo corazón la propuesta que me acaba de hacer. Le agradezco sobre todo el reconocimiento al talento de Antonieta y que soy el primero en celebrar y en alentar. Pero me pide usted una cosa demasiado difícil de conceder: me pide que me separe de una hija, a la que, por muchas razones, no estoy dispuesto a renunciar, aunque fuese en aras del arte universal. Antonieta se regresa conmigo a México.

Antonieta suspiró. A cambio de una vocación perdida, acababa de recibir una declaración de amor, que le daba la seguridad de que, hasta que la muerte los separara, la relación con su padre estaría marcada por una recíproca necesidad. De haber aceptado don Antonio la proposición de Soria, Antonieta hubiera sentido la sospecha del abandono.

También Tante Blanche insinuó a don Antonio que le dejara a Antonieta. El matrimonio Joyeux no tenía hijos y en esos cuantos meses, para Tante Blanche, Antonieta había significado más que una hija sanguínea: era su hija ideal. Don

Antonio se rió y no le dio a ella tantas razones como a Soria.
—Pas question, Antonieta se regresa a México.

Las despedidas fueron emotivas, tanto como la alegría de embarcarse a principios de febrero de 1910. Alicia pensaba en todos los trajes que llevaba en sus baúles y en la sensación que causarían cuando los estrenara en los festejos del Centenario. Antonieta, que pronto cumpliría 10 años, soñaba con los ballets que le faltaría aprender si tuviera la fortuna de encontrar en México a un maestro tan prodigioso como el profesor Soria.

En La Habana, visitaron a los Finlay, unos viejos amigos de la familia que se habían refugiado en México en la guerra de Independencia de Cuba, y que ahora vivían en su país. En Veracruz, Matilde los esperaba en el muelle. Alicia, que acababa de cumplir sus 14 años en París, la superaba por unos centímetros y Antonieta se veía distinta, como tempranamente madurada. Las niñas preguntaron por Mario, extrañándose de su ausencia. Su madre frunció el ceño y explicó que estaba en cama: se había caído de la azotea de la casa del portero, de unos cuatro metros de altura, y por poco no sobrevive para contarlo. Don Antonio, a su vez, molesto, preguntó qué curiosa fatalidad pesaba sobre los Rivas Mercado y por qué se caían de las azoteas como Ícaros torpes. Y luego, riendo, declaró que mientras él se empeñaba en levantar ángeles, sus seres más queridos se despeñaban como demonios.

CAPÍTULO IV

DESDE el regreso a México y hasta la celebración del Centenario, la mansión Rivas Mercado, como toda la capital elegante, estuvo atareada en la preparación de los festejos. La columna se erguía poco a poco. Algunas mañanas, Antonieta acompañaba a su padre en el inmenso *Chrysler*, conducido por el impasible Ignacio como un buque que se deslizaba lentamente en el río rectilíneo del Paseo de la Reforma.

Antonieta se subía al león que custodia el pedestal de la columna y cabalgaba de México a París, hasta la oscura bodega donde dormía antes de que lo empacaran. Se parecía tanto a los pequeños leones que adornaban las escaleras exteriores de la casa de Héroes, que imaginaba eran de la misma familia. Como si un poco de la casa se hubiera ido a la glorieta del Paseo de la Reforma. Ya grande, al cruzar la ciudad, se fijará en algún edificio hecho por su padre que le recordará un detalle del ambiente familiar y habrá de significarle un regreso a la infancia y la impresión de que la ciudad se construyó, de alguna manera íntima, a imagen y semejanza de su propia casa. ¿No será a causa de este tipo de coincidencias que algunas personas llegan a sentirse responsables y dueñas de la vida pública de un país?

Las invitaciones llovían en la casa de los Rivas Mercado: recepciones, inauguraciones, bailes, desfiles, *garden parties*, cenas, banquetes y guerras de flores. El calendario de septiembre de 1910 se colmaba: día tras día se sucedían las inauguraciones: el Manicomio General de la Castañeda en Mixcoac, la pila de bautismo de Hidalgo en el Museo Nacional, la exposición Japonesa, las fiestas del comercio, de la banca e industria, la primera piedra del monumento a Washington en la plaza de Dinamarca, la primera piedra del monumento a Pasteur, la estatua de Humboldt en el jardín de la Biblioteca Nacional, sin contar los desfiles, las recepciones a los delegados especiales del Cuerpo Diplomático, las ofrendas florales, etcétera.

Antonieta se cansó de ver pasar los desfiles y los carros alegóricos. Aparte del 16 de septiembre, día de la inauguración de la Columna a la Independencia, a la que asistió toda la familia, sólo se le permitió ir a la *garden party* en Chapultepec. Para ella, el Centenario adquirió su mayor esplendor el día en que su padre leyó, ante Porfirio Díaz y la nutrida comitiva oficial, el discurso inaugural cargado de explicaciones de las alegorías que la adornaban, de la Columna. Ese día culminaban los festejos del Centenario, se coronaba la carrera de arquitecto monumental de su padre y llegaba a su apoteosis el régimen de Porfirio Díaz, al que muy poco le faltaba para derrumbarse.

Un mes antes, un acontecimiento inesperado había modificado el programa de jubileos de los Rivas Mercado. El padre de Matilde Castellanos, don Pepe, había muerto imponiéndole a la casa los rigores del luto. Matilde había renunciado a acompañar a su marido a las recepciones en Palacio y a las otras ceremonias. Alicia tomó su lugar: le bajaron unos centímetros el largo de los vestidos y le levantaron otros tantos el peinado. Así se fue pasando el mes de septiembre, de recepción en recepción, regresando a la casa a las 2 o 3 de la madrugada, con los ojos alumbrados por el destello de las joyas que exhibían, en cuellos y brazos, las señoras esposas del H. Cuerpo Diplomático.

Antonieta pasaba sus tardes con Alicia, escuchando sus relatos de la noche anterior y presenciando los preparativos de su *toilette*. La miraba con curiosidad ensayando caravanas ante el espejo y girando de un lado a otro, para contemplar su silueta desde todos los ángulos en que los ojos ajenos la captarían. Antonieta se divertía con ella pero no la envidiaba. No sentía atracción hacia la vida mundana, ese enrejado de cortesías e hipocresías, de sedas y organdíes, de sonrisas forzadas hasta que dolieran las mejillas. No, ella no estaba hecha para eso. Alicia se impacientaba porque Antonieta se negaba a envidiarla cuando la veía partir en la limusina con su padre, de impecable etiqueta, hacia la ciudad iluminada como nunca.

No era envidia lo que Antonieta sentía, sino un poco de extrañeza frente a su hermana, transformada de pronto en mujer y comportándose como tal, y cierto desprecio por ese mundo de protocolos que no entendía y que se le figuraba punto menos que una zarzuela.

Tal vez Antonieta se sintió, en esos meses, un poco abandonada por su padre, entregado a la mundanidad, y por su hermana que, después de haber compartido todo con ella, entraba en ese periodo de la adolescencia en que el menor recordatorio de la puerilidad de la víspera incomoda hasta la exasperación. Su madre nunca había sido, para ella, un refugio ni una fuente de cariño y, entre el luto, los pésames y sus enfermedades de señora, que la recluían en sus habitaciones, poco la veía Antonieta. Quedaban Mario y Amelia, con quienes Antonieta se divertía un rato y ensayaba una dominación a la que los chiquillos respondían sin chistar.

A su retorno de Francia, Antonieta se había encontrado con la triste noticia de que no existía en toda la ciudad de México un solo profesor de ballet clásico. Frustrada su vocación de bailarina, derivó hacia un baile regional de castañuelas y otras españoladas que, a falta de mejores manjares, constituyeron lo único susceptible de entretener el cuerpo y los músculos. Pero para Antonieta eso era como llenarse el estómago de fabada en lugar de la crema de espárragos a que la había acostumbrado el profesor Soria.

Afortunadamente, después de ese mes de septiembre de 1910 en el que la casa tomó la apariencia de un naufragio, las clases de la señorita Torres eran todavía lo mejor del día para Antonieta. La señorita Torres tenía un don especial para despertar la curiosidad de las niñas, y su cultura era lo bastante amplia para enseñarles algo de literatura inglesa, argumentos de óperas alemanas y francesas y vidas de poetas y escritores de todos los tiempos. Mrs. French se encargaba de las clases de inglés y Martita Loubet de las de francés, para que las niñas no perdieran lo adquirido durante la estancia en París. Lupita Mejía Treysinnier venía a darles unas clases de piano que, para Antonieta, suplieron momentáneamente el interés ya imposible por la danza.

Al sentimiento de soledad que a ratos la invadía se aunaba la intuición de un inminente desmoronamiento del mundo que la rodeaba. Antonieta no entendía del todo las implicaciones de los sucesos que empezaron a precipitarse poco después de las fiestas del Centenario, pero, en las conversaciones de sobremesa escuchaba comentarios que la hacían sospechar que la vida no seguiría en la misma forma que la que había regido sus 10 primeros años. Al mes de los festejos, se comentó con apasionamiento el asesinato de Aquiles Serdán en Puebla junto con sus familiares, después de su resistencia heroica contra los atropellos del ejército. Era imposible que los niños no se enteraran de los sangrientos detalles del suceso porque el tío Alberto, que era sordo como una tapia, le pedía a don Antonio que repitiera a gritos las informaciones.

—Se dice que ésta será la chispa que hará estallar la revolución —explicaba con gravedad don Antonio a Matilde.

—¿Que se hizo chis cuando estaba en su reclusión? —preguntaba el tío Alberto, desde la otra cabecera de la mesa.

—¡No! —gritaba don Antonio—. ¡Que es la *chis-pa-que ha-rá-es-ta-llar-la-re-vo-lu-ción*!

Faltaban poco más de seis meses para que Ciudad Juárez cayera en poder de los maderistas, el 10 de mayo de 1911, para la llegada de Francisco I. Madero al poder y la salida de Porfirio Díaz a su exilio europeo. El arquitecto Rivas Mercado juzgaba insensato renegar de la imagen pública que se había ido forjando a lo largo del régimen porfirista: lo contaban entre los vituperados "científicos", era uno de los arquitectos oficiales del régimen, tenía el cargo de director de la Academia de San Carlos donde los estudiantes, a la par de los maderistas que se levantaban en armas en el norte del país, pugnaban por otro orden estético.

Cuando Díaz se embarcó en el *Ipiranga*, don Antonio llegaba a los 52 años. Era una edad en la que no era descabellado pensar en retirarse de la vida profesional, al menos en parte, toda vez que su fortuna le permitía vivir cómodamente de sus rentas. Lo que le dolía era la idea de abandonar la dirección de la Academia de San Carlos, no por el puesto en sí, sino porque había consagrado muchos años de su vida a sus clases y a la formación de nuevas generaciones de arquitectos, pintores y escultores. Confió en que no sería así, pero poco después de que Madero tomara el poder, a consecuencia de una huelga de los estudiantes, tuvo que renunciar a su cargo.

A diferencia de otras familias acomodadas de la capital —como los vecinos Casasús que un buen día cerraron la casa y se exiliaron en los Estados Unidos—, los Rivas Mercado permanecieron en el país, sea porque no tenían poderosas razones para huir o suficiente desprecio hacia el nuevo orden político. La Revolución no los afectó en el sentido material o económico; no se tocaron sus edificios y vecindades, y como no tenían tierras en el campo no se sintieron amenazados por las nuevas disposiciones legales en materia agraria.

No se podría imaginar que la vida seguiría siendo igual que antes en la casa de Héroes. Si acaso, el aire de libertad que conmovía al país habrá significado para los niños un mayor encierro en el anfibio universo de la casa y el jardín. La Revolución se había detenido justo frente a su casa, cuando el general Lucio Blanco se instaló en la casa abandonada de los Casasús para transformarla en su cuartel general.

Don Antonio temía por su propia casa, por sus hijas que podrían resultar apetecibles a los nuevos amos del país. Una mañana, desde la torrecita de la casa, observaba con el catalejo las idas y venidas de los soldados. Se percató de que Lucio Blanco señalaba hacia su casa y hacía planes con ella.

Don Antonio recordó que antaño había derribado a un oso y afianzó su valor pensando que un general revolucionario no podía ser una peor bestia que aquélla. Entonces vio que Lucio Blanco se acercaba con un séquito de hombres tachados de cananas. Resolvió enfrentarlos y salió a la terraza. Ordenó que abrieran, se plantó deliberadamente en el tercer escalón y dejó que el general Blanco caminara hasta él.

—Buenos días, mi general, ¿se le ofrece algo? —preguntó con calculada insolencia.

Lucio Blanco carraspeó antes de contestar a ese gigante que, sumado a la altura de sus tres escalones, le duplicaba la estatura.

—Sí, arquitecto, se me ofrece algo.

—¿En qué puedo servirle? Dígame nomás...

—Quería que me dejara entrar a su casa.

—Según he podido observar, está usted instalado en la de mi vecino y sucede que aquí no tenemos lugar de sobra. Tengo a toda mi familia viviendo conmigo. Usted comprenderá.

—Arquitecto, no le estoy pidiendo que se vaya de su casa, sino que me deje entrenar a mis soldados en la entrada.

—¿Piensa instalar blancos de tiro en mi patio?

—No, no se trata de eso. Es que mis soldados no saben marchar en redondo y esta entrada semicircular es ideal para que aprendan a dar vueltas sin perder la cadencia del paso...

Don Antonio tuvo que esforzarse en reprimir la risa que le provocó la petición. El General estaba apenado por esa confesión que acababa de hacer y no era el momento de negociar o de burlarse. Don Antonio aceptó, juzgando además que el daño hubiera podido ser mayor; y le tendió la mano para sellar el trato. Pero no se movió de su tercer escalón y Lucio Blanco tuvo que dar un paso para chocar la mano de *el Oso*. Mientras los soldados se daban la media vuelta para retirarse, se oyeron unas risitas que provenían del sótano donde, a instancias de su padre, estaban escondidos Alicia, Antonieta, Mario y Amelia. Celebraban el éxito de la negociación como si se tratara de una victoria similar a la muchas veces escuchada del invierno de 1872.

Viéndolo todo desde el reducto de la casa de Héroes, cuando no desde la ventanilla del sótano que ofrecía una visión a ras de tierra de los acontecimientos, Antonieta entró en su adolescencia con las limitaciones y las esperanzas que brindaba contradictoriamente el momento histórico. Don Antonio no accedía con la misma facilidad a que saliera a la calle mientras no se asentara la suerte del país. Era difícil cultivar amistades. Su mundo se llenó de lecturas y de ensueños. Se redujeron las actividades sociales, lo cual, por otro lado, no le disgustaba.

El 11 de mayo de 1912 Antonieta hizo su primera comunión. Su fe tomaba ya el cariz de una mística bastante alejada de las tradicionales devociones a las que la incitaba la abuela Haaf. La fe se confundía, en las nebulosas alturas de su imaginación, con una vaga idea de pureza, un fervor de alma ennoblecida por una espiritualidad susceptible de sublimarse en un ideal de cualquier índole. Pero no fue la singularidad de su fe lo que las fotografías de ese día intentaron disimular en la mejor forma.

En su retrato de comulgante, con la cabeza ligeramente volteada hacia la derecha y con una mano en la mejilla, Antonieta difícilmente sugiere recogimiento. En realidad, la mano está en ese preciso lugar para disimular un enorme moretón violáceo que mereció por una caída el día anterior. Porque, para seguir con la tradición familiar, Antonieta se había caído de una buena altura, probablemente de algún árbol, como para marcar así el comienzo de su propia carrera de ángel en desgracia. No era además la primera vez. Poco antes, había sufrido un accidente mayor cuando se ejercitaba en las barras paralelas, en el pequeño gimnasio de la casa que había convertido en su fuero. Una barra le había golpeado en la sien y le había hecho perder el conocimiento durante unos minutos. Su hermano Mario siempre sostendría que los futuros trastornos nerviosos de Antonieta tuvieron su origen en ese accidente.

El año de 1913 fue, en la vida de Antonieta, doblemente grave. Primero, porque se inauguró con el levantamiento de los generales Bernardo Reyes, Félix Díaz y Manuel Mondragón, y que culminó con el asesinato del presidente Madero y del vicepresidente Pino Suárez y el acceso al poder del general Victoriano Huerta. A partir de la llamada "decena trágica", la vida de la capital se trastornó y se agudizaron seriamente los problemas de abastecimiento y de seguridad. En esas difíciles condiciones, Antonieta tuvo que hacer su aprendizaje de ama de casa, papel que de pronto se vio obligada a asumir a causa del segundo trastorno que significó para su vida el año de 1913: sus padres se separaron.

No era todavía una separación definitiva y tomó la apariencia de un viaje a Europa en el que Matilde se llevaba a su hija mayor, Alicia, como si se tratara de un paseo de quinceañera. Matilde se fue con el consentimiento de su esposo, aunque se puede creer, a la luz de los acontecimientos posteriores, que más que de un consentimiento se trataba de un principio de repudio. ¿Las razones? Varias versiones corrieron al respecto y como los motivos de una separación no se discutían públicamente, ni siquiera en el interior de la propia familia, no hay que esperar una verdad clara y unívoca.

La explicación más fácil, la que siempre está a la mano y en la boca de los testigos lejanos o cercanos de esta clase de suceso, es la de un posible amante. Matilde fue repudiada porque don Antonio descubrió que tenía un amante. Tan absorto estaba en su vida profesional que no se dio cuenta de lo que sucedía en su propia casa. Con el encierro provocado por la Revolución abrió los ojos, y tuvo todo el tiempo del mundo para observar las idas y venidas de su mujer. Como en el peor vodevil, un buen día simplemente se enteró de lo que sucedía. Porque claro, de acuerdo con el esquema de comedias a la Feydeau, fue el último en saberlo cuando toda la sociedad mexicana estaba en el secreto. Pero algo no funciona en ese libreto: ¿por qué permite don Antonio que Matilde se lleve a Alicia? Lo que en una primera instancia se presentaba como una separación momentánea y solamente motivada por un viaje de quinceañera, ¿se habrá convertido más tarde en un repudio definitivo a causa de un amante europeo?

La otra versión que corrió acerca de la separación de los esposos Rivas Mercado implica a un hermano de Matilde, José Castellanos, traductor de obras teatrales y hombre de la bohemia. En malos trances, éste le habría pedido a Matilde su ayuda económica. Ella, viéndose en apuros para socorrerlo, habría hipotecado bienes de don Antonio, a sus espaldas por supuesto. El descubrimiento de la argucia habría provocado el definitivo disgusto de don Antonio hacia su mujer. Añádase a cualquiera de las dos versiones una creciente incompatibilidad de caracteres y de concepciones de vida, y se tendrá una explicación —aproximada, claro está—, de la separación.

La todavía señora de Rivas Mercado se embarcó para Europa con Alicia sin sospechar que, en unos meses más, estallaría la Gran Guerra. La conflagración prolongó considerablemente su estancia en Francia, y la distancia acabó por completo con la posible reconciliación. Durante la guerra, Alicia se casó en París con un hombre mucho mayor que ella, un mexicano adinerado de origen español llamado José Gargollo, con el que, todavía en París, tuvo a sus primeros hijos, Guillermo y Luis. Matilde se regresó sola a México antes del armisticio, pero don Antonio se negó a recibirla en su casa. Sus hijos la visitarían de cuando en cuando en el *Hotel Imperio*, en el Paseo de la Reforma, donde residiría por largas temporadas.

Aunque se desconoce la explicación que dio Antonio a sus hijos sobre la disolución *de facto* del matrimonio, los tres hijos que quedaban: Antonieta, Mario y Amelia, vivieron y siempre recordarían la partida de la madre como un abandono. Antonieta tenía 13 años, Mario nueve y Amelia cuatro. En Antonieta, la separación provocó la habitual y encontrada mezcla de sentimientos: un gran dolor cada vez que pensaba la partida de su madre como un abandono; un rencor duradero hacia ella y cuyo germen ya estaba en los continuos conflictos que las oponían; y cierto regocijo al darse cuenta de que, a causa de las circunstancias, se había convertido en la dueña y señora de la casa de Héroes.

No solamente la madre era la que se derrumbaba como en un juego de bolos, sino que, con el mismo tiro, desaparecía del panorama también Alicia su hermana. Antonieta se descubrió, de un día para otro, la primogénita de lo que quedaba de la familia en la casa de Héroes, su ama y señora, y también —y esto es lo más importante—, en la mujer más cercana al padre en el orden de aparición del reparto de los afectos. Estas jugadas simultáneas fueron las grandes compensaciones al sentimiento de abandono y de fracaso que supuso el mal libreto entre los esposos Rivas Mercado.

Antonieta se apoderó de su nuevo papel, alentada por su padre, quien la inició en las nuevas responsabilidades que ahora le competían. Su aprendizaje consistió en llevar las cuentas de la casa: una contabilidad que no era tarea menor, tanto por la magnitud de la casa como por los años difíciles que se atravesaban: tenía que vigilar las rentas que recibía su padre de las numerosas vecindades que poseía por las calles de San Jerónimo y de San Miguel en el centro de la ciudad, y cuidar de los hermanos menores, de su educación y de su desvalimiento afectivo.

La contraparte de las responsabilidades eran la libertad y la independencia que Antonieta iba ganando en este nuevo acomodo de la vida familiar. Antonieta se cobraba las consecuencias con una afirmación de su libertad, a la cual no sólo no se oponía su padre, quien antes bien la defendía contra todas las opiniones adversas. Desde esa temprana edad de los 14 y 15 años, Antonieta iba y venía sin rendir cuentas a nadie. Mandaba a Ignacio, el chofer, que la llevara, en el rutilante *Chrysler*, a sus visitas, a sus clases, a las conferencias. El chofer le tenía una fidelidad perruna y seguiría a su servicio hasta el fin de sus días. La familia le criticaba a don Antonio la manera en que le dejaba la rienda suelta a Antonieta. Él no se inmutaba y defendía, más allá de una concepción liberal y afrancesada de la educación de las mujeres, su predilección por una hija a quien no podía negarle prácticamente nada.

Este aprendizaje anticipado de la vida adulta le confería a Antonieta un carácter que entremezclaba las consecuencias positivas y negativas de un poder poco común para su época: afianzó su seguridad en sí misma, su valentía, su capacidad de empresa; pero también se le acentuó cierto incipiente despotismo. Nadie le discutía el poder que iba ganando, día tras día, y todos se subyugaban a él: unos por obligación, porque eran servidores, otros por edad, como los hermanos menores, y otro más, su padre, por cariño. Todos se subordinaban ante esta damita precoz a la que todavía le llevará unos años experimentar la resistencia o la franca oposición a sus designios. Tiempo después escribiría Antonieta: "Es una mala costumbre adquirida el que lo traten a uno excepcionalmente bien."

En el aspecto físico, Antonieta no maduraba a la velocidad de su carácter. Era alta, mas sus formas no se acentuaban a imagen y semejanza de la rotundez con que manejaba su vida y las ajenas. Seguía siendo esbelta (escaso pecho, estrechas caderas), pero su independencia contagiaba a su porte de cierta altivez que, sumada a sus movimientos gráciles y armoniosos, se transformaba en una elegante y lejana distinción. Conservaba, además, su natural teatralidad, una suma de pose y de contención; no hablaba: declamaba; no caminaba: bailaba.

Pero Antonieta no se confinaba al papel de ama de casa, del cual, en todo caso, prefería la experiencia del mando sobre los trajines de cocineras y lavanderas. Seguía cultivando sus inclinaciones artísticas. Tomaba clases de piano en el Conservatorio y clases particulares de literatura con el mítico Erasmo Castellanos Quinto. Fue en esa época de la adolescencia, entre 1915 y 1917, cuando se lanzó en cuerpo y alma a la filosofía. Era una filosofía un poco ecléctica que lo mismo atendía a Schopenhauer que al espiritismo. Con una profesora que acudía a su casa, Antonieta estudiaba a los clásicos, pero se entusiasmaba sobre todo por las ciencias paralelas, el espiritismo, el hipnotismo y el yoga. Era una forma de buscar respuestas a las preguntas que su inquietud natural y su edad le formulaban insistentemente. Esos intereses no eran, por lo demás, una excentricidad de Antonieta: la ola orientalista y filosófica tenía entre sus modelos a la Argentina ilustrada de comienzos de siglo, cuya idea de civilización inspiraba al joven México para realizar el relevo pacífico del Porfiriato. Poco conocía y poco leía de literatura mexicana. Si Rubén Darío era el poeta de cabecera de su padre y lo leía a sus instancias, Antonieta prefería en secreto a Shakespeare.

Su interés por la vertiente teosófica de la filosofía —ésta que a su juicio no negaba una existencia sobrenatural del mundo y de las cosas y que calzaba perfectamente con su sed espiritual y su rico imaginario—, comenzó a llevarla a asistir, y a organizar eventualmente, a sesiones de espiritismo y de hipnosis a las que invitaba a un reducido número de amigas y a su prima, *la Beba* Rivas, fiel e inseparable compañera de estos años.

Hizo instalar en la casa de Héroes un saloncito amueblado

con cojines orientales, y se pasaba horas intentando hipnotizar a *la Beba* o discutiendo con ella sus planes inmediatos y futuros. *La Beba* era un poco mayor que Antonieta, pero esto no constituía un obstáculo para la estrechísima relación que se desarrolló entre las dos primas. Y más que de una relación, habría que hablar de cierta simbiosis, esa "enfermedad" común entre adolescentes. Pelo castaño, ojos verdes, tez blanca, *la Beba* era una muchacha de gran belleza a la que sus padres vigilaban y cuidaban como un tesoro. Por eso, *la Beba* también encontraba en Antonieta un refugio y una salida a la cárcel de oro a la que sus padres la reducían. En el saloncito oriental, las dos primas se pasaban largas horas adivinando el rostro de su vida futura, poniéndole condiciones a la vida, imaginando el amor que vendría a conducirlas al reino de la felicidad. Pero también sellaban pactos de intransigencia con la vida si el desamor llegara a marchitar el porvenir. Eran exigentes con la vida y con ellas mismas; su divisa podría haber sido: antes la muerte que la mediocridad.

Antonieta desesperaba de encontrar el amor. Los muchachos de Mascarones, con los que a veces se cruzaba cuando iba a escuchar una conferencia o una clase al barrio estudiantil, la aburrían y le parecían zonzos e inmaduros. Antonieta no tenía el tipo de belleza que provoca el piropo, y le apostaba demasiado a la comunión espiritual de las almas como para responder al coqueteo vulgar. Ella esperaba al hombre que supiera hablarle al alma, que tuviera a la mujer en otro concepto que la señorita de buena familia, entrenada para la abnegación y el lucimiento social. De la vida sexual, no sabía prácticamente nada. Pese a la curiosidad, tenía un concepto muy alto de su persona como para ofrecerla a cualquiera en beneficio de la simple experiencia. *La Beba,* que estaba a punto de casarse, le respondía a algunas de sus interrogantes.

—En todo caso —decía Antonieta—, si he de conocer el amor, sólo podrá ser como un rapto: un amor total e irrefrenable.

—Pronto lo encontrarás. Te lo aseguro. Y como promesa de felicidad, te regalaré mi vestido de bodas. ¡Si te casas con él, te traerá mi buena suerte!

CAPÍTULO V

La Gran Guerra donó una justificación pragmática a las reuniones sociales de México. Se organizaron kermesses, bailes y ventas de caridad a fin de recaudar fondos para mandarlos al frente europeo. Al igual que las muchachas francesas o inglesas, las mexicanas se ponían a enrollar vendas, a preparar cajas de medicinas, a tejer bufandas, guantes y calcetines para los soldados que amadrinaban. En el lodo de las trincheras, los *poilus* soñaban con esos ignotos y lejanos ángeles del Trópico. Antonieta participaba con entusiasmo en estas tareas, convencida de que su querida Francia la necesitaba.

Buena parte de sus amigas pertenecían a las colonias inglesa, francesa, belga o norteamericana. La mayoría eran hijas de diplomáticos o de hombres de negocios que seguían en el país a pesar de la Revolución y, en algunos casos, gracias a ella. En una de estas kermesses conoció a su futuro marido: Albert Edward Blair.

La llegada a México de Alberto Blair, como pronto lo llamarían sus correligionarios mexicanos, no había sido trivial ni despojada de gloria. Había nacido en Inglaterra en 1890 y 10 años más tarde lo habían mandado con un hermano de su padre, que era dueño de una mina de carbón en el estado de Kentucky, en los Estados Unidos. Había repetido, aunque en sentido contrario, la travesía solitaria de don Antonio, casi a la misma edad. Allí se educó, al estilo norteamericano, por lo cual solía confundirse la gente acerca de su verdadera nacionalidad. Para seguir con el negocio familiar, estudió para ingeniero de minas en la Universidad de Michigan, donde conoció a los dos hermanos menores de Francisco I. Madero: Raúl y Julio. La camaradería no tardó en ser sustituida por una estrecha amistad que lo llevó a enrolarse en los cursos de español. Tal vez envidioso de las hazañas de los jóvenes ingleses en pro del Imperio británico, Blair se mostró receptivo a los ideales revolucionarios de Madero, que sus hermanos discutían con él en largas noches de invierno. Alberto leyó

La sucesión presidencial en 1910 y se dejó convencer por el pensamiento de Madero. Una noche, cargada de ese modo especial del silencio que produce la caída de la nieve, se hizo un pacto entre los mexicanos y el inglés: si un día se iniciara la revolución que habría de liberar a México de la larga dictadura de Díaz, y Francisco cumpliera con su destino, Raúl y Julio llamarían a Alberto para participar en la gesta de liberación. Por su parte, Alberto se comprometía a acudir al llamado, desde donde estuviera.

La generación se recibió en 1910, pocos meses antes de la toma de Ciudad Juárez. Alberto Blair se despidió de Raúl y de Julio, que se regresaron a su estado natal a trabajar en los negocios de don Evaristo, y a esperar el ansiado levantamiento. Blair se trasladó a Vancouver con la intención de darle la vuelta al mundo antes de entrar en posesión de su parte de la herencia familiar en la administración de minas. Poco faltaba para que se embarcara el Ulises en cierne cuando lo alcanzó el telegrama de Raúl y Julio, que le anunciaba lacónicamente: *Se ha iniciado la revuelta*, y lo invitaba a reunirse con las fuerzas maderistas en San Antonio. Blair cambió, sin pensarlo un instante, su barco por las galeras revolucionarias. Poco después conocería la guerra en la toma de Ciudad Juárez y en los demás episodios que conducirían a Madero al gobierno.

Alberto descubrió un país que le resultó a un tiempo familiar y desconocido. No sabía a qué atenerse acerca de México y de los mexicanos. Primero, en Michigan, había sido una verdadera sorpresa conocer a los Madero: Alberto, que hubiera imaginado a los mexicanos con sombrero alto y sarape, se había enfrentado a dos muchachos más bien rubios, adinerados, de abolengo y con una educación que superaba la de muchos jóvenes norteamericanos. Años más tarde, en el recorrido por el norte del país en el tren que llevaría a Madero hasta la estación Colonia, se dio cuenta de que México no era un país de refinados *gentlemen*. Sin embargo, la exaltación que arremolinaba a la muchedumbre en los pueblitos calurosos y polvorientos en los que se paraba el tren, acabó por disipar sus mitos y sus dudas. Lo veían como a un héroe. El tren avanzaba hacia la capital más fácil y rápidamente de lo que hubiera imaginado.

Entró a la ciudad de México al lado de Madero, cosechando su parte de gloria y honores que, por lo demás, no desmerecía ni usurpaba. Su papel en la corta revolución había sido decoroso y los Madero habían encontrado en él a un amigo leal y entregado que no pensaba, como muchos otros, en cobrar favores o en compartir un poder del que luego se beneficiaban con felonía. Blair era un hombre honesto, forjado en el yunque protestante, idealista de miras y enérgico en la amistad. Además, su condición de extranjero hubiera cancelado cualquier ambición de cargos oficiales. La Revolución había ablandado ciertos aspectos de su personalidad puritana: había comenzado a fumar, a beber alcohol y a participar en las fiestas con una moderada gallardía. Pero, a semejanza del país, su "liberación" fue transitoria. Su fondo inflexible volvería a predominar en su carácter y en su juicio sobre los demás. De ese fondo provenía, quizá, su falta de simpatía hacia Venustiano Carranza, con quien mantuvo un trato cercano y asiduo. Sentía que Carranza no se comprometía en nombre de ideales y de nobles causas: lo veía calculador y demasiado lleno de reservas a la hora de brindar un apoyo decisivo a las fuerzas maderistas.

Durante el tiempo que Madero estuvo en el poder, Alberto Blair administró una mina en Zacatecas, gracias a una recomendación suya. Después del asesinato del Presidente y del exilio de parte de la familia Madero a los Estados Unidos, Blair fungió como administrador y apoderado de sus bienes y tierras en la región lagunera.

Pero allí no paró su deuda con los Madero. Fue todavía gracias a uno de ellos, a Evaristo, como conoció a Antonieta Rivas (así se hacía llamar en esa época). Evaristo Madero invitó a Alberto a una kermesse en beneficio de los soldados de Poincaré. Sus intenciones no eran meramente caritativas: pretendía a una de las muchachas organizadoras, amiga de Antonieta. Evaristo presentó a Alberto con Antonieta, sin sospechar que una pareja más iba a formarse gracias a esa filantropía bélica.

Antonieta tenía una imagen limitada de la Revolución y de sus nuevos hombres. En los primeros tiempos, su visión se había centrado en las botas polvorientas que percibía desde el sótano de su casa, por lo que se le había forjado una idea no muy atractiva de los nuevos amos del país: soldados y generales de tez oscura, cargados de desprecio hacia los refinamientos del porfirismo, hombres rudos, malhablados, sin cultura.

Cuando le presentaron a Alberto Blair y se pusieron a comentar los acontecimientos nacionales e internacionales, Antonieta se sintió subyugada. Sin hacer alarde de sus aventuras de militar y estratego, le narró de una manera divertida y amena algunos episodios de sus tratos con Madero y Carranza. Antonieta era de alma liberal como su padre, pero, hasta ahora, no había encontrado un revolucionario a la altura de sus expectativas, uno que le hablara de los cambios desde los ideales de justicia y nobleza que ella admiraba sin poder corporeizarlos en algún hombre de carne y hueso.

Blair tenía, además, otros atractivos para Antonieta. Era un hombre apuesto, aunque le faltaban unos centímetros para rebasar a Antonieta, su cara era dulce y limpia de retorcimientos interiores. Los 10 años que le llevaba a Antonieta eran para ella una garantía de madurez. Era extranjero y estaba al mismo tiempo íntimamente ligado con un destino de México que aspiraba, todavía en ese momento, a un liberalismo no exento de cierta grandeza. Alberto era, por si fuera poco, hombre culto: amaba la historia, de la que hablaba con conocimiento y pasión. Tenía la aureola del hombre cercano al poder, que se preserva, no obstante, de sus componendas más viles. Entraba y salía del Palacio Nacional a su antojo, pero no se detenía en los pasillos donde se urdían las traiciones y las mezquindades. Estaba en las entretelas del poder, pero su integridad personal no daba tela de dónde cortar.

Alberto Blair se fascinó igualmente con Antonieta. Ella no tardó en invitarlo a su casa, ni él en darse cuenta de la singular vida que llevaba esta muchacha de 17 años. Antonieta era la primera mujer mexicana que veía libre, independiente, por encima de ciertos prejuicios a los que nunca había podido acostumbrarse en su trato con la sociedad mexicana. Era una muchacha emprendedora, culta, extraordinariamente madura para su edad, su condición y su país. Don Antonio lo impresionaba y le simpatizaba sobremanera, y Blair empezó a frecuentar a los Rivas Mercado como si, después de los Madero, se tratara de su nueva familia de adopción.

Antonieta y Alberto se enamoraron de la imagen que cada uno percibía en el otro y que reforzaron en la más intensa de las cristalizaciones. Casi podría decirse que aquello que les fascinaba en el otro era lo que precisamente los opondría a los pocos meses de la convivencia matrimonial: Antonieta se enamoró de una rectitud espiritual que pronto se tornaría en inflexibilidad e intransigencia; Alberto se enamoró de una fuerza de libertad que pronto ya no toleraría en su propia esposa. La atracción funcionó en ellos a la manera incomprensible de la atracción física de los contrarios. En un solo punto coincidían: en su respectiva intolerancia hacia lo que había de diferente en el otro.

Aunque hechos de distinta madera, ambos eran de una sola pieza y, en el principio, la entrega fue total. A los cuatro meses de conocerlo, Antonieta empezó a hablar de matrimonio. Una circunstancia venía a acelerar la decisión: Alberto se marchaba a Washington con objeto de alistarse para ir a la guerra. Don Antonio, por su parte, puso freno a la precipitación de Antonieta al rogarle que, al menos, cumpliera los 18 años antes de casarse. En Washington, las autoridades le sugirieron a Blair que sería más útil si se regresaba a México a supervisar el envío de guayule a los Estados Unidos, materia prima en la fabricación de llantas para los vehículos de guerra. Alberto regresó y la boda se celebró el 27 de julio de 1918.

La ceremonia se realizó en la sala de la casa de Héroes: fue sobria, breve, poco concurrida y, según las palabras de Amelia, la hermana menor de Antonieta, la boda más aburrida de la historia nacional. Sólo asistieron los parientes más cercanos, con excepción de Matilde Castellanos a quien Antonieta no quiso invitar. La madre tomó el desaire con cierta indiferencia, o fatalidad quizá, pues tampoco había asistido a la boda de Alicia, su hija mayor, y se resignaba a no figurar en las fotografías familiares ni siquiera en las ocasiones que suelen reunir a las familias más desavenidas.

Antonieta usó el vestido de bodas de su prima *la Beba,* en cumplimiento del antiguo pacto de mutua felicidad, que todos los presentes auguraron, incluyendo al sacerdote católico que abrevió la pequeña ceremonia en deferencia al protestantismo de Blair. Antonieta prefirió también una ceremonia íntima, sobria y rápida. Consideraba que el matrimonio era un asunto entre ella y Alberto y por ningún motivo un acontecimiento social. Se trataba, a lo sumo, de una necesaria transacción con la sociedad, susceptible de ser despachada en media hora. Lo esencial se verificaba en el acoplamiento de las almas y de los espíritus, cosa que no ameritaba los aplausos o los murmullos de la sociedad. ¿No había hecho, hasta ahora, lo que le venía en gana en el momento en que lo quería? El matrimonio era otra danza que ella bailaría al ritmo de sus impulsos y de su exigua paciencia.

"Al principio hubo unas veces, maravillosas, en que mi alma y mi cuerpo se fundieron en él; éramos uno y lo seguí hasta perderme para despertar después serena, reposada, como de un sueño hondo, tranquila a su lado. Pero él no sentía la diferencia. Mi cuerpo para él era siempre el mismo, el suyo para mí no", escribiría Antonieta años después en *Páginas arrancadas,* un relato de fuerte carácter autobiográfico. Este "principio" se refiere al viaje de bodas a los Estados Unidos, adonde Blair la llevó a conocer a su familia. En Chicago, Antonieta simpatizó con una hermana de Alberto, Grace, con quien sostendría después una relación epistolar esporádica pero íntima. También visitaron Nueva York que fue, para Antonieta, un descubrimiento febril. La cautivó la ciudad modernísima, ajetreada, innovadora; le fascinó el hervidero de lenguas y de razas en cada esquina; los edificios parecían surgir de la nada y de un día para otro. Era una ciudad hecha a la medida de la velocidad interior de su turista.

El "principio" fue asimismo la instalación del matrimonio en la casa de Héroes. La decisión de permanecer en la casa familiar se debió en gran parte al hecho de que Blair, en su calidad de administrador de los bienes de los Madero, tenía que ausentarse con frecuencia de la capital para vigilar el envío de algodón que se vendía en México. Así, Antonieta resentía menos sus ausencias y, además, seguía ocupándose del pequeño mundo de Héroes. Pero, en cuestión de meses, cuando las incompatibilidades empezaron a aflorar entre los dos esposos, las ausencias de Alberto se hicieron reposo, respiro, ligereza y dicha. "Cuando salió el tren sentí ganas de darle una vuelta al bosque, mi bosque de ensueño. Y allá brotó mi seguridad, porque me sentía tan ligera y dichosa. En voz bajita me confesé que era porque él se había ido, porque estaba yo sola, porque con él no era feliz."

Con la misma rapidez con que había decidido casarse, Antonieta resolvió separarse de su marido. La razón de su desdicha —que más exactamente habría que llamar desilusión—, se originaba en un desencuentro de almas, en una mala afinación de sensibilidades. Alberto Blair no era el alma gemela con la que había soñado y se había enamorado, engañada tal vez por su imaginación demasiado pronta a transformar la realidad al gusto de sus deseos. No le dio muchas vueltas al asunto. Su moral, en materia de desamor, era clara y contraria a la sociedad que exaltaba a las mujeres resignadas, a la "dolorosa mujer mexicana". Ella escribiría después: "No está bien que un hombre y una mujer, cuando ya no se quieren, sigan viviendo juntos. La unión de los cuerpos debe ser la de las almas, y la mía no va a ti." Acostumbrada por lo demás a hacer y deshacer su vida a su antojo, Antonieta no encontraba razones para mitigar su felicidad en nombre de una imagen social o de una tradición familiar que, de todas formas, no le había ofrecido precisamente un ejemplo de unión y de concordia.

A la decisión de Antonieta se opuso la terquedad de Alberto, con la que, desde luego, no contaba. "Le dije rectamente: ya no te quiero; por favor, quiero que nos separemos. Si te duele, perdóname, pero no soy feliz contigo. Y por contestación se le fue cargando el semblante de rabia, se puso en pie y amenazándome me dijo: tú ya tienes un amante." A partir de ese momento, empezó para Antonieta y Alberto un pequeño infierno hecho de interrogatorios, lucubraciones, verificaciones de horarios y ocupaciones, dudas y remordimientos, treguas y tormentas. Era bastante lógico que Blair interpretara así la decisión de Antonieta: en sus ausencias iba y venía, seguía prácticamente llevando la misma vida que de soltera, y no era su padre quien iba a oponerse a esta independencia. A Blair le resultaba inconcebible que el desamor fuera una razón suficiente para pedir una separación: él seguía queriendo a Antonieta con el mismo fervor, aunque su pasión, por el rechazo que sufría, se tradujera en torpeza, en desesperación y en violencia. El orgullo también intervenía en la angustia de la pérdida: Alberto temía el ridículo y, al imaginario amante, agregó la sospecha frente a sus lecturas y amistades. Pero no existía tal amante, y la desesperación comenzó a apoderarse también de ella.

Pensó en la muerte como salida a los días y las noches en que las palabras de Alberto la perseguían como arpones. "¿Por qué no me muero? Si me muriera se arrepentiría de las cosas que me ha dicho, de esto que me hace padecer." Alberto perseguía una confesión; Antonieta, su libertad y un poco de sosiego. Antonieta conseguía las treguas ofreciéndose a Alberto "pero como un mendrugo a un mendigo repulsivo". No pasó mucho tiempo antes de que sobreviniera un desplome nervioso, el primero de la larga cadena que la llevara a la muerte. De esa primera estancia en un hospital, recordaría:

> El 15 de noviembre me trasladaron al hospital. Esa madrugada [Blair] llamó, asustado, al médico. Se habló de un *nervous break-down*. Con tal de no verlo otra vez, me dejé llevar. No sabía que allá, en la clínica silenciosa y blanca, mi única visita sería él. Tuve una enfermera de pie que me veía llorar y, automáticamente, me daba unas cucharadas que me hacían dormir pero que no podían impedirme despertar. Todo es menos doloroso que ese primer contacto con una realidad hundida en la inconsciencia bienhechora. Cómo quería envolverme más hondo con las sábanas del sueño, y cómo despertaba más de prisa rebotando contra la superficie de una vida hostil: las aristas del recuerdo.

Una noticia inesperada en esa vida que oscilaba entre el purgatorio y el infierno reavivó la llama de la concordia: Antonieta estaba embarazada. La noticia le aconteció en un momento de mansedumbre, propiciado en gran parte por la descarga de la crisis nerviosa y el efecto de los calmantes. Su resignación era narcótica, y se esforzó por revivir las cenizas de un amor ya muy apagado, ya muy ennegrecido por la desesperación compartida.

En enero de 1919, consignó Antonieta la nueva de su embarazo en un tono que solapa el autoengaño con los propósitos de Año Nuevo, las declaraciones de buena voluntad para enmendarse y enmendar una realidad que, sin embargo, auguraba continuar sin remedio:

> De esa tormenta me quedaba eso, un hijo. Dios mío, no, no hagas que se desborde esta copa de amargura. Sé que él me quiere infinitamente, que soy su vida entera, aunque me cueste trabajo comprender su amor. Puedo hacerlo feliz. ¿No basta eso? Pensé alguna vez que el hijo sería un glorioso mensajero de dicha. Un hijo. Si al menos fuera sólo mío. Pero es suyo también. Lo reclamará, le dará su nombre, que no me gusta. Hijo. Pero no, estoy desvariando. Dios me lo ha mandado como una bendición, es su contestación a mi plegaria, en él hallaré mi consuelo, consuelo de todos los males. Virgen Santa, lo pongo bajo tu protección. Ya quiero que nazca, estoy tan sola, mi hijo me acompañará y cuando sea grande le diré: hijito, vámonos de aquí donde pueda yo descansar. Tú ya eres fuerte y me puedes defender y cuando yo diga una cosa no permitirás que nadie dude de mí, ¿verdad que eres mi fuerza y mi alegría, que tú sí entenderás cuando yo te explique?

Antonieta hizo acopio de fuerzas y de voluntad para sobrepasar la distancia que la separaba de su marido y llevar a cabo un embarazo que no resultó fácil. El niño, más que reconciliarla con su esposo, la reconcilió consigo misma. Se iba apoderando de su nuevo papel sin más preparación que para el anterior. Se decidió a ser madre, con el radical empeño que ponía en todas las cosas.

Donald Antonio nació el 9 de septiembre de 1919 en el

Hospital Americano de la ciudad de México, después de un parto tan largo y difícil que el doctor Monday le recomendó a Antonieta que no tuviera más hijos. Esta advertencia le ofreció a Antonieta buenos pretextos para rechazar, hasta donde le fue posible, la relación íntima con Alberto. A pesar de todo, tuvo más adelante otro embarazo que se saldó con un aborto.

Antonieta se entregó en cuerpo y alma al cuidado de Donald Antonio. Proyectaba en él todo el afecto que ya no dedicaba a su marido, como suele suceder cuando se deposita en un hijo la esperanza de una reconciliación matrimonial. Su maternidad se tiñó de acentos líricos, profesó a su hijo una ternura desbordante de la que nadie tal vez la hubiera creído capaz. Registró en un librito que llevó de su puño y letra, durante dos años, los primeros pasos de su hijo, los regalos que recibía, sus primeras fiestas, sus primeras palabras y un mechón de su pelo rubio. Todo el mundo en la casa de Héroes festejó la llegada del primer nieto y don Antonio, que ya no tenía mucho en qué ocuparse, adoptó bonachonamente su papel de abuelo ejemplar.

Los conflictos entre los padres repercutieron en el hijo hasta en las cuestiones más simbólicas, como su nombre. El Donald le fue dado en honor de los antepasados escoceses de su padre, mientras que el Antonio lo fue en honor de su abuelo materno. Antonieta le decía Toñito; Alberto, Donald, y finalmente la doble nomenclatura se neutralizó en el apodo de el *Chacho*, sobrenombre que aludía al único "muchacho" de la casa y que se le quedaría para toda su vida.

Alberto Blair se quejaba de la capital, de sus desórdenes políticos y quizá, implícitamente, de ser el segundo hombre de la casa después de don Antonio. Convenció a Antonieta de que sería benéfico para todos, sobre todo para el *Chacho*, que no gozaba de buena salud, irse por una temporada a vivir a un rancho de los Madero en San Pedro de las Colonias. El matrimonio partió hacia allá a fines de 1921. Antonieta no tardó en padecer la vida campestre como un exilio. Había abandonado su ritmo citadino, su casa y a su padre, todas las oportunidades de vida cultural, y de poco le sirvieron los libros y el piano que se llevó al pueblo para compensar el destino que le imponía su marido.

En San Pedro, la rutina se le hizo insoportable. La única persona a la que podía visitar era Susana, la esposa de Evaristo Madero, y unas cuantas relaciones que de ningún modo satisfacían su intelecto o sus hábitos sociales. Además, el calor infestaba su existencia tediosa e inevitablemente reducida a la vida hogareña con Blair. Las incomodidades de la vida de rancho le parecían un martirio innecesario. Su única diversión era montar a caballo, actividad en la que descargaba sus frustraciones y su rabia contenida. El resto del tiempo, leía a *sus* autores: France, Remy de Gourmont, Baudelaire, a *su* Verlaine, *sus franceses.* Estas lecturas tenían el don accesorio de envenenar el ánimo de Alberto. Él no sabía francés y, por más que se lo trataba de enseñar Antonieta, sólo veía en ese idioma y en esos autores el origen pernicioso de los males que amenazaban su matrimonio. Los malditos franceses eran quienes le metían en la cabeza a su mujer esas ideas bizarras, esas melancolías en las que Antonieta se encerraba durante largas horas, por no hablar de esas pretensiones románticas que nada tienen que ver con la vida real. Cuando Antonieta le hablaba o le cantaba al *Chacho* en francés, Alberto se sentía rechazado hasta el último rincón de la casa. Y ella lo hacía a propósito, para sugerirle que estorbaba, que era el idiota de la familia.

Una noche de violencia, Blair decidió quemar los libros en un auto de fe que conjurara las malas influencias. Se trataba de aniquilar a los demonios:

> Los amontonó en el jardín, mis libros, míos, y les prendió fuego. El papel cerrado no ardía, entonces los deshojó, los sesgó. Yo me quise ir. Quédate, anda, quédate, me decía, míralos arder, qué bonito, qué bonito infierno. No te vayas, quiero que te quedes. Y me quedé haciéndome chiquita, hundiéndome en un rincón donde no me tatemara el calor, donde no me iluminara la fogata. ¡Aquel auto de fe, con mis libros, con mis

pobrecitos libros! Los anaqueles quedaron ciegos, les vació las órbitas.

En esta ceremonia Alberto reveló lo peor de su intolerancia. Antonieta aguantó un tiempo más, como si la fuerza del golpe la hubiera hecho vacilar entre el papel de mártir o de rebelde.

El país estaba todavía revuelto. En el poder, Obregón trataba de imponer cierto orden después del paso de los constitucionalistas, pero, en la provincia, los caminos continuaban siendo inseguros. Además, no era fácil viajar hasta el rancho de los Madero, que se encontraba a unos 60 kilómetros al noreste de Torreón. Por todas estas dificultades, en el año que duraron en San Pedro de las Colonias nadie de la familia fue a visitarlos. Antonieta ya no aguantaba el exilio al lado de un hombre que ya no quería y hasta se le hacía repulsivo. Alberto era el alcaide de una cárcel cuyos barrotes estaban hechos de ese calor saturnino que formaba, alrededor de Antonieta, un círculo infernal que la consumía.

La gota que derramó la copa de amargura fue una simple intoxicación intestinal que el *Chacho* se ganó por comer nísperos en el huerto del rancho. La fiebre se apoderó del niño y lo consumía a una velocidad que espantaba a Antonieta. Blair intentaba bajarle la calentura con baños de agua helada. El método era adecuado, pero la calentura no cedía, al menos no a la velocidad que desearía una madre inexperta y colmada de rencores hacia su esposo. Antonieta se fugó con el niño enfermo a México para buscar refugio en la casa paterna, aprovechando un pretexto que le caía del cielo para descargar su hostilidad hacia Blair y reinstalarse en la casa de Héroes. Cuando Blair se apareció allí poco después, don Antonio lo recibió en el mismo estilo con el que, años antes, había recibido a Lucio Blanco en la escalera de la entrada. *El Oso* se limitó a sentenciar: "Aquí en mi casa, yo mando, y a este niño lo va a ver un médico." El yerno dobló la cabeza.

Por lo pronto, Antonieta había ganado lo que quería: regresar a México y poner algún amortiguador entre ella y su marido. Comenzó a retomar su independencia. Le dio por ir a ver a Diego Rivera pintar el Anfiteatro de la Preparatoria Nacional. La ciudad se agitaba bajo el gobierno cultural de Vasconcelos. Por todos lados había actividades, conferencias, debates, revistas, exposiciones, conciertos, libros, cafeterías llenas de gente discutiendo. El escenario literario se lo reñían los estridentistas —con su divertida parodia del vanguardismo a ultranza— y otros más jóvenes como Salvador Novo y Xavier Villaurrutia que escandalizaban, traducían, publicaban poemas y reportajes con una temperatura hasta entonces desconocida. En el cine triunfaban Rodolfo Valentino, Ernest Lubitsch y Chaplin. La cultura mexicana se ampliaba y se diversificaba. Antonieta comenzaba a familiarizarse con el nuevo medio artístico, leyendo *El Universal Ilustrado* o *La Falange,* nueva revista dirigida por otros jóvenes poetas: Jaime Torres Bodet y Bernardo Ortiz de Montellano.

Por su parte, Blair se lanzó en una nueva empresa que lo llenaba de esperanzas, lo distraía y, sobre todo, lo hacía ausentarse de la casa. Se trataba del fraccionamiento Chapultepec Heigths, que él diseñó, y cuya venta administró en asociación con el sobrino del general Wright, dueño de los terrenos y presidente de la compañía *Sears* en los Estados Unidos. Alberto Blair no entró en la asociación con capital, sino con maquinaria y trabajo. Antonieta pareció interesarse por este negocio. Todo estaba por hacerse en ese cerro desértico: desde remover la tierra, plantar árboles, trazar calles, y antes que nada prolongar el Paseo de la Reforma hasta lo alto de las lomas que su promotor pretendía convertir en el *non plus ultra* de la ciudad. Blair y Antonieta, más tranquilos ya, recorrían a caballo las grandes extensiones de tierra, imaginaban sus avenidas arboladas, sus calles asfaltadas por donde circularían los últimos modelos de automóviles y los jardines alrededor de las mansiones, donde jugarían los niños rubios y regordetes de las colonias británica y norteamericana.

Por las noches, Antonieta desplegaba los planos del fraccionamiento en el suelo del salón y, con Amelia y el *Chacho* jugando a un lado suyo, nombraba las calles. Abría diccionarios y enciclopedias y reproducía en el papel la geografía del universo. Escogió las montañas más imponentes porque, según ella, eran el más sugestivo bautizo para esas alturas que dominarían, con su lujo y su exclusividad, las viejas colonias de épocas pasadas. Antonieta fue así la madrina de un México ideal, urbanizado modernamente. Era otra marca que la familia dejaría impresa en el rostro de la ciudad.

Tal vez porque el negocio era próspero y Antonieta se divertía en esta nueva ocupación, los esposos Blair decidieron construir su propia casa en el fraccionamiento. Era un chalecito de tipo norteamericano, no muy grande ni ostentoso, cerca de la vía del tren. Fue en esa época cuando sembraron los fresnos de la calle Pelvoux y Pedregal que, con los años, darían sombra secular al rumbo.

La aparente paz conyugal se debía a las distracciones y a que Blair no estaba mucho en casa. Tenía una vida social activa, requerida por su labor de promotor del fraccionamiento. Ingresó al University Club, donde solía pasar sus horas de ocio que, de todas formas, aprovechaba para cerrar tratos con sus clientes. En la casa de Héroes nadie presenciaba altercados entre Alberto y Antonieta; la brecha surcaba más profundo, más allá de las apariencias cotidianas. Pero, si ya no había manera de rellenar el abismo que se abría cada día más entre ellos, tampoco había manera de romper los hilos delgados, pero tenaces, de la farsa en que se había convertido su relación.

Don Antonio tomó la iniciativa de alejarlos. Si los hilos no se rompían definitivamente con un océano de por medio, al menos se respiraría mejor durante un tiempo. Don Antonio se aburría en ese México que ya no le pertenecía; además, quería volver a su querida Francia, pasar allí una larga temporada como para cerrar un círculo que, sentía, se redondeaba con cada día. Tal vez en complicidad con Antonieta, y a sabiendas de que Alberto no podía abandonar México a causa de sus negocios, don Antonio hizo una invitación al matrimonio para acompañarlo al viaje, cuya duración estimaba iba a ser de un año. Como se esperaba, Alberto declinó la invitación, pero aceptó que Antonieta se fuera con el niño, siempre y cuando la estancia no durara más del plazo fijado. A pesar de que sabía que en esta separación se arriesgaba a perder a Antonieta, también aventuraba que un poco de distancia y de tiempo la harían recapacitar.

Gracias a este arreglo que, por el momento, satisfacía a todas las partes en conflicto, Antonieta y el *Chacho* partieron rumbo a Europa el 9 de octubre de 1923. En la cubierta del barco, se tomaron una foto de despedida. Es una fotografía elocuente: Blair aparece de pie, a unos cuantos pasos de la banca donde está sentada Antonieta, que se refugia detrás del hombro de su padre. Don Antonio, por su parte, en señal de su incondicional amor, posa una de sus enormes manos en el muslo de su hija...

CAPÍTULO VI

CASI 15 años después, Antonieta y su padre volvían a sus antiguos rumbos de la Rive Gauche, como un matrimonio que regresa a la ciudad de su primer idilio. En la ribera opuesta del Sena vivía Alicia, con su marido y sus hijos, en un lujoso departamento de la rue Spontini, en el distrito XVI. Don Antonio por nada en el mundo hubiera cambiado una ribera por otra. Y es que en París el Sena es una frontera que divide dos mundos y dos maneras de vivir. Los Rivas Mercado alquilaron un departamento, un muelle donde refugiarse entre viaje y viaje, una especie de anclaje en la vida nómada que empezarían a llevar eventualmente en Europa.

Amelia formaba parte de la expedición. Mario, que estudiaba en la norteamericana Universidad de Princeton, los visitaría varias veces en vacaciones. Hasta la madre de Antonieta los alcanzó por una temporada, pagados sus gastos de viaje por don Antonio, sin que ello significara reconciliación alguna. Europa se convirtió así en el sitio de reunión de una familia que, en su tierra natal, vivía dispersa: en una zona franca para los últimos reencuentros.

París era la ciudad puerto, el centro de las órbitas que cada miembro de la familia describiría en sus periplos y en sus huidas. Don Antonio quería regresar a las ciudades y a los países que antaño había amado. Para él, el viaje era una larga despedida que todavía nada justificaba, salvo la intuición de haber llegado a la edad en la que las cosas se miran siempre por última vez. Para Antonieta, Europa era un gran respiro, un paréntesis previo a la liquidación de su pasado y al recomienzo de una nueva etapa. Porque así pensaba Antonieta: cuando muere un amor, una pasión, cualquiera que sea su índole, hay que pasar a otra cosa, entregarse a una pasión nueva que habrá de implicar una vida distinta. Le molestaba que el pasado se inmiscuyera en el presente y deseaba vivir con la levedad con la que se voltea la nueva hoja de un mismo libro.

Sin embargo, Antonieta tenía que calcular sus jugadas, aprender a contar con el paso del tiempo porque, ya lo había visto, sus arrebatadas decisiones se topaban con la resistencia de los demás. Había que cambiar la estrategia y, por lo pronto, vivir, reconstruirse, recobrar fuerzas y atisbar un nuevo futuro.

La presencia de Amelia y del *Chacho* obligaba a una organización práctica elemental. Antonieta contrató a una institutriz inglesa para el *Chacho*, tal vez en previsión de las reticencias de Alberto frente a una educación exclusivamente francesa. A Amelia la inscribió en una academia de danza, con la actitud de una madre que pretende realizar, en su hija, sus frustraciones de infancia. La figura de Isadora Duncan presidía esta escuela que pugnaba por el libre desenvolvimiento del cuerpo en su más desnuda expresión. No la conmovieron las quejas de Amelia, que se helaba en los salones sin calefacción en el invierno parisiense con una ligerísima túnica griega como único atuendo. En Amelia, como en muchas otras alumnas, la pasión por la danza se congeló en lugar de encenderse. Pero Antonieta nunca hubiera cedido ante argumentos tan vulgares.

Al periodo de instalación sucedieron los viajes, unos más largos que otros, que simulaban obedecer al placer pero que se antojan a la vez fatigosas trashumancias. Una vida se desarrollaba en la superficie: traslados, proyectos, temporadas en las que se reunían los Gargollo Rivas y los Rivas Mercado: en invierno, cerca de Montreux para esquiar y en verano en Cabourg para montar a caballo, jugar golf, pasear y tomar té en el Casino. Otra, más melancólica y oscura, se insinuaba en una interioridad en la que don Antonio, Antonieta y el *Chacho* constituían una extraña y desamparada familia, marginada del rumor del mundo. Por ejemplo, en las temporadas de invierno en Montreux, los Gargollo se hospedaban en el exclusivo y charlestonero *Hotel Palace*, con los hijos, las nanas y Amelia que iba y venía entre los Gargollo y los Rivas, que preferían la *Pension Marie*, más modesta y solitaria, donde, por las noches, se escuchaba el imponente silencio de las montañas. Si en la Costa Azul los Gargollo se aposentaban en la

Promenade des Anglais —desde entonces el lugar más elegante y caro de la ciudad de las flores—, Antonieta y su padre vivían cerca de Menton, en una villa retirada cuyos jardines bajaban hasta el Mediterráneo.

En 1924, Antonieta, su padre y su hijo viajaron a España y a Holanda, donde Mario los alcanzó. En Italia visitaron a los queridos Boari. Dejaron al *Chacho* con ellos en Roma y siguieron a Venecia, donde Antonieta pasó unos días exquisitos. El agua y el cielo se hablaban como dos almas gemelas en una armoniosa quietud que Antonieta añoraba para sí. Disfrutaba los paseos en *vaporetto* al Lido, las recepciones ruidosas de los chiquillos en los muelles, que la encontraban tan *bella*, y se dejaba seducir por ellos y por la gloria inagotable, excesiva de la ciudad. Antonieta, en el bamboleo de las góndolas y la soledad, adormecía sus nervios encrespados por tanta belleza.

Una tarde que se sentaron a tomar el té en la terraza del *Florian*, en la plaza de San Marcos, don Antonio abordó frente a Antonieta el tema de su matrimonio y procuró enterarse de sus intenciones. La había visto escribir unas cartas, y le incomodaba que Antonieta no se explayara sobre su contenido.

—¿Qué piensas hacer, Toinette? Tu marido te dio permiso de estar aquí conmigo por un año. Tu hermana y yo nos quedaremos un tiempo más. No tengo ganas de regresar a México. ¿A qué regresaría? Tú sí tienes a alguien que te espera.

—La que ya no espera nada, soy yo, papá. Todo terminó para mí. Le voy a escribir para pedirle el divorcio. Pero temo su violencia y su negativa. Tendré que convencerlo, y si se resiste, lo obligaré con todos los medios. Por ahora, prefiero seguir viajando.

—Sabes bien que nunca te pediría que te fueras de mi lado. Pero piénsalo bien, Antonieta. Piensa sobre todo en qué vas a hacer para que no sufra el *Chacho*. Esto es lo más importante. Lo demás, con el tiempo...

Antonieta prefirió por lo pronto, pedir una prórroga a su libertad. Conocemos la respuesta de Blair:

> Este siendo el caso [que don Antonio y Amelia prolongaban su estancia en Europa], estoy seguro de que nada bueno puede resultar de tu regreso a México. Serás desgraciada mientras sueñes con los viajes que podrías estar haciendo; mientras no sueñes en hacer hogar para Donald no tendrás manera de hacerlo. En consecuencia, te relevo de la promesa que me hiciste de sólo guardar al muchacho contigo un año y, por la presente, doy mi conformidad para que lo conserves allá más tiempo. Así realizarás tus ensueños de viajes y también tendrás a tu muchacho. Lo importante es que no se considere a Donald como sujeto de experimentación, pero ese será el caso hasta el momento en que por sobre todo desees darle un hogar, y ese ensueño borre de tu mente todos los demás y llegues al punto en que nada pueda apartarte de este fin.

Sí, Antonieta soñaba con los viajes pero, sobre todo, con estar lejos de Alberto y aplazar lo más posible el enfrentamiento final. Ignorante de esto, Alberto Blair hacía planes para el reencuentro: podría ser en Nueva York, donde vivirían si se confirmaran unos negocios que proyectaba organizar en los Estados Unidos. Antonieta no aceptaba ni negaba, y lo dejaba lucubrar sobre su futura vida común en esa ciudad que tanto le gustaba a ella.

A principios de 1925, la madre de Antonieta se embarcó hacia el Oriente en compañía de Amelia. Quería visitar la Ciudad Santa, el Santo Sepulcro, las santas iglesias, y después, algunos lugares bárbaros como Turquía y Grecia. También abrigaba un propósito secreto: quería traer un poco de agua bendita del Jordán para bautizar a Donald Antonio, cuya alma corría peligro por el contacto con una madre tan "venática". En la ignorancia de la verdadera intimidad de la pareja, Matilde no entendía por qué Antonieta se negaba a formar un hogar con Alberto que era, para ella, un yerno ejemplar. Nada podía contra la terquedad de su hija, pero, al menos, haría lo suyo para tratar de salvar a Donald Antonio de los demonios que lo asechaban.

Mientras Matilde Castellanos bogaba en pos del conjuro, Antonieta cultivaba sus demonios y cosechaba las ideas que poco después colaboraría a sembrar en México. En París se interesó por el teatro. Pero no por la *Comédie Française* o la *Opéra Comique*, el teatro que frecuentaba con su padre y al que todavía solía llevar de vez en cuando a sus sobrinos, sino por los movimientos teatrales de vanguardia que marcaban la pauta de la modernidad. Eran los comienzos de Dullin y de Copeau, y el crepúsculo de los Ballets Rusos de Serge Diaghilev. Jean Cocteau era la estrella de la vida de los veintes: asombraba e irritaba a París que, sucesivamente, lo admiraba y lo condenaba, y que a nadie dejaba indiferente con su mezcla de inocencia y de mundanidad, de pureza y de refinamiento. "Soy, sin duda, el poeta más desconocido y más célebre —escribiría Cocteau en su *Diario de un desconocido*—. Esto me entristece a veces porque la fama me inhibe y sólo pretendo despertar amor. Esta tristeza proviene del lodo que nos envuelve y contra el que me rebelo."

En 1922, en un viejo teatro de Montmartre, Charles Dullin había fundado su *Théâtre de l'Atelier*. El primer montaje reveló a un autor desconocido: Pirandello, con una obra titulada *La voluptuosidad del honor*, a la que sucedió una *Antígona* de Sófocles, revisada y marcada por el estilo de Jean Cocteau. Los decorados se debían a Picasso, la música a Honneger y el vestuario a *Coco* Chanel. Charles Dullin hacía un extraordinario Creón y Antonin Artaud un no menos espectacular Tiresias. Man Ray inmortalizó al espectáculo en sus fotografías. Esta empresa, que conjugaba los mejores talentos de cada arte en un trabajo de creación colectiva, no había sido la primera ni sería la última, para fortuna de Antonieta. Desde *Parade* (1917) y la llegada a Francia de los Ballets Rusos, la fiebre modernista sacudía el mundo artístico. Otra lección que aprendió Antonieta con Dullin fue que el teatro se podía hacer en cualquier sitio, sin necesidad de equipos complicados (en el *Teatro de l'Atelier*, por ejemplo, no existía rampa de luces y los maquillajes multicolores de los comediantes suplían las deficiencias técnicas del local), con el único recurso del talento. Se ignora qué puestas en escena vio Antonieta durante su estancia en Europa, pero, por el proyecto que, capitaneado por ella, realizaría el Teatro de Ulises poco después en México, se intuye el tipo de teatro que frecuentó y las inquietudes de las que se contagió. Es probable que haya asistido a la representación de *Le train bleu*, un espectáculo de la época final de los Ballets Rusos, que se estrenó en Montecarlo en febrero de 1924 y luego en París en junio del mismo año. Como en *Antígona*, la nómina de talentos fue pasmosa: Cocteau con el libreto, Darius Milhaud con la música, Bronislava Nijinska, hermana de Nijinski, con la coreografía; *Coco* Chanel con el vestuario, y Picasso con un cuadro de la época de los "Gigantes" para el telón.

Otra aventura de esos años 1924-1925 que pudo estar en la mente de Antonieta, cuando se creó el Teatro de Ulises, era la del conde Étienne de Beaumont y sus legendarias "Soirées de Paris". El Conde era un aristócrata atildado por los adjetivos rico, culto, excéntrico y decadente, que solían calificar a los personajes proustianos del Faubourg Saint-Germain. Su papel de mecenas le valió el apodo de *Comte Courant* [cuenta corriente], entre las bambalinas del teatro que había renovado en el antiguo local de la *Cigale* en Montmartre. Allí se hacían exposiciones de pintura y se presentaban espectáculos que casi siempre eran verdaderos *happenings*. En junio de 1924, una vez más, Jean Cocteau encabezaba el cartel con una adaptación de *Romeo y Julieta*, a la que asistieron, entre muchos otros espectadores, André Gide y Paul Morand. Según las propias palabras de Cocteau, se trataba de "un ensayo de cirugía estética, una tentativa de operación para rejuvenecer las obras maestras, volverlas a coser, a restirar, quitarles la pátina, la materia muerta..." Esta misma clase de cirugía integraría el programa del Teatro de Ulises.

El mundo entero tenía los ojos anclados en el París de los años veinte que fueron axiales para el arte y también para la vida que, con los surrealistas, se declaró indistinta de la creación: la vida tenía que cambiar, toda la vida estaba cambiando. La gran Exposición de las Artes Decorativas de 1925 fue mucho más que un suceso artístico: determinó un estilo y un nuevo modo de vivir. Las líneas se depuraban, se aligeraban, se dinamizaban. *Coco* Chanel imponía en la moda una revolución similar a la que pretendían los surrealistas. Creó lo que ella llamaría una "moda honesta", porque "la estética no es sino el reflejo externo de una honestidad moral, de una autenticidad de sentimientos". Arrasó con la decadencia del siglo XIX, recordaba *Coco* Chanel a Paul Morand, porque era una "época magnífica pero de decadencia, con los últimos vestigios de un estilo barroco donde el adorno había acabado con la línea, donde lo recargado había asfixiado la arquitectura del cuerpo, como el parásito de los bosques tropicales asfixia al árbol". Antonieta adoptó la moda Chanel como quien toma el hábito que corresponde a una convicción interior. Le calzaba admirablemente esta moda de elegancia sobria, de comodidad estudiada e inadvertida, que siempre había buscado. Ella, que no era mujer de formas acentuadas, llevaba a la perfección esos vestidos rectos que olvidaban los senos y las caderas, y liberaban al cuerpo con las telas *jersey* que caían sin escándalo en una silueta nítida. El negro se volvió asimismo su color favorito. También en esa época se impuso el pelo a la *garçonne*, de preferencia negro y engominado a la Valentino, al que Antonieta se resistió. Era una de esas mujeres que recogen de las modas únicamente lo que las convence, sin subordinarse ciegamente a ellas.

Leía *La Nouvelle Revue Française* y la *Revista de Occidente*, pues dividía su tiempo y su atención entre Francia y España. Su predilección iba hacia las dos figuras que encabezaban las revistas y los grupos literarios que congregaban: André Gide y José Ortega y Gasset. A lo largo de los años, conservaría su fidelidad a Gide, cuyas frases, expresiones reconcentradas de inteligencia pura, la seducían. Leía y estudiaba. Nadie en la familia sabía bien a bien qué cursos seguía en Madrid o en París, porque a nadie le interesaban realmente las lecturas que empezaban a significar para Antonieta una religión vicaria. Asistía a los conciertos de la nueva música del "grupo de los Seis" que integraban Georges Auric, Darius Milhaud, Arthur Honneger, Francis Poulenc, Germaine Taïlleferre y Louis Durey, así como a escuchar las transparentes composiciones de Erik Satie.

En junio de 1925 escribió a su marido: "Tú has dicho repetidas veces que estás deseoso de ayudarme y de darme lo que yo quiera. Solamente puedes ayudarme a pedir un divorcio.

Si estamos de acuerdo en hacerlo, es más fácil. Se obtendrá en menos tiempo y bajo todos conceptos será mejor para Donald, nuestro hijo." Esto contestaba las repetidas invitaciones de Alberto Blair desde Nueva York, ciudad que visitó en enero y en mayo de 1925 con la intención de instalarse en ella. Antonieta ya no tenía la menor proclividad a postergar su voluntad. Había recobrado sus fuerzas, se había destetado del matrimonio con los nuevos alimentos terrestres que habían sanado a Europa de sus heridas de guerra y del desgano de vivir. Al igual que el viejo continente, Antonieta se sentía rejuvenecida, otra vez llena de una euforia que le despertaba las ganas de emprender mil tareas.

Había una sola sombra en su ánimo reluciente: su padre se debilitaba. La extraña pareja que formaban invirtió su signo natural y Antonieta se transformó en la protectora de su padre. Una protectora que ahora lo cuidaba, lo mimaba y construía en su alrededor un círculo de paz y de íntima vigilancia. Antonieta era doblemente madre (o maternal): primero con su hijo que sentía cada vez más suyo, cada día menos el resultado de un acoplamiento con Blair, y también con su padre, que mal disimulaba su profundo cansancio de vivir. Nada en la salud de don Antonio resultaba alarmante, pero su mirada descubría que algo se había quebrado en sus adentros. Él era una de esas maquinarias poderosas, prometidas para la longevidad, que un buen día se detienen por un diminuto resorte que se rompe. Antonieta y su padre intuían el fin de su estrecho vínculo de amor. Ninguno estaba dispuesto a aceptarlo, pero ambos vivían con esta constante certeza en el corazón.

Como haciendo aprendizaje de la soledad que le estaba deparada, Antonieta se marchó a España a principios de 1926. Viajó sola con el *Chacho*, mientras don Antonio y Amelia recorrían nuevamente Italia. Hay versiones que dicen que Antonieta tomó unos cursos en Madrid, pero no se sabe de qué ni con quién, si bien en su diario menciona que allí inició sus estudios de latín. En todo caso, su enseñanza no duró más de un trimestre.

En abril de 1926, don Antonio y Amelia recibieron en

Italia la notificación de que el *Chacho* sería bautizado el 20 de ese mes en la iglesia de la Concepción de Madrid. Ambos eran padrinos y tuvieron que salir precipitadamente a España. La fe de bautismo otorga al niño los nombres de Antonio y de Rafael. Era, de parte de Antonieta, un modo de reafirmar la apropiación definitiva de su hijo. Borraba así el Donald que le había dado Blair y repudiaba de su paternidad ante Dios Padre. En realidad, pocos se enteraron del rebautizo que parecía obedecer a la ortodoxia de la Iglesia española en materia de nomenclaturas. Incluso el mismo Donald Blair Rivas desconocía, hasta una fecha muy reciente, el cambio de identidad que le había propinado su madre.

Poco después, se fijó el regreso a México. La estancia en Europa se había extendido a casi tres años y la salud de don Antonio era cada vez más preocupante. Llegaron a Veracruz el 8 de julio de 1926, y allí mismo Antonieta recibió la invitación de Blair para reunirse con él en su nueva casa de Tlalpan, en la calle de Allende, donde había establecido su domicilio después de regresar de los Estados Unidos a principios del mismo año. Antonieta declinó la propuesta, se reintegró a la casa de Héroes y contrató a unos abogados para tramitar el divorcio.

El golpe más duro que recibió a su regreso fue la noticia del suicidio de *la Beba*. Recordó las palabras de su prima cuando ésta le regaló su vestido de bodas: "¡Te traerá mi buena suerte!" Y se puso a temblar, de dolor y de miedo, porque *la Beba* siempre había vivido llevándola de la mano, unos pasitos apenas adelante de ella. A un tiempo comprendía y temía las razones de su suicidio. Su prima había abandonado a su marido y a sus hijos para entregarse a una pasión a la que apostó literalmente su vida. Había desafiado a su familia y a la sociedad para seguir en la clandestinidad a un hombre cuya figura pública se agrandaba velozmente: Manuel Puig Cassauranc. Fiel a los principios que, con Antonieta, había jurado respetar a cualquier precio, *la Beba* invirtió su rebeldía en un gambito amoroso del que Puig Cassauranc se retiró, asustado tal vez por lo que la escandalosa jugada le podría cobrar a su carrera política. En la desesperación, *la Beba* se pegó un tiro en la sien.

Antonieta acababa de dar el primer paso en el camino paralelo al destino trágico de su prima, pues su decisión de divorciarse era otro desafío a la misma sociedad y a la misma familia. Por la fuerza del maleficio que pesaba sobre ella, Antonieta juró que bifurcaría el camino poniéndose a sí misma en el centro de su vida y procurando siempre escapar de la órbita del amor que consuma la vida al mismo tiempo que la otorga. Un mes antes de su propio suicidio, escribiría acerca de su prima: "Caso Beba: suicidio por debilidad después de rebelarse contra las costumbres; gastada toda su energía, en el arranque se halla incapaz de subsistir, y se mata por incapacidad de asentar su moral contra 'la moral'. El tipo de liberada —no económica sino sexual: derecho a la relación heterogénea, sin equilibrio para afirmarse."

A principios de noviembre, se celebró el cumpleados de Amelia con una fiesta en la casa de Héroes. Ésta fue la última vez que don Antonio bajó de su habitación del primer piso. Se iba apagando como una vela, sin quejas y sin escándalo, en una simple despedida. Había una semblanza de rutina en la casa: Antonieta hacía grandes esfuerzos por mantener la calma, simular que la vida proseguía, sobre todo para sus hermanos pequeños que se asustaban ante el desenlace próximo. Desde temprano, Antonieta había aprendido a protegerlos, a reemplazar a la madre que se había ido, a ponerlos a salvo de las aflicciones pasajeras. En los Estados Unidos, Mario se había convertido en un *junior*: era un muchacho bien parecido que gozaba la facilidad de sus conquistas amorosas. Su natural despreocupado ocultaba una personalidad un tanto frágil y vulnerable. Amelia, la chiquita, era el "rayo de sol" de la casa, la única dotada de una alegría que no menguaba la situación familiar anómala en la que prácticamente había nacido. Antonieta representaba, para ellos, el timón de la casa. Alicia nunca había dejado de ser la niña mimada de antes. Vivía ahora en su enorme y lujosa casa de Reforma (que, unos años después, se convertiría en el University Club), sobreprotegida por un marido que, gracias a su fortuna, subsanaba sus menores deseos al pie de la letra. La agonía del padre le hacía trizas los nervios, y cada visita suya tenía el don de quebrantar por unos minutos la relativa serenidad que Antonieta se esforzaba en proponer como modelo de conducta a sus hermanos menores.

También hubo, entre Alicia y Antonieta, ásperas discusiones sobre la oportunidad de llamar a Matilde Castellanos para que se despidiera de don Antonio. Al fin y al cabo, eran todavía esposos. Antonieta se opuso rotundamente. Y cuando Matilde se presentó para cumplir con lo que le indicaba su deber moral, Antonieta le negó la entrada a la casa. Le gritó a su madre que dejara a don Antonio en paz, que su presencia sólo amargaría sus últimos días, que su moral era una hipocresía. Matilde intentó argumentar la razón de su visita apelando al pasado, a la vida común, a los lazos indisolubles que, en ciertos momentos de gravedad, disipan las desavenencias. En fin, conmovida, confesó que quería despedirse de don Antonio. Antonieta contestó que los momentos graves habían sido otros, aquellos en que había visto en los ojos de su padre la inmensa soledad que lo acompañaba, su triste resignación al olvido y, en el fondo, la entereza que siempre mantuvo frente a sus hijos. "Tú no necesitaste de él para hacer tu vida. Él no te necesita para morir", le dijo finalmente Antonieta, sacudida por los temblores y el llanto. Matilde se alejó, derrotada por la violencia de su hija. No se presentó tampoco al entierro.

Hubo una ligera mejoría en la salud de don Antonio hacia el final de las "posadas", que no fue sino para adquirir mayor impulso hacia la muerte. La Nochebuena fue una larga noche de vela en la que todos pensaron que nunca un Año Nuevo se había demorado tanto en llegar. Parecía que si bien eran las mismas horas que separaban al anochecer del amanecer, el salto que se daba esa noche, de un año a otro, alargaba al tiempo con una insoportable gravedad. La enfermera que cuidaba a don Antonio dijo: "Se va con el año", y los cuatro hijos tomaron el comentario trivial como un augurio.

En la casa silenciosa se escuchaban las risas y los festejos de las casas vecinas. Todo era una incongruencia. Cuando clareó el primer día de 1927, Antonieta comprendió que la espera iba a ser más larga de lo que imaginaba. Don Antonio no se había muerto con el año, pero había perdido el conocimiento. Para él la vida se detuvo efectivamente el último día de 1926. El segundo día de 1927, todo seguía igual: don Antonio no vivía ya, pero no moría del todo. Antonieta entraba y salía del cuarto de su padre con los nervios contenidos: quería que todo acabara, de una buena vez, mientras vislumbraba el pánico del tránsito.

En la mañana del tercer día de 1927, comenzó el estertor. Nunca antes había escuchado Antonieta este zumbido del morir que acompasa la última batalla por esa frontera imperceptible, ese fuelle sordo que va sacando los débiles remolinos de aire de un cuerpo yermo. Ya no se quejaba, ya no hablaba, ya no se movía y sólo se percibían las últimas pulsiones de la vida que quedaba adentro. Antonieta se esforzaba por recordar a su padre caminando, comiendo, riéndose, pero sólo veía ese inmenso cuerpo de oso que los estertores levantaban, cada vez más tenuemente. Se fue muriendo poco a poco, por partes, cediendo terreno a la quietud que primero se posesionó de sus piernas y luego de sus brazos, y luego de sus manos, e iba subiendo, lenta, hacia la garganta para rasparla de negrura.

Antonieta descargó su miedo contra Alicia que daba una guerra terrible con sus nervios. Discutieron, casi a gritos, afuera del cuarto, si mandar por un sacerdote para la extremaunción. Arreglado el asunto, Antonieta ordenó a Mario y a Amelia que se bajaran con ella a comer. La enfermera se quedó con Alicia al cuidado de don Antonio. Como a las dos y cuarto de la tarde, desde el comedor de la planta baja, Antonieta, Mario y Amelia escucharon tres timbrazos que provenían del cuarto de don Antonio. Subieron corriendo y Antonieta empujó a los dos hermanos hacia adentro. Se quedó en el umbral sin decidirse a cerrar la puerta. La enfermera y Alicia juraron que nadie había tocado el timbre, y menos tres veces como ellos aseguraban. Antonieta miró primero a Amelia y luego a Mario como para cerciorarse de su existencia. Sólo levantaron los hombros a modo de respuesta, prefiriendo no averiguar el origen de la señal que los tres habían escuchado en el comedor un minuto antes. La enfermera pidió que de todas formas se quedaran en el cuarto, pues ya no faltaba mucho para que don Antonio expirara. Antonieta se negó a ocupar su sitio de siempre, a un lado de su padre, y se lo concedió a Amelia y a Mario. Esperó de pie.

A las 9:20 de la noche, llegó, por fin, la muerte. Antonieta sintió el mareo del tiempo que se suspendía y que giraba estúpidamente alrededor de una frasecita que se repetía en su cabeza: *Voilà, c'est fini.*

CAPÍTULO VII

La muerte de don Antonio, el único ser a quien Antonieta admitía rendir cuentas —no esas cuentas relativas a ocupaciones, amistades, proyectos, idas o venidas, sino las que atañen a la dignidad del alma—, causó el definitivo impulso de Antonieta hacia una soledad y una libertad sin restricciones, al mundo ancho y ajeno de la orfandad adulta. Se sintió abrumadoramente sola, tanto por la pérdida del ancla de su vida como porque esta ausencia le reveló que ella era, ahora, su propia y única deudora.

Como antes, en su adolescencia, cuando su madre se fue, las nuevas responsabilidades que suscitó la muerte de su padre la fortalecieron y la agobiaron. El testamento la reconocía como heredera de su fortura y albacea de los bienes que compartiría con sus hermanos menores. Una cláusula reservaba para Alicia la casa de Héroes, sin estipular el uso que debería hacer de ella, pues don Antonio confiaba que su matrimonio la había puesto a salvo de los problemas económicos.

La herencia le aseguraba a Antonieta un porvenir más que holgado gracias a las rentas que generaban las múltiples propiedades de casas y vecindades en el centro de la ciudad. Por lo demás, el valor total de los bienes le confería una aureola de "millonaria" que despertaría la envidia de unos y la fascinación de otros. Si antes debía su posición social a la fortuna de su padre, ahora el poder era por completo suyo y se lo apropió tan cabalmente que, a la larga, olvidaría los derechos de sus hermanos. Antonieta tomó así una discreta venganza sobre su madre y Alicia, que se aliaron en contra suya frente al testamento y, de pasada, en contra de Mario y Amelia. La primera represalia consistió en hacer valer el derecho de sucesión de Alicia sobre la casa de Héroes. Al mes de la muerte de don Antonio, Alicia y su madre pidieron a Antonieta que desalojara, junto con sus hermanos, la casa familiar. Un conflicto serio prendió entre los dos bandos cuando, poco después, Antonieta se enteró de que la casa había sido alquilada a unos arquitectos que la convirtieron en despacho. Antonieta interpretó esto como un sacrilegio.

Haciendo valer el testamento —que no especificaba que el menaje se quedara en la casa—, Antonieta empacó todo y buscó otra residencia. Solicitó a los Boari que le rentaran la casa que conservaban en la calle de Monterrey, en el triángulo que formaba con Insurgentes y la antigua avenida Jalisco (hoy Álvaro Obregón). Era una casa moderna, de cemento colado, vanguardista para su época, amplia y cómoda, que correspondía mejor al nuevo capítulo que Antonieta comenzaba a redactarle a su vida. Los muebles, los cuadros —entre ellos unos *Diego Rivera*—, los tapetes y los queridos objetos de la casa de Héroes fueron a dar a una bodega que Antonieta mandó acondicionar en el convento de las Jerónimas, que le había llegado junto con el resto de la herencia —don Antonio lo había recibido como parte del pago por la edificación de la Columna a la Independencia— y que estaba parcialmente convertido en vecindad.

Antonieta lo encerró todo bajo llave y tapió las ventanas de acceso a la bodega, como quien entierra en el fondo de un baúl un pasado reducido a algunos trapos viejos y un atado de cartas marchitas. Lo hizo cegada por la ira, al tiempo que ponía un incontenible empeño en desaparecer de su vista todo recordatorio del pasado. Esta vez, Antonieta no cambiaba de país para doblar la hoja, sino de casa y de entorno. Se creaba una nueva decoración interior, hacía una tabla rasa sobre la que ponía la siguiente página de su vida.

Antonieta, Amelia y Mario se instalaron en la nueva casa de Monterrey núm. 107, la noche del domingo 3 de abril de 1927, después de pasar un día de campo en el lejano Tláhuac, en la orilla oriental del lago de Xochimilco. Ese día, Antonieta no estuvo sola: paseó y montó a caballo con el licenciado Enrique Delhumeau, que, de su abogado y administrador, se había convertido en su amante. Delhumeau, alto y apuesto, gozaba de cierto renombre en los círculos oficiales. En 1923 había sido oficial mayor del gobierno del Distrito Federal, y le había tocado en esa época difícil atender los problemas de abastecimiento que asolaban la capital. Luego, había fungido un corto tiempo como gobernador interino de la ciudad. Tenía la solemnidad habitual de los funcionarios públicos y muchos lo consideraban vanidoso, si no francamente fatuo. En su despacho, se paseaba a grandes zancadas, dándose aires de grandeza, sin reparar en sus interlocutores que tenían que soportar sus plomíferos soliloquios. Todo adulación y seducciones, Delhumeau le aseguraba a Antonieta que no se preocupara por nada, que para eso estaba él, para resolver sus problemas y también, de pasada, sus necesidades amorosas. Pero tuvo un defecto: no era discreto y se vanagloriaba de su relación con Antonieta. Esta falta de discreción la irritaba, pues además la colocaba en una situación comprometida en la querella del divorcio. Tiempo después reflexionaría: "Hace años que, a sabiendas, los diversos diarios comenzados retenían el móvil hondo, inconfeso. Y no que lo que tuviera que decir fuera inconfesable, sino que pesaba el temor que alguien, y ese alguien era mi marido, llegara a entrar en posesión de mis secretos, aun cuando éstos, era el caso de Enrique, corrieran la calle."

La relación con Delhumeau no databa de ese mes de abril de 1927 y aunque es difícil, por la clandestinidad que la rodeaba, fecharla con exactitud, es probable que remontara hasta antes de la muerte de don Antonio. Antonieta lo tomó como amante un poco a la manera de Emma Bovary, más por la idea de tener un amante que por el amante en sí. Después se arrepentiría de esta relación, que resumió con la frase lapidaria: "margaritas a los cerdos". En esa época, Antonieta no era una colombina, pero tampoco lo que hoy se llama una mujer liberada. Tomó un amante como si se tratara de un mal necesario, porque esto suele suceder a las mujeres en sus circunstancias y a su edad, porque se sentía sola y con nostalgia de placeres casi olvidados. Sin embargo, era todavía ingenua o, al menos, así se pintaba a sí misma en 1930, al mirar retrospectivamente a la Antonieta de ese periodo: "Hace cuatro años apenas, al volver para divorciarme, era una niña aún, de sentir virginal que apresaba su inocencia de los sentidos creyendo que era sabiduría razonable. Hice la renunciación formal de mi propia vida al resolver mi divorcio y tenía apenas 25 años e ignoraba la pasión, ignoraba el amor."

Con Delhumeau no fue el amor lo que conoció sino un hombro al alcance de su cabeza, el halago de la vanidad, los placeres rezagados del sexo y una protección que le hacía falta en los momentos de desamparo. Pero, con todo, la relación era vacua. Tal vez porque se daba cuenta de lo fácil y lo vano de esta relación, que prolongó más allá de su necesidad inmediata, a Antonieta le exasperaba tanto su recuerdo. A cada rato se prometía romper con Delhumeau, pero no lo hacía por comodidad y para resarcirse la vanidad.

Fue por esas mismas fechas cuando otro hombre se apareció en el horizonte de Antonieta: el pintor Manuel Rodríguez Lozano.

México era en esos años una ciudad relativamente pequeña y no era impensable que alguien fijara su atención en una persona que paseaba por las calles del centro, sobre todo si se trataba de una personalidad tan cautivadora como la de Rodríguez Lozano. Así lo recordaba Antonieta, cuando por primera vez lo distinguió, sin saber todavía qué nombre dar a esa cara: "Hace muchos meses, años casi, una vez de humillación enferma, recuerdo haberlo visto por la calle. Andaba usted, como siempre, despacio, dueño de cada una de sus pisadas. Sentí su pureza, su integridad." La belleza del artista era notable, aunque tuviera el hieratismo de una máscara; todo en sus ademanes y en su atuendo transpiraba un anhelo de perfección que oscilaba entre la pulcritud y la altivez, y su elegancia provenía de una sobriedad trabajada por el orgullo que era a un tiempo su fuerza y su perdición. Gracias a la lozanía que llevaba en la sangre, se agigantaba en lo intelectual y en lo físico. Había que sustraerse a su seducción para darse cuenta de que no era tan alto como parecía... ni tan buen pintor como pensaba.

La pintura había sido una pasión tardía en su vida. En realidad, su primera vocación se limitó a una carrera burocrática en la Secretaría de Relaciones Exteriores, donde pronto consiguió ser el consentido de las damas de la alta sociedad política. Huérfano de madre, educado en la estricta disciplina del

Colegio Militar, provenía de una familia medianamente acomodada. Su padre, Manuel Zenaido Rodríguez, era un abogado de encantadores modales que inspiraba confianza y hasta ternura, pero que iba a la deriva en una carrera poco espectacular. Su hijo Manuel había coronado rápidamente sus esfuerzos de trepador al desposar, en 1913, a la hija del general Mondragón, tristemente célebre por su participación en el asesinato de Francisco I. Madero y en la traición de Huerta.

Manuel, que tenía 18 años, y Carmen que aún no cumplía los 17, habrían constituido, seguramente, la pareja más hermosa de esos tiempos. De cuerpo menudo, con unos rasgos finísimos, prerrafaelitas, que se iluminaban bajo unos inmensos ojos verdes, Carmen ejercía en los hombres una fascinación que, con el tiempo, fue decayendo en tenebrosos ejercicios de brujería. La pintó Diego Rivera después de que el Doctor Atl la rebautizara como *Nahui Ollin.*

La pareja vivía a la sombra del General. Manuel Rodríguez Lozano se había hecho huertista, en parte para complacer a su suegro, pero también porque la indignación frente al usurpador había sido breve entre la mayoría de los intelectuales. En este sentido, su adhesión al gobierno huertista no fue excepcional ni constituyó un caso aislado. Luego, a la caída de Huerta, había seguido a la familia Mondragón al exilio que los llevó a España y a Francia. Allá, el carácter explosivo de Carmen empezó a nublar la paz del matrimonio y un acontecimiento trágico acabó de tajo con él. Tuvieron un hijo que, a poco de nacer, Carmen asfixió en la cama. Mondragón hizo lo imposible por disfrazar el acceso de locura de su hija como un accidente, e invitó a los jóvenes a una reconciliación. Pero la ofuscación de Manuel fue tan definitiva que lo abandonó todo: esposa, suegros, prebendas y porvenir, para iniciar en París una vocación de pintor que le permitió, de paso, forjarse una nueva identidad. Poco se sabe sobre sus años de formación autodidacta, salvo que trabó amistades en los círculos de Montmartre y de Montparnasse, y que Picasso se volvió su modelo y el único pintor digno de su admiración y respeto. Regresaría a México junto con Diego Rivera, Roberto Montenegro y Adolfo Best Maugard en 1921.

Cuando Antonieta lo conoció, Rodríguez Lozano ya había hecho dos exposiciones en el extranjero: en 1924, en Argentina, donde, aparte de su propia obra, había promovido los talentos de Abraham Ángel y Julio Castellanos, sus alumnos predilectos. Al año siguiente, en París, se habían exhibido 12 telas suyas, junto con los trabajos de sus alumnos de las Escuelas libres de pintura, un imaginativo experimento de la Secretaría de Educación Pública para fomentar el desarrollo artístico de los niños del pueblo y en el que participó, como organizador, entre otros, Salvador Novo. No se trataba de enseñar a los niños dibujo o las técnicas del óleo, sino simplemente de darles telas, pinceles y pintura para que así se manifestaran espontáneamente sus talentos. Los resultados eran a veces asombrosos y de una insospechada calidad. Alfonso Reyes, desde la Embajada de México en París, ayudó a Rodríguez Lozano a promover la exposición y a vender sus cuadros: aparte del que le compró, Reyes incitó a José Vasconcelos a que adquiriera uno. Consiguió que el escritor francés André Salmon escribiera un prólogo para el catálogo de la exhibición, e invitó al pintor a varias cenas para darlo a conocer entre sus amistades: José Moreno Villa, Pedro Figari, Jean Cassou y otros. Regresó a México con una felicitación escrita del pintor y crítico de arte André Lhote, que posteriormente esgrimiría como una evidencia de su fama internacional.

Pero no fue el interés por la obra del pintor lo que llevó a Antonieta a entrar en contacto con Rodríguez Lozano, que entonces vivía de sus clases de dibujo y trabajos manuales en una secundaria de la calle de Dinamarca. Antonieta buscaba a un profesor de dibujo para Amelia y es probable que el escultor Germán Cueto los presentara. Rodríguez Lozano inició el curso todavía en la casa de Héroes, a donde en ocasiones asistía también una amiga de Antonieta, Malú Cabrera. Antonieta mandaba al chofer a recoger al maestro a la secundaria y el pintor llegaba a la casa de Héroes halagado e incómodo por el viaje solitario en el ampuloso *Packard*.

Si bien, desde el primer encuentro, Antonieta se subyugó ante el refinamiento de Rodríguez Lozano, éste, en la misma ocasión, le insinuó su reprobación por el trato despótico que daba a los subalternos. Rodríguez Lozano le puntualizó, en un tono cortés pero firme, que él era un artista y no otro de los numerosos sirvientes de la familia. La observación picó el orgullo de Antonieta, pero no menguó su fascinación por el pintor. Al contrario, su arrogancia la seducía y ella llegó a confundir su extrema altivez con el desinterés propio de un alma empeñada en la conquista de la pureza espiritual. Es cierto que, en materia de estética, la postura de Manuel Rodríguez Lozano siempre fue valiente e intransigente con respecto a todas las desviaciones que pretendían poner al arte al servicio de intereses ajenos a la búsqueda estética. Fue de los primeros en denunciar lo que le parecía la demagogia de los muralistas y la contaminación del arte por las ideologías. Se sentía más cercano a pintores como Tamayo, con quien compartía una voluntad de depurar la pintura, aunque él lo intentaba por caminos distintos con menos éxito. Quería pintar el México auténtico o, al menos, uno más auténtico que el de la épica revolucionaria que inmolaban los muralistas en los recintos oficiales. La excepción en su profundo desprecio a los muralistas era José Clemente Orozco. Rodríguez Lozano sufría y gozaba de su soledad artística, de la que a veces se vanagloriaba y a veces se quejaba amargamente. Muchos años más tarde, Octavio Paz sintetizaría el predicamento de esta forma: "Fue un temperamento poderoso y una mente clara. Más que un solitario fue un aislado por voluntad propia."

Rodríguez Lozano le explicaba a Antonieta sus principios, que compartía con otros artistas de los que ella sólo tenía vagas referencias. Sus opiniones lo hermanaban con un grupo informe de críticos ante el arte oficial, los "Ulises", que se convertirían poco después en los Contemporáneos. Rodríguez Lozano había conocido a Salvador Novo, Xavier Villaurrutia y Gilberto Owen a su regreso de Francia, por medio de José Juan Tablada. Formaban un grupo marginal, eran todavía muy jóvenes, y de ninguna manera ocupaban el centro de la escena cultural de los veintes como lo pudiera hacer creer su fama posterior en la historia de México. Antonieta había socorrido intereses semejantes a los suyos, aunque en una forma azarosa y diletante, gracias a su reciente estancia en Europa.

Leía a los autores franceses e ingleses con los que ellos comulgaban, y había atestiguado algunas manifestaciones de unas vanguardias de las que ellos sólo tenían conocimiento a través de las revistas que llegaban a México con regularidad. Por lo demás, los hermanaba una orfandad cultural cuyo desamparo lograron superar gracias a su talento. A ellos les tocaría realizar esa transición del viejo orden a la modernidad.

Antonieta oscilaría entre dos modelos, o mejor dicho entre dos lecturas, que cifraban, para ella como mujer, esa difícil transición: de los escritos de Marie Bashkirtseff a *La escuela de las mujeres* de André Gide, que traduciría en colaboración con Villaurrutia después de su publicación en 1929. Marie Bashkirtseff, una joven aristócrata rusa que desapareció trágicamente a los 23 años y que, por su muerte prematura, entró al reino de los mitos, representaba para Antonieta un espejo romántico. El personaje estaba en boga en los principios del siglo, y Antonieta leyó y subrayó su sorprendente diario de adolescente y sus cartas no menos audaces por sus fantasías y su radical rebeldía. Con Marie Bashkirtseff, Antonieta compartía un exceso de dotes y una sensibilidad artística que rayaba en una mística teñida de histeria. Al margen de su *Correspondencia*, Antonieta marcó este pasaje: "¡O tendré todo lo que Dios me permitió entrever y comprender, porque ésta es la prueba de que soy digna de poseerlo, o moriré! Dios no puede sin injusticia otorgármelo todo y no tendrá la crueldad de dejar vivir a una desgraciada a la que dio la comprensión y la ambición de lo que ella concibe." Pero también, al mismo tiempo que reclamaba para sí lo que Marie Bashkirtseff no dudaba en abrogarse como una prueba divina de su existencia, Antonieta reparaba en una frase que resumía la breve vida de la romántica rusa y auguraba la suya: "Yo, que quería vivir siete existencias a la vez, apenas tengo la cuarta parte de una..." Con *La escuela de las mujeres*, Antonieta intentaría dar el salto de la rebeldía romántica a la moderna. Al igual que la Eveline de Gide, repudiaba la moral burguesa y había padecido la misma desilusión matrimonial. Es muy probable que sus futuros compañeros de escenario la vieran como una encarnación local del personaje de Gide. Lo que es menos seguro es que, en su propia imaginación, Antonieta haya sustituido la figura de Marie Bashkirtseff por la de Eveline...

Poco a poco, entre Antonieta y Manuel, la amistad empezó a tomar el lugar de los primeros, reticentes, encuentros. Abrían el grifo de sus recuerdos. Hablaban de su vida pasada y cancelada para ambos, de sus desilusiones matrimoniales, de las antiguas heridas que no cicatrizaban. Sus respectivos cónyuges insistían en verter sobre las heridas las suficientes gotas de vinagre para reavivar el dolor o la exasperación. Carmen Mondragón pretendía despertar en Rodríguez Lozano los celos del amor propio, declarando, por ejemplo, a *El Universal Ilustrado* (18 de octubre de 1923) que "nunca [se] casaría con ningún hombre; y menos con un pintor extravagante o con un literato mediocre, porque están ya casados con la obsesión de una gloria que la mayor parte de las veces no merecen y son esposos de la Vanidad". Alberto Blair se afincaba en la terquedad de las persecuciones legales. Antonieta y Manuel se identificaban en la adversidad y se ofrecían mutuamente el bálsamo de la comprensión.

Para Antonieta, después de las primeras confidencias, Manuel era el único que la apoyaba en su lucha por recobrar su independencia y su equilibrio interior. Tenía en su contra a la sociedad, y hasta su familia se mostraba hostil a su deseo de divorciarse, cuando no fraguaba, como en el caso de Alicia y de su madre, una secreta alianza con Blair. Éste seguía siendo amigo de los Gargollo Rivas, que lo recibían en su casa y lamentaban con él las "locuras" de Antonieta. Cuando el *Chacho* visitaba a su abuela en el *Hotel Imperio*, ésta obraba a espaldas de Antonieta invitando a Blair a la reunión. Antonieta se sentía traicionada por los suyos y encontraba en Manuel a un aliado incondicional.

Manuel tenía una ventaja sobre Antonieta para sobrepasar los infortunios sentimentales: tenía su pintura, a la que se aferraba tanto para realizar su proyecto artístico como para sortear los remolinos de la vida afectiva. Su pintura era su razón de ser, su religión y el pretexto bajo el que se amparaba cuando Antonieta pretendía convertirlo en el objeto de su propia razón de ser. Antonieta carecía de timón a la hora de los desvalimientos. Estaba llena de inquietudes intelectuales: quería escribir, hacer teatro, poner una imprenta, contribuir en una forma u otra a la vida cultural del país, pero tenía problemas para atracar en cualquier puerto seguro. Rodríguez Lozano comenzó entonces a señalarle "el camino de perfección".

Para fortuna y desgracia de Antonieta, Manuel tenía alma de Pigmalión, pero también de Sócrates. ¿No había descubierto y entregado al mundo el talento de Abraham Ángel? Él lo había creado como Dios a sus criaturas, pero exigiendo a cambio la devoción que se debe al Creador. No obstante, a fines de 1924, el discípulo había dudado del maestro, ahora afanado en llevar a la gloria a otro serafín: Julio Castellanos. Abraham Ángel se sintió abandonado o, al menos, destronado por esta nueva alma gemela de Rodríguez Lozano y murió por una sobredosis de droga, probablemente de heroína. Nunca se supo si se había tratado de un suicidio o si todo se debió a un accidente, lo cierto es que Abraham Ángel se había transformado en una leyenda romántica, en una especie de Radiguet mexicano, que habitaría el alma y el entorno de Rodríguez Lozano durante muchos años. "La realidad brutal lo destruyó", escribía Rodríguez Lozano al final de una breve evocación, cuando ya estaba cerca de Antonieta, pero no dejaba de sentirse en deuda con el discípulo desaparecido y redimía su culpa con una devoción a este "ángel de las tinieblas" que se quedó en la historia de la pintura mexicana gracias a las escasas obras que pintó en su breve vida, y a su condición de genio malogrado. A Abraham Ángel le sucedieron, en la larga vida de Rodríguez Lozano otros discípulos como Julio Castellanos, Tebo y Nefero. Al igual que ellos, Antonieta recorrería, guiada por el maestro, un gratificante y penoso "camino de perfección".

La mayéutica de Rodríguez Lozano con los talentos que pretendía revelar ante sí mismos y ante el mundo consistía en una dialéctica de enaltecimiento y severidad. La base de la enseñanza era una incondicional lealtad al arte, a la disciplina y a la personalidad del maestro. Un decálogo que había redactado y que colgaba en una pared de su taller de la calle de Mina núm. 77, es un elocuente ejemplo de sus exigencias. Como un dios, había establecido los 10 mandamientos a los que debían someterse todos aquellos que se afiliaran a su moral y a su religión artística:

EL TALLER Y SU LEY:

1) En el México presente, degradado ética e intelectualmente, no gustar es nuestro mejor triunfo.

2) Como en los mejores tiempos, el arte tiene por fin mejorar nuestra vida, es decir, nuestro espíritu.

3) Aspiramos a dar como la naturaleza, un fruto espontáneo, sin deformaciones utilitarias. El dinero o el halago o el complacer a la despreciable clase intelectual deforma el fruto. La espiga ignora su utilidad.

4) En la pureza de estas leyes está el premio. El arte como la espiga, alimenta.

5) Sólo por sus propios medios puede llegar el artista a las grandes creaciones.

6) Existe un idioma de las formas. El que no es sensible a él, que no vea nuestro trabajo.

7) Con Goethe pensamos: "El arte es largo y la vida corta." Nuestro tiempo es precioso.

8) Somos profesionales.

9) Ni albañiles, ni carpinteros, ingenieros o médicos regalan su trabajo.

10) Con nuestra vida y con nuestra obra, hacemos lo que nos dé la gana.

Antonieta se rindió al culto de ese dios que podía darle vida cuando todo a su alrededor se desmoronaba. Necesitaba una vocación, un cauce para sus veleidades, una fuerza interior que la hiciera entrar al círculo de los elegidos que, pensaba, poseían un destino semejante a una línea recta que nada ni nadie era susceptible de quebrantar. Antonieta conocía *esa divina fiebre de los poseídos* pero afirmaba: "Tengo la cabeza en ebullición, y se me ocurren proyectos maravillosos que, aunque no pasen del estado en que se encuentran, tienen el don de iluminar." Pero su inconstancia, su impaciencia y el exceso de unas dotes que, pura potencia, no llegaban a la realización, desperdigaban esas iluminaciones en chispazos eufóricos que producían poco calor. Luego, su ánimo se ensombrecía y se abandonaba a la triste comodidad de un ambiente que nada le exigía sino ser la fascinante joven millonaria, la brillante conversadora, la dama de sociedad, culta y distinguida. Pero Antonieta sabía que lo que necesitaba era una luz más constante, un sol más fecundo en sus días, un resplandor similar al que le atraía en Rodríguez Lozano que la cegaba como una revelación divina:

> Me tendió usted la mano en el momento en que todo zozobraba y me levantó tan alto como su afán quiso llevarme. Formuló un deseo de armonía y en mí y alrededor mío todo se volvió fuerte, quieto, ordenado, limpio, sereno, luminoso. ¿Comprende que ahora sea dichosa? Y toda, toda mi dicha se la debo a usted. ¿Por qué no he de decirlo? Quisiera irlo repitiendo a cada uno. Decirles: "Esto, esto que soy, que ustedes estiman, esto lo hizo Manuel un día, jugando. Yo no valía nada. Era el barro que espera el impulso que en el torno le dé forma. Él hizo todo. Soy su obra y más que su obra. Porque la obra no ama y yo le amo."

Rodríguez Lozano no sabía vivir, no podía pintar sin el halago de los demás. La urgencia de la devoción hacia su persona tenía la misma fuerza de una droga que, cuando llegaba a faltar, lo lanzaba a depresiones de insondables honduras. Antonieta le ofreció una dosis cotidiana de la que pronto no pudo prescindir, pero cuyas consecuencias no midió, movido como estaba por la adicción narcisista. Antonieta intentó convertir a su familia y a sus amigas a la nueva devoción que ella profesaba por el pintor. Desde un principio, en consecuencia, la familia lo odió sin reservas, percibiendo en él un peligro para el capital familiar, incapaz de entender la clase de lenguaje que hablaba el artista y que coreaba Antonieta. Las amistades de Antonieta lo consideraron con un poco más de distancia —lo cual no era muy difícil dada la absoluta ceguera de Antonieta— y si bien compartían con ella su interés por la búsqueda tenaz del pintor, no siempre aprobaban la rendición incondicional que exigía. Malú Cabrera, hija de Luis Cabrera, que era en esa época la amiga más cercana a Antonieta, veía con reticencias a Antonieta sumergirse en ese culto extraño.

La casa de Monterrey se volvió, en la segunda mitad del año de 1927, una especie de salón literario en el que, siguiendo la tradición de la casa de Héroes, Antonieta recibía a intelectuales, filósofos, pintores. Nunca faltaban dos o tres invitados a comer, se tomaba el té en la tarde o se organizaban reuniones en la noche, esencialmente para conversar, escuchar música o tramar planes para la vida cultural del país. De junio a septiembre, Mario y Amelia se fueron a los Estados Unidos y Antonieta se quedó sola en la casa de Monterrey. Fue en esa época cuando Manuel Rodríguez Lozano la puso en contacto con Xavier Villaurrutia y Salvador Novo, Gilberto Owen y algunos otros jóvenes que traían en la cabeza "el disco del teatro", como decía Celestino Gorostiza, otro de los asiduos. Años más tarde, Novo explicaría: "eran reuniones de *snobs* y antipáticos, pero se comenzó a hablar de hacer teatro, de poner sinfonías y hacer exposiciones".

La cábala toda se conocía de oídas. El nombre de los Rivas Mercado era familiar para esos jóvenes que, como Novo y Villaurrutia, acababan de rebasar los 20 años. Xavier Villaurrutia y Samuel Ramos habían sido vecinos de la casa de Héroes y más de una vez habían visto a Antonieta salir sola en su inmenso coche. Se dice que Samuel Ramos se enamoró de ella, pero no se sabe si su amor no prosperó por secreto, veleidoso o desairado. Novo pudo haber tenido noticia de ella a través de Puig Cassauranc, secretario de Educación del gobierno de Calles, donde él era jefe editorial, informador asiduo y hasta "censor" del secretario (por ejemplo en *Forma*, la revista de artes plásticas). En mayo de 1927 estos jóvenes poetas habían sacado el primer número de su primera revista, bautizada con el aventurero nombre de *Ulises*.

¿Por qué atrajeron los "Ulises" a Antonieta? Novo, al retratar las características del grupo, puede explicar ese interés:

> Este grupo de *Ulises*... fue en un principio un grupo de personas ociosas. Nadie duda, hoy día, de la súbita utilidad del

ocio. Había un pintor, Agustín Lazo, cuyas obras no le gustaban a nadie. Un estudiante de filosofía, Samuel Ramos, a quien no le gustaba el maestro Caso. Un prosista y poeta, Gilberto Owen, cuyas producciones eran una cosa rarísima, y un joven crítico que todo lo encontraba mal y que se llama Xavier Villaurrutia. En largas tardes, sin nada mexicano que leer, hablaban de libros extranjeros. Fue así como les vino la idea de publicar aquella pequeña revista de crítica y curiosidad.

Del reducido grupo, que no dejó en ocasiones de ironizar a Antonieta —como ironizaba cualquiera otra cosa o persona—, con seguridad fue Xavier Villaurrutia quien simpatizó más sinceramente con ella. Los acercaba su pertenencia a familias de la alta sociedad mexicana. Por más que se defendieran con ciertas burlas de la personalidad de Antonieta, la repercusión de su encuentro con esta mujer culta y superior fue mayor de lo que cada uno quiso recordar ulteriormente. Habituados al trato de la fraternidad íntima que compartían en el departamento de la calle de Brasil núm. 42 y que servía de estudio a Novo, Villaurrutia y Lazo, de centro de reunión a la revista y de refugio para las relaciones clandestinas, estos jóvenes se topaban con una mujer que desafiaba a la "subespecie femenina" con el ejemplo de su vida, su cultura y su voluntad de empresa. Nunca antes habían conocido a una mujer que les hablara de igual a igual de las lecturas que eran su coto exclusivo en este México xenófobo y nacionalista. Una inesperada mujer-Ulises que sostenía, contra viento y marea, el derecho a una moral distinta, a una cultura actual, y que no se mostraba dispuesta a subordinarse sumisamente al temperamento de sus pares, ni a ser la Penélope de su marido. En el número 5 de *Ulises*, de diciembre de 1927, Antonieta debutó en letra impresa con una reseña al libro de Margarita Nelken, *En torno a nosotras*, que revela la agudeza y la vanguardia de su postura con respecto a la condición femenina. Lamentaba que la autora del libro dejara en calidad de esbozo la única idea interesante del libro: "Que la mujer es distinta del varón y debe afirmar su diferencia, en vez de aspirar a igualarse." El párrafo final de la breve nota contenía, además, el germen de su tragedia personal y de su proyecto de escritora: "Cuando una mujer escribe sobre problemas femeninos, esperamos encontrar trazas de un estudio autocrítico. La mujer analizada por sí misma proyectaría luz sobre un obscuro capítulo de la psicología. La esencia de la mujer yace en sus rasgos diferenciales y ella es la única que puede definirlos. ¿Cuándo veremos iniciarse esa labor?" Frente al sufragismo "igualitario, agresivo y limitado de Norteamérica", Antonieta oponía el derecho a la diferencia que esperaría casi medio siglo antes de ser retomado como una reivindicación axial por el feminismo moderno. El excesivo adelanto de sus intuiciones con respecto a su tiempo le acarrearía conflictos incesantes y dolorosos.

Para los Ulises, además de su inteligencia, Antonieta tenía el irresistible encanto de ser rica y generosa. No parecía reacia a gastar su fortuna en las aventuras culturales con las que ellos habían venido soñando sin poder siempre disponer del barco que los llevara a sus odiseas. Antonieta se encargó de aportar los mástiles que hacían falta a sus sueños. La primera forma que adoptaría ese barco de oscura quilla fue la de un escenario teatral.

CAPÍTULO VIII

ANTES de su encuentro con Antonieta, el reducido grupo de la revista *Ulises* —Xavier Villaurrutia, Salvador Novo y Gilberto Owen— ya se había fogueado en el teatro con el montaje de *La puerta reluciente* de Lord Dunsany. El experimento había rendido una función privada en casa de Puig Cassauranc, ministro de Educación, a quien se le pidió apoyo económico para la revista y para el hipotético teatro. Puig Cassauranc había prometido dinero fuera de los cauces oficiales, pero no llegó a financiar simultáneamente los dos proyectos. Como el objetivo principal era la revista, la idea del teatro se postergó en espera de mejores circunstancias.

Rodríguez Lozano fue entonces el enlace entre los proyectos sin apoyo de los Ulises y el apoyo sin proyectos que quería ofrecer Antonieta. Así nació, en el verano de 1927, no la idea de hacer teatro —que ya era una decisión tomada por el grupo— sino la posibilidad de realizarlo en la práctica. El beneficio era recíproco: los Ulises encontraban en Antonieta al mecenas que habían buscado vanamente en las esferas oficiales, y Antonieta encontraba en estos jóvenes escritores una iniciativa que coincidía con sus propias inquietudes artísticas. Sería tan difícil atribuir el éxito del Teatro de Ulises a una de las dos partes que se conjugaron en él, como decidir si un banquete resulta exitoso por quien cocina los platillos o por los comensales que lo animan.

¿Por qué hacer teatro? Porque no había nada digno que ver en los teatros de la ciudad, estragados por el criterio comercial, la españolización y el mal gusto de los empresarios. También, porque había que divertirse. Novo relata que él y sus amigos

> emprendían ese camino que todos hemos recorrido tantas veces y que va por la calle de Bolívar desde el *Teatro Lírico* al *Iris*, mira melancólico hacia el *Fábregas*, sigue hasta el *Principal*, no tiene alientos para llegar al *Arbeu* y, ya en su tranvía, pasa

por el *Ideal*. Nada que ver. La diaria decepción de no encontrar una parte en qué divertirse. Así, les vino la idea de formar un pequeño teatro privado, de la misma manera que, a falta de un salón de conciertos o de un buen cabaret, todos nos llevamos un disco de vez en cuando para nuestra victrola.

Había en sus propósitos una voluntad redentora de la cultura nacional y un ánimo de diversión que no estaba exento de cierto espíritu de provocación. Por un lado, estaba la voluntad de dar a conocer a los autores de la dramaturgia moderna y, por el otro, la aventura de incursionar en una experiencia desconocida.

Antonieta y los miembros de *Ulises* comenzaron a reunirse en el amplio salón de la casona de Monterrey, hablaron del posible repertorio y realizaron algunas lecturas en los idiomas originales. Deslindaron las responsabilidades iniciales: quiénes se encargarían de las traducciones, quiénes de encontrar apoyos artísticos y técnicos. También desde las primeras reuniones se esclarecieron criterios: el Teatro de Ulises sería un teatro *actual*, no de *vanguardia* (por desconfianza hacia todos los *ismos*). Los clásicos figurarían en el repertorio precisamente por la actualidad que conservaban a través de los años o de los siglos, como lo había demostrado Jean Cocteau en sus "revisiones" de *Antígona, Romeo y Julieta* y *Orfeo*. Lo actual era el sentido poético que surgía de la franja indecisa entre sueño y realidad, del viaje que realiza la imaginación en la inmovilidad del cuerpo. Todo era cuestión de creer en el juego del teatro, de aceptar la verdad de su mentira, de llevar al actor y al espectador a un estado de disponibilidad o, como hubiera dicho André Gide, de "fervor".

Antonieta comulgaba con estos principios no sólo por adhesión intelectual sino también porque esta disponibilidad había sido, desde tiempo atrás, su manera de ver el mundo y de vivir sus experiencias íntimas. Vida y sueño eran para ella una feliz conjunción, aunque a veces el tránsito entre realidad e imaginación la condujera a una inextricable confusión mental. Sentía que había encontrado unas almas hermanas con las que podía hablar el mismo idioma. Exultante, escribiría a Rodríguez Lozano:

> Han comenzado a sonar las campanadas que en mi vida anuncian la primera hora de contento, sereno y dichoso. ¿La primera? *La única*. Estas mañanas despierto alegre, bendiciendo a Dios. Se ahuyentaron los "despertares ácidos", como dice nuestro buen Alfonso [Reyes]. El contacto primero con la realidad es gozoso. Vuelvo gustosa a la faena diaria en la que sé he de encontrarle.

Y es que la empresa otorgaba a Antonieta inagotables oportunidades para llamar al pintor a su casa o para visitarlo en su taller, con el pretexto de consultarle un problema, de pedirle su opinión sobre cualquier asunto y de hacerle saber que, en todo, él tenía la última palabra. Rodríguez Lozano le había abierto las puertas a otro mundo y a nuevos amigos, y Antonieta procuraba agradecerlo continuamente para no parecer ingrata ni destronar al dios que le acababa de regalar un paraíso. La amargura de Rodríguez Lozano podía ser infinita si se sentía despechado, y Antonieta temía las represalias que las sospechas de apostasía hubieran despertado en él. Además, Antonieta estaba convencida de que Rodríguez Lozano era el dios de este nuevo reino en el que Villaurrutia, Novo u Owen figuraban apenas como los amanuenses del creador, dedicados sólo a transcribir, en frases punzantes de ingenio, el pensamiento que recelaba el hermético oráculo. No se percataba de que los amanuenses estaban a años luz de sentirse deslumbrados por alguien a quien consideraban acaso un arribista, una versión local del *Bel Ami* de Maupassant.

Al principio de la aventura, todos sobrellevaron las pequeñas diferencias, los roces y desacuerdos, en nombre del entusiasmo y de la novedad. Todos pusieron manos a la obra para postergar las vanidades particulares y las jerarquías, como lo indicó Antonieta en una declaración a la prensa:

> Nuestra forma de trabajo es sencillísima. Todo lo hemos hecho nosotros mismos. Cierto es que nos hemos improvisado actores, escenógrafos y directores de escena, pero de la siguiente manera: escogiendo cuidadosamente los papeles, estudiando la escenificación con esmero... No dejando nada al azar... Hemos tachado al primer actor y a la primera actriz. Todos son esenciales. Desde el telonero hasta los protagonistas.

Esto era verdad en cuanto a la concepción del teatro que querían realizar: una conjunción de talentos que se ponían al servicio de un arte, con las limitaciones de los novatos, pero con las virtudes de un espíritu profesional superior al de la gente del teatro mexicano de entonces. En la práctica, Antonieta se encargó con más entrega que los demás miembros del grupo de las cuestiones prácticas que suelen desdeñar los intelectuales. Con Rodríguez Lozano del brazo, se puso a buscar un local que no fuera un teatro convencional para así demostrar, de pasada, que era posible hacer un teatro como fuera y de lo que fuera. Encontraron una casa de vecindades en el número 42 de la calle de Mesones, en pleno centro de la ciudad, que fue rebautizado como *El Cacharro* por el grupo y que, con los años, se convertiría en el lugar simbólico donde nació el teatro mexicano moderno. El edificio era modesto, un vetusto inmueble decimonónico en dos plantas y con ventanas altas, en cuyo primer piso se acondicionó, de manera sencilla y funcional, la sala de teatro. El comedimiento del gasto en los arreglos no correspondía a un espíritu ahorrativo —de haber sido el caso, Antonieta hubiera gastado su fortuna en un teatro— sino a la idea misma de lo que pretendían demostrar con su experiencia. Nadie, por lo demás, pensaba hacer del teatro una actividad profesional o una vocación prioritaria. Por lo tanto, la intención era la de disponer sólo de los medios suficientes con su pretensión de romper, radicalmente, tanto en el contenido como en la forma, con el teatro comercial de la época.

Más allá de las inevitables limitaciones del lugar, el acondicionamiento del escenario y de la sala respondía a una deliberada modificación de la relación entre el actor y el espectador y a la voluntad de hacer *escuchar* un texto. Para tal efecto, se construyó una plataforma de madera que se elevaba a unos 50 centímetros del suelo. Se obviaron el telón, las bambalinas convencionales y, sobre todo, la famosa concha desde donde se apuntaba a los actores los parlamentos mal memorizados. La distancia entre el escenario y la sala era mínima; se formaba así un espacio íntimo con los 50 espectadores que cabían en la sala. Entre la sillería se colocaron unos cubos, a manera de mesitas bajas, que rompían la monotonía de las butacas. Las paredes se cubrieron con tela de yute para aislar la sala y resarcir la desnudez general del local. Antonieta supervisó las obras, para las cuales puso a trabajar a sus carpinteros, electricistas y tapiceros. También puso a contribuir a su fiel Ignacio, el chofer, que casi no paraba en sus idas y venidas entre *El Cacharro* y las casas de los miembros del grupo, para dejar un mensaje, recoger un texto, una opinión o un vestuario.

La primera obra, *Símili,* del dramaturgo francés Claude Roger-Marx, fue escogida por Villaurrutia porque obviamente coincidía con sus recientes experimentos en su novela *Dama de corazones*: trabajaba el tema del doble y el juego entre la fantasía y la realidad. Decía el poeta:

> *Símili* es una pieza de análisis psicológico. La fantasía de la protagonista reconstruye el carácter del hombre que ama en otro hombre a quien encuentra casualmente y que se presta de buen grado a su capricho. Cuando el verdadero amante aparece, la mujer prefiere, a la vieja realidad de su amante de ayer, la verdad de su fantasía de hoy. El juego de dos personalidades (la del amante real y la del amante inventado) constituye el encanto de la obra. Al hablar de *Símili,* la crítica francesa nombró a Marivaux y a Pirandello, dos autores que nada tienen que ver con el naturalismo, dos juglares, de la fantasía el primero, de la inteligencia el segundo. Fantasía e inteligencia presiden la obra de Roger-Marx. Algunos críticos mexicanos no han podido ver en ella sino una pieza naturalista.

Comenzaron los ensayos bajo la dirección de Julio Jiménez Rueda, que desde hacía un par de años trataba de dirigir teatro serio y había montado ya piezas de Pirandello. Se citaban a las cinco de la tarde y prolongaban el trabajo hasta la hora en que despertaba la vida nocturna de la ciudad. Poco a poco el grupo fue creciendo con otras personas amigas del grupo que amaban el teatro y se negaban a la profesionalización: Carlos Luquín, hermano de Eduardo Luquín, escritor y amigo del grupo; Isabela Corona que, desde el año 1926, se había distinguido como declamadora de poesía; Lupe Medina de

Ortega, cantante de conservatorio, exuberante y divertida mujer, muy dueña de sus destinos a pesar de estar casada con el músico Ricardo Ortega; el pintor y escultor Ignacio Aguirre, que formaba parte del círculo de Rodríguez Lozano, al igual que Andrés Henestrosa, un joven oaxaqueño que había llegado a la capital con escaso castellano y la mente llena de letras; Rafael Nieto, un joven de la alta sociedad mexicana que Antonieta trajo un día a *El Cacharro*; la joven Clementina Otero, una hermosa adolescente de quien se enamoraría perdidamente Gilberto Owen. El elenco lo completaban Antonieta, Novo, Villaurrutia y Owen. Los escenógrafos, capitaneados por Rodríguez Lozano, eran Roberto Montenegro, Adolfo Best Maugard y Agustín Lazo. Celestino Gorostiza figuraría poco después como director de escena.

A pesar de que formaban un grupo estridente de personalidades dispares y fuera de lo común, reinaba en los ensayos una disciplina que hubiera asombrado a más de uno de sus detractores. Después de que se escogía la obra, generalmente a iniciativa de Novo o de Villaurrutia, se hacía una lectura en la que todos intervenían para la concepción del montaje, la selección de los papeles o las indicaciones escénicas de cualquier orden. Todos expresaban sus opiniones sin atender a los rangos o a la experiencia. Una vez que comenzaba el montaje, sin embargo, se sometían a las decisiones del director en turno y cumplían sus tareas sin complejos de ningún tipo. A diferencia del criterio comercial, los Ulises estudiaban y analizaban conjuntamente la pieza y asumían la responsabilidad de memorizar sus parlamentos. Esto, que hoy puede parecer una práctica común, no lo era en una época en la que las obras se montaban en una semana, en que los actores desconocían el texto íntegro de la obra y en que los ensayos consistían en trazar las entradas y salidas de los actores, así como sus movimientos generales en el escenario, dejando la mayor responsabilidad al genio cómico o dramático de las primeras figuras.

Cada montaje de los Ulises se demoraba aproximadamente tres semanas. Luego se representaban dos piezas en una sola tanda y casi siempre en sólo dos ocasiones. Al terminar cada tanda, se empezaba a ensayar la siguiente. Aunque ninguno de ellos era profesional, sería injusto hablar de una ausencia de trabajo actoral. Intentaron poner en práctica algo de las teorías de Copeau que, en *Le Vieux Colombier*, su teatro parisiense, formaba a los actores desligándolos paradójicamente de la palabra y del texto dramático. Su objetivo era inculcarles una gesticulación contenida, un entrenamiento físico casi mudo que se opusiera al estilo declamatorio de la época. Antonieta había visto en París algo de estas nuevas prácticas actorales y los otros habían leído sobre ellas; cuando Antonieta narraba lo que había visto, la secundaba Agustín Lazo que, en París, había frecuentado a los hermanos Pitoëff y a Jean Cocteau. Pero precisamente porque *no sabían actuar*, porque no estaban viciados por la grandilocuencia benaventiana, pudieron proponer un nuevo estilo de actuación. Rehuían el naturalismo, desde la elección de las obras hasta el trabajo de traducción, que procuraba un lenguaje cotidiano, y con timbres y ritmos mexicanos. En sus actuaciones buscaban un estilo *natural*, es decir, un estilo que afirmara que la fantasía o el sueño no eran momentos extraordinarios de la realidad, sino parte de la realidad misma. Al naturalismo, pues, opusieron lo *natural*, algo que prácticamente ningún crítico percibió.

Las dimensiones de la sala favorecían la naturalidad de la actuación. No había necesidad de impostar las voces, de remarcar expresiones o gestos, porque hasta el más remoto espectador podía percibir el fruncimiento de un ceño, la crispación de una mano o el esbozo de una sonrisa aquiescente o desilusionada. Un reflector blanco, prácticamente la única iluminación con que se contaba, depositaba en los rostros una luz cruda y directa que recordaba en ciertos momentos la técnica del cine mudo, en el que también se inspiraron.

Para Antonieta el trabajo actoral no presentaba mayores dificultades. Desde muy pequeña, si se recuerdan las burlas que le hacían su padre y sus hermanos, actuar había sido su segunda naturaleza. Tenía en su favor una gran facilidad para posesionarse de los personajes, prestándoles su voz y su cuerpo capaces de una ductilidad asombrosa. Se veía natural sin ser nunca la misma. Vivía otros destinos sin tener que asumir la responsabilidad ni las consecuencias de sus actos. El teatro era, en una escala reducida y simbólica, un ensayo de su vida en capítulos, con la única diferencia de que, a causa del repertorio que escogería para vivirla, no saldría indemne de su última puesta en escena.

Hacia fines del año 1927, casi todo estaba listo para la primera representación. Con el directorio de Novo, Antonieta había establecido la lista de invitados: algunos críticos y periodistas y, sobre todo, amigos. Las invitaciones, grandes y cuadradas, impresas en papel tapiz de color gris o fucsia, diseñadas por el equipo de pintores, comenzaron a circular. Apenas un poco más de 500 personas en total asistieron a las dobles funciones de Mesones a presenciar el repertorio de la temporada: en la primera tanda, *Símili* de Claude Roger-Marx y *La puerta reluciente* de Lord Dunsany; en la segunda, *Ligados* de Eugene O'Neill y *Peregrino* de Charles Vildrac; la tercera se limitó al *Orfeo* de Cocteau. El debut fue el 4 de enero de 1928 y la entrada, libre, tenía como sola obligación dejar a la salida una propina para el velador.

El éxito del proyecto se midió en términos de escándalo. Si bien pocas personas tuvieron el privilegio de presenciar las representaciones, la resonancia del Teatro de Ulises fue desmesurada con respecto a la intimidad de la experiencia, quizá porque parte del alboroto se pudo deber precisamente a la imaginación frustrada de los que no pudieron asistir. A los pocos días, aparecieron las primeras críticas, en favor o en contra del proyecto, pero, eso sí, encendidas todas. Luego vinieron las encuestas de opinión, las crónicas sociales, los chistes y hasta una parodia despiadada en un teatro popular.

El Universal Ilustrado fue el primero en festejar el nacimiento del Teatro de Ulises con un reportaje de Jacobo Dalevuelta, al que el Abate Coignard introdujo en su página de "Crónicas amables" con las siguientes líneas:

> La manifestación más notable de los últimos días ha sido, indudablemente, el Teatro de Ulises, es decir, un pequeño teatro creado por el entusiasmo de varios intelectuales, agrupados al-

rededor de una admirable mujer. Nos place ser los primeros en ofrecer fotografías y una impresión de ese magnífico espectáculo de arte que, a no dudarlo, significa un paso muy serio en pro de la depuración del teatro en México (12 de enero de 1928).

Del reportaje de Jacobo Dalevuelta en el mismo número de la revista, un pasaje se refería especialmente a Antonieta en términos que recompensaban su participación más allá del consagrado reconocimiento a su mecenazgo: "Yo creo que un buen número de primeras actrices de esas que van por el mundo seguidas por el aplauso y la admiración, difícilmente superarán a Antonieta Rivas Mercado, la que vivió tan intensamente su papel (en *Símili* de Claude Roger-Marx) que pudo lograr en muchos momentos que se borrara la idea de ficción y que estuviéramos como frente a una escena real y positiva."

Al mes siguiente, otro cronista teatral que escribía con el seudónimo de "El joven Telémaco" en la misma revista, recalcaba a su vez su asombro y su admiración por la actuación de Antonieta:

> Antonieta Rivas Mercado "Penélope y Calipso de este Ulises", como diría el poeta... no es lo que generalmente se llama una mujer bonita —su inteligencia sabrá disimular esto que parece una descortesía. No tiene una voz argentina como la de la recitadora Carmen Quiroga, que vino, se fue y volvió, ni de oro como la de la difunta María. Tampoco declama ni se desmelena y bufa como esa señora que ustedes saben. Antonieta habla en voz tan tenue que apenas llega al fondo de la sala, sin llenarla de resonancias inútiles. Las manos... ¿Tiene manos Antonieta?, sólo se mueven lo indispensable, en los momentos en que deben moverse. El resto de la figura pasa inadvertido, porque viste con elegante sobriedad; jamás llamativa; nunca exagerada copia de figurín último. La fuerza de la expresión de Antonieta está en el gesto, en el verdadero gesto, en la expresión de los ojos, de los labios, de las cejas que se contraen o se distienden, como arcos. En la voluptuosidad, las aletas de la nariz palpitan, la voz y los labios tiemblan...

Junto a esos elogios —que colmaban a Antonieta como antaño el entusiasmo del profesor Soria—, aparecían feroces ataques dirigidos, antes que a las obras, a los miembros del grupo. Por ejemplo, en la revista *Diversiones*, se publicó, el sábado 14 de enero de 1928, esta misteriosa reseña firmada por un enigmático "Sófocles":

> Con un mar Egeo de vanidades y un Helesponto de buenos deseos por realizar algo *sorprendente*, que superara al "Chauve-souris" y dejara así de pequeñín al pobre Nikita Valieff [*sic*], se lanzaron a la conquista de un teatro superhumano, media docena de euripidianos, eternos efebos de nuestra arruinada literatura vernácula.
>
> Allá en una casucha de la calle de Mesones —esto ya lo anunciaron en su flamante página de sociedad, de alta sociedad, los grandes rotativos—, se reunieron esos que esperan su consagración definitiva desde hace cuarenta años y otros que apenas si completan el medio lustro de haber abandonado las aulas completamente *destripados*, como los hijos y el marido de Medea.
>
> El odioso Ulises, el errabundo y eterno fracasado, en cuyo teatro se hizo la temporada cooperativa de las obras de Homero, sirvió como símbolo a los argonautas —bien pagados por la Secretaría de Educación— que se proponen hacer exclamar un *¡Ah!* de asombro al mundo entero dentro de unos treinta o treinta y cinco años, en que *cuajará* seguramente la *magna* obra iniciada; ellos no tienen mayor prisa por realizar esos sueños, que de no ser propicio Febo, o el magnificente Zeus, se los va a llevar a Martel...
>
> Y los Novo, los Villaurrutia y todos aquellos que tienen el mejor deseo de ver el aeroplano de su éxito coronado por la medalla de un nuevo *raid*, entre un florecimiento de pistolas y sables, estos últimos los más peligrosos, pasarán las de Caín en la Isla María Madre, a un paso de María Magdalena, donde mil equívocos cumplen la condena que nunca terminará, arrebatando al mar sus preciadas riquezas como cangrejos, tiburones, calamares, etcétera.
>
> Por esta casa, o mejor dicho, en esta casa, no les queremos quitar sus buenas intenciones, y mucho menos enajenarles sus más legítimas cuanto autóctonas ambiciones, pero... ¡Oh, gran-

de y noble Huitchilopotzli!, no queremos que el *teatro de Ulises*, ampliación de la casa de Orates, constituya una nueva y pesada carga, capaz de retrasar, en unos cuantos minutos por lo menos, el pago de los profesores.

El grupo no tenía otra cosa que hacer que no fuera reírse de ataques y calumnias, y así lo hizo.

En las noches de estreno, como se haría costumbre, Antonieta ofrecía un pequeño *cocktail* a sus invitados. Instalada en la frivolidad, se veía radiante: ondulaba sus movimientos bajo una capa negra y cernía su luminosidad como una melodía arcana. Sólo su rostro sobresalía de la aureola negra que la envolvía. Un turbante subrayaba, arriba del arco de las cejas, el óvalo de la cara sin afeites que su largo cuello hacía girar con dulce indolencia. Para colmar a los elegidos en su sentimiento de haber presenciado el *nec plus ultra* de las manifestaciones artísticas del México *actual*, Antonieta ofrecía *champagne* y uvas blancas cuyo refinamiento contrastaba con las mesitas cubiertas de yute sobre las que descansaban las copas de cristal de Bohemia y los platones de Sèvres. Esta composición excéntrica de lujo refinado y de bohemia astrosa le causaba a Antonieta una sonrisa pícara: se sentía gustosa y divertida, grave y ceremonial, ante esta representación, bastante exacta, de la vida que había abrazado y que quería llevar en adelante.

Dada su natural impaciencia, el teatro le había ofrecido a Antonieta la ventaja de una rápida luminosidad. Pocos meses después de haber surgido de la nada, el Teatro de Ulises consagraba a sus participantes, para bien o para mal, entre los escritores, artistas y periodistas de México. Claro que no se trataba del aplauso o del repudio de las grandes masas que llenaban el *Principal* o el *Arbeu*, pero esto era lo de menos: el objetivo no había sido gustar a las masas sino alterar un ambiente adormilado y obsequioso, solemne y conservador, demasiado provinciano para el gusto *actual* de los Ulises.

También le atraía el sentimiento de pertenecer a un grupo. Su mecenazgo y su participación activa como cualquier otro miembro del grupo la colocaban en una posición ideal: a ratos como pilar de la empresa, a ratos como la compañera de viaje a la que, con igual confianza se le pide saldar las facturas o coserle un botón a un traje. En las salidas del grupo a los salones de baile, el *Imperio* o el *Salón México*, o a los teatros populares como el *María Guerrero* (en los que, afirmaba Villaurrutia, "se pirandelea de verdad" y donde "Freud siempre está en el escenario", según Celestino Gorostiza), Antonieta, militante adelantada del *radical chic*, oficiaba el doble papel de compañera parrandera y de gran dama que se asoma a los bajos fondos, por liberalidad y excentricidad, para descubrir los estruendosos encantos del vulgo. La entrada de Antonieta al *Salón Imperio* —que Rodríguez Lozano rebautizó como El Tercer Imperio—, solía ser espectacular: se abría camino entre los *pelados*, rodeada por su séquito ambiguo de dandies depilados, incólume ante las miradas que la enfocaban con una mezcla turbia de reverencia y de hervor lascivo. Si algo sabía Antonieta era bailar y se divertía regalando a la concurrencia dos o tres danzones, sensualmente paseada por los brazos de Rodríguez Lozano. "En las caderas de un golfo, se desenreda un danzón...", podría haberle susurrado al oído el pintor... Pero sus ojos evitaban los de Antonieta y quizá buscaban mejor, furtivamente, entre la oleada de los rostros, los ojos brillantes de los efebos populares...

Estos gestos quizá aún pasaban inadvertidos para Antonieta, por lo que su esperanza de conquistar finalmente a este hombre se conservaba intacta. Salvo algunos plantones que le propinaba Rodríguez Lozano —y que Antonieta le reprochaba con cautela, en recados más teñidos de desilusión que de dolor—, la ambigua amistad seguía fortaleciéndose dentro del mismo patrón sumiso y devoto. Regocijada de ver que acumulaba una victoria tras otra, ésta fue, seguramente, la época más feliz de la vida adulta de Antonieta.

En diciembre de 1927, entre la euforia del nacimiento del Teatro de Ulises, el juez octavo de lo civil, Javier Aguayo, dictó la sentencia de divorcio entre Antonieta y Blair. Disuelto el vínculo matrimonial, Antonieta recibió la custodia del niño y a Blair se le ordenó pagar la pensión de ley.

La sentencia rechazaba una solicitud de Antonieta, no exenta de mala fe, en el sentido de que Blair le pagara 40 000 pesos para reparar los tres años en Europa durante los cuales, según ella, Blair se había desatendido de su manutención y de la de su hijo. En esto consistía la acusación levantada por Antonieta en contra de Blair para obtener el divorcio: abandono de hogar y falta de asistencia económica a su familia. Llevada por un impulso que respondía al rencor contra Blair —recordatorio del propio fracaso—, y más por terquedad que por juicioso cálculo, Antonieta apeló entonces la sentencia con el único fin de que se cumpliese el pago del dinero y que constara que la disolución del vínculo matrimonial se debía efectivamente al abandono de hogar. Por su parte, y como era previsible, Blair apeló asimismo la sentencia, presentando pruebas y testimonios de que no se desatendió de la manutención de su familia, puesto que la estancia en Europa había respondido a una invitación expresa del padre de Antonieta. También rechazaba la acusación de abandono de hogar, ya que había permanecido en la casa de Héroes hasta que sus negocios lo obligaron a viajar a los Estados Unidos, donde, además, había invitado a su esposa a reunirse con él. En enero de 1928, el asunto se turnó a la segunda sala de la Presidencia del Tribunal Superior de Justicia y empezaron las audiencias a las que ni Blair ni Antonieta asistieron en persona. Desde esa fecha hasta la muerte de Antonieta, el asunto del divorcio se complicó en una serie de argucias y discusiones bizantinas que tuvieron como resultado que Antonieta perdiera todo lo que había ganado en la primera sentencia. La terquedad de Antonieta provocó que la de su rival superara a la suya. Se perdieron de vista los objetivos que realmente se hallaban en pugna, y los contendientes cimentaron un poco más el escenario de las futuras pesadillas.

¿Qué sentimientos intervenían en ese momento en la actitud de Antonieta? Seguramente, un soberbio deseo de venganza, no contra un amor que hacía tiempo se había extinguido, sino contra la afrenta que Blair representaba al amor propio de Antonieta. Más que el fracaso de una unión que ya poco le importaba, que le estorbaba y hasta le repugnaba, lo que no soportaba era admitir su propio, mayúsculo, error, actualizado en el rostro de ese hombre: ¿cómo pudo haberse equivocado tan radicalmente al escogerlo para realizar sus ideales románticos de amor y comunión de almas? ¿Qué era Blair frente a la inteligencia y la espiritualidad que ahora encarnaba en Rodríguez Lozano? El contraste encendía su violencia. Pero para evitar que su ira apuntara al blanco adecuado —es decir: ella misma—, prefirió proyectarla hacia Blair, que encarnaba su propio error. Sus flagelaciones siempre le vendrían de la evidencia de sus desaciertos: antes que las pérdidas, le dolían los errores.

La intensa actividad de los primeros meses de 1928 la mantuvo a flote y la ira no desembocó, por esta vez, en la depresión en que solían hundirla sus compunciones. La temporada en Mesones culminó con la presentación del *Orfeo* de Cocteau, la pieza que más dio de qué hablar entre la reducida asistencia. Ya desde los ensayos, se medía el desafío que significaba la obra. Villaurrutia declaró a la prensa:

> Al preparar *Orfeo* no se nos ocultaba el desconcierto que provocaría en muchos cerebros. Sonreíamos anticipándonos. Decíamos con el poeta de la tragedia: *Hay que echar una bomba, hay que obtener un escándalo, hace falta una de esas tormentas que refrescan el aire. Se ahoga uno, ya no se respira.* Así fue. Nosotros respiramos, los críticos se ahogaron. Nosotros, representando, respirábamos un aire nuevo. ¿Qué más aire nuevo que el de esta poesía? Los críticos sintieron que la poesía les oprimía el cuello, les cerraba la garganta. Acabaron por no ver nada. Allá ellos.

Durante el estreno de *Orfeo* en Mesones, un temblor meció levemente la ciudad. No era la primera vez, y un crítico se preguntó por qué siempre temblaba durante las representaciones del Teatro de Ulises. Temblaba de manera literal y figurada. Esta circunstancia natural, que en París difícilmente podría haber acompañado el simbólico estallido de la bomba teatral, le parecería a Cocteau, cuando se enteró, poco menos que una señal de la providencia, como si Dios (*ex machina*) hubiera puesto lo suyo para quebrantar un orden antiguo y putrefacto. Villaurrutia, a su vez, escribiría más tarde: "Cocteau cuenta en *Opio* que durante la representación de *Orfeo* en el pequeño teatro de Mesones, tembló la tierra, lo cual es cierto; pero también dice que el actor que hacía el papel titular cayó muerto al terminar la representación, lo cual puedo atestiguar que no es cierto."

Antonieta puso todo su empeño en su última actuación. Nada garantizaba que fuera a haber otra temporada del teatro. Satisfecha con su esfuerzo, lo comprobó en la crónica de su ya para entonces fiel "joven Telémaco", quien volvió a elogiar su trabajo: "Antonieta Rivas se mostró en un aspecto diferente a los anteriores y supo ser ligera, tenue, impalpable casi: entre sombra y espíritu."

¿Por qué, como ya señaló Villaurrutia antes, no se entendió el *Orfeo*? Unos, por ignorancia, por absoluta y total incomprensión ante lo que sus ojos presenciaban (como había sucedido en París); otros, los más, por sistemática oposición a los Ulises. Entre los últimos estaba, por ejemplo, Diego Rivera que, con su habitual mala fe hacia el grupo, declaró que estas obras llegaban a México con 10 años de retraso y que los Ulises querían dar gato por liebre haciéndolas pasar por nuevas y actualísimas. Novo manifestó su estudiada extrañeza ante estas reacciones, recordando que si una virtud tenía *Orfeo*, era la de ser entendido hasta por los caballos. Vasconcelos, que, seguramente, nunca se paró en el teatrito, entrevistado por *El Universal*, declaró que esas piezas representaban la mentalidad burguesa y decadente de la cultura europea, y que eran ajenas a las circunstancias de un pueblo nuevo como el mexicano. Antonieta y Novo se reían. Villaurrutia explicaba.

Hay que escuchar otra vez al autor de los nocturnos para comprender la naturaleza del desconcierto —una palabra suave para calificar los virulentos ataques que la obra en particular y toda la aventura del Teatro de Ulises provocó a una crítica inmadura, ocasional y aventurera:

El *Orfeo* de Cocteau está escrito en función de la escena: las personas y los objetos aparecen y desaparecen como en un juego de manos o entran y salen como en un sueño. Pero hay críticos, los de México, sobre todo, que no han soñado nunca, que duermen un sueño sin sueños. Sólo la realidad cotidiana los satisface. No son capaces de poner un pie, siquiera por un momento, en el misterio. No son capaces de dejarse engañar por nada que no sea real. Y el teatro es, siempre, engaño, engaño superior. Uno por uno han encontrado en *Orfeo* aquello que no buscan: poesía, ficción pura. Pero ellos, en vez de declararse sorprendidos, se ofenden y truenan al conocer sus limitaciones. A nadie debe extrañar. Educados en la estrecha escuela del naturalismo, la vida es para ellos como un pastel y el arte una rebanada de la vida. Tocar para creer es su norma. Y el *Orfeo* de Cocteau, siendo una realidad misteriosa, se les escapa de las manos torpes. El choque de las metáforas no llega a su oído habituado a recibir solamente ruidos físicos. Y las imágenes plásticas no impresionan sus ojos en el pastel de la vida y en la rebanada de arte.

Los ataques se hicieron más virulentos que para las obras anteriores, como si *Orfeo* hubiera sido concebida como una tomadura de pelo, una verdadera agresión al público. "Límites en el misterio. *Orfeo*. Yo hacía el papel de Heurtebise —escribe Novo—. Una espectadora soporta el caballo, la muerte, los guantes de la muerte, el hecho de que la muerte salga del espejo. Pero en el momento en que *Orfeo* entra en el espejo, ella se indigna. ¡Ah, eso no! grita en voz muy alta."
El pintor español Gabriel García Maroto, que estudiaba entonces el muralismo de Rivera y redactaría un ensayo que haría su propio escándalo más tarde, fue uno de los entusiastas que asistió a los dos días de funciones de *Orfeo* en Mesones. Insistía en que lejos de amilanarlos, los comentarios eran aliento para hacer más pública la experiencia de Mesones. Se decidieron a hacerlo y planearon rentar el *Teatro Fábregas* para representar el mismo repertorio durante el mes de mayo de 1928. La razón de mayor peso era la necesidad de juntar dinero para seguir publicando la revista *Ulises*, que había llegado a su número 6. Otra era el empeño en la provo-

cación y comprobar, de pasada, qué sucedería con la presentación de estas obras ante un público masivo y absolutamente ignorante de la nueva dramaturgia europea y norteamericana.

Se lanzó la publicidad en los periódicos: "El teatro Ulises en el *Fábregas*." El texto de la advertencia que ellos mismos habían redactado, se antojaba a un tiempo un desafío y una curación en salud:

> El grupo de jóvenes intelectuales que se organizaron para echarse a cuestas la difícil misión de estudiar el teatro más moderno y de mayor mérito, capitaneados por la señora Antonieta Rivas, ha resuelto ampliar su acción y representar ante el público en un ciclo rápido de veladas, las obras que hasta ahora han representado en el teatro íntimo de la calle de Mesones. [...] Como consecuencia muy natural vamos a exponernos a la sanción de los demás. Siendo el principal objetivo *dar a conocer obras* y no interpretarlas en el sentido artístico estrictamente, hacia esa finalidad debe orientarse la atención del público. Claro que por nuestra parte pondremos nuestro mayor empeño en hacer grato ese conocimiento; pero no deseen encontrar actores sujetos a crítica, en donde sólo hay personas de buena voluntad. Nosotros no esperamos, a nuestro pesar, aplausos para nuestra actuación, y nos pesaría demasiado esperar las demostraciones de desagrado. Vaya lo uno por lo otro.

La temporada en el *Fábregas* se realizó con el siguiente programa: el viernes 11 de mayo de 1928, a las 8:30 p.m., *Símili* de Claude Roger-Marx, obra en tres actos, traducción de Gilberto Owen, dirección de Julio Jiménez Rueda, escenografía de Roberto Montenegro, con las actuaciones de Antonieta Rivas Mercado, Isabela Corona, Xavier Villaurrutia, Carlos Luquín, Ignacio Aguirre y Rafael Nieto. El sábado 12 de mayo, *Ligados* de O'Neill, pieza en cuatro escenas, en traducción de Antonieta Rivas Mercado, bajo la dirección de Julio Jiménez Rueda, con las actuaciones de Antonieta Rivas Mercado, Lupe Medina, Salvador Novo y Gilberto Owen. El domingo 13 de mayo a las 9:00 p.m., *Peregrino* de Charles Vildrac en traducción de Gilberto Owen, pieza en un acto, dirección de Celestino Gorostiza, con la actuación de Lupe

Medina, Emma Anchondo, Clementina Otero y Gilberto Owen, y *Orfeo* de Jean Cocteau, en traducción de Corpus Barga, revisada por Xavier Villaurrutia, dirección de Julio Jiménez Rueda y Celestino Gorostiza, con las actuaciones de Antonieta Rivas Mercado, Isabela Corona, Xavier Villaurrutia, Gilberto Owen, Carlos Luquín, Rafael Nieto, Ignacio Aguirre y Andrés Henestrosa en el papel del "Caballo".

El precio de entrada, de dos pesos, era alto en comparación con el peso que costaba la entrada de luneta al *Regis* o al *Arbeu* o al mismo *Fábregas*, o con una entrada al cine que era de 30 centavos. El discurso inaugural, a cargo de Salvador Novo, se leyó como preliminar en la primera función. En él, Novo hizo la historia del grupo, celebró el encuentro con Antonieta que hizo posible el Teatro de Ulises, resumió la naturaleza de la experiencia privada de Mesones, y lanzó la frase que sintetizaba la apuesta de la temporada en el *Fábregas*: "Ulises quiere ver si es cierto que la gente no iría a ver a O'Neill porque se halla contenta con Linares Rivas."

La temporada fue un fracaso en el sentido comercial y se demostró que efectivamente, aparte de unos cuantos curiosos o convencidos, la gente prefería ver teatro de Linares Rivas que el de O'Neill o Cocteau. Los chistes no tardaron en aparecer tampoco en esta ocasión y en la sección "On dit" de Argos (*El Universal Ilustrado*) se leyó:

"—Y tú, ¿por qué no vas con frecuencia al teatro de Ulises?

—Porque hay una persona que se empeña en apuntar a los que entran..."

No se pudo reunir el dinero para seguir editando la revista, que murió en ese mismo mes, ni para las ediciones de libros que el grupo pensaba costear con las ganancias del *Fábregas*. La polémica se limitó una vez más a los periódicos y a las revistas culturales. El punto final lo puso Salvador Novo en un artículo que así se llamaba y que publicó en *El Universal Ilustrado* el 14 de junio de 1928. Respondía principalmente a las acusaciones de exhibicionismo: "...En mis palabras preliminares a las representaciones, confesé que me avergonzaba dejar de ser escritor, oficio que me enorgullece y que respeto, para ser siquiera por un momento, un actor.

Visto lo cual, ¿puede decirse que busqué yo, con lo del Teatro de Ulises, un nombre que ya tengo y que no he establecido escupiendo veneno y envidia?"

A ese estado de relativo abatimiento y fastidio Antonieta opuso su habitual tenacidad: el teatro debía seguir, las ediciones se harían con su propio dinero. El grupo regresó a Mesones y el 6 y 7 de julio de 1928 presentó la última obra de su existencia: *El tiempo es sueño* de Henri Lenormand, obra en seis escenas, en traducción de Antonieta Rivas Mercado y Celestino Gorostiza, con escenografía de Roberto Montenegro, dirección de Xavier Villaurrutia y Celestino Gorostiza, y las actuaciones de Clementina Otero, Isabela Corona, Lupe Medina y Delfino Ramírez Tovar, un amigo íntimo de los Ulises. Uno de los papeles masculinos estaba a cargo de Gilberto Owen que, tres días antes del estreno, se marchó intempestivamente a los Estados Unidos con un cargo diplomático y tuvo que ser sustituido a última hora. La partida de Gilberto Owen fue una de las tantas causas del desmoronamiento del grupo, tal vez sólo el detonador que hizo estallar, en el interior del Teatro de Ulises, una bomba deparada para el mundo.

Otro detonador fue Rodríguez Lozano. El pintor veía con malos ojos la influencia creciente que los nuevos amigos de Antonieta iban adquiriendo sobre ella. Con Villaurrutia, el trato desbordaba los estrictos límites de la aventura intelectual. Xavier hablaba con ella de su vida. Xavier, que era todo finura, sensibilidad aristocrática, capaz de esas delicadezas que rebasan los buenos modales, entabló con ella una amistad distante pero sincera. Le aconsejó, por ejemplo, que se cortara el pelo a la *garçonne*, que ahondara en lo negro de su vestimenta que resaltaba su sobriedad y su elegancia curva, la refinó en la depuración que había sido siempre el estilo de Antonieta. Pero Xavier, a diferencia de Manuel, incitaba con dulzura, más bien sugería, convencía, en ese semitono de la confidencia frívola que los homosexuales practican a la perfección con las damas dignas de su afecto y de su estimación estética. Pero la envidia de Rodríguez Lozano se dirigía sobre todo hacia Salvador Novo, por razones ya ajenas al coto de influencia que ejercía sobre Antonieta. La rivalidad era personalísima, porque nadie estaba a salvo del ácido despiadado de Novo, ni siquiera Rodríguez Lozano que se empeñaba en fungir como el príncipe consorte de la Señora, como solían llamar los jóvenes a Antonieta. Tal vez temía también que la lengua viperina de Salvador Novo se excediera en confidencias con Antonieta acerca de su socrática homosexualidad.

Rodríguez Lozano prendió la mecha y empezó a calentarle la cabeza a Antonieta. Quería convencerla de que los jóvenes sólo buscaban su dinero y de que, en cuanto fuera posible, la harían a un lado de la empresa cultural para cosechar la gloria de sus frutos. En realidad, lo que más le dolía era que él mismo había pasado a un segundo o tercer lugar en la pequeña historia del Teatro de Ulises; apenas si se le mencionaba en los artículos y en las polémicas. Realizó un verdadero *tour de force*, convirtiendo su propia ausencia en la publicidad en una omisión ofensiva del nombre de Antonieta. Así reconstruyó Rodríguez Lozano la desaparición del Teatro de Ulises más de 20 años después:

> ...si se fundó el Teatro de Ulises en México fue porque yo quise. En una conferencia sustentada por Salvador Novo, creo que en el teatro *Fábregas* se omitió, deliberadamente, toda mención a la extraordinaria mujer que era Antonieta Rivas Mercado. Entonces le dije: "Antonieta, has quedado en pasar por mí mañana, pero si para esa hora existe aún el Teatro de Ulises será mejor que no pases." Pasó por mí, fuimos juntos a la calle de Mesones y el teatro había desaparecido. Por la tarde, cuando los "propietarios" del teatro llegaron, como siempre provistos cada uno de su llave, a la reunión acostumbrada, tuvieron la sorpresa de encontrar el local desierto porque ya no había teatro. Y había dejado de existir, tal como surgió por mi voluntad.

La vanidad y la mala fe, así como la posterior distorsión de los hechos por parte de Rodríguez Lozano, pueden medirse evocando el pasaje que Novo le dedicó a Antonieta en su conferencia inaugural a la temporada en el *Fábregas*. Ese 11 de mayo de 1928, Novo había declarado ante el público:

> Los integrantes de ese "grupo de personas ociosas" con su desilusión cotidiana de no tener "nada que ver" ni un lugar donde divertirse, decidieron fundar primero la revista de *Ulises* y después el teatro. El destino que en todo está, hizo que se encontraran a la señora Antonieta Rivas. Ella, que una vez quiso estudiar linotipia, que ha viajado por todo el mundo, que nada y monta a caballo, que ha emprendido cursos de filosofía y de idiomas, ofreció en seguida su práctico y bien demostrado entusiasmo.

Rodríguez Lozano era, pues, el único que estaba, inconspicuamente, ausente del discurso de Novo.

Por lo que respecta a la acusación de que los jóvenes sólo estaban interesados en el dinero de Antonieta, primero habría que considerar que la experiencia del Teatro de Ulises no significó un gasto colosal para la mecenas. La renta del local era modesta, todo el mundo puso voluntariamente su trabajo, la producción se realizaba con lo que se tenía a la mano, el vestuario se sacaba de los armarios de cada quien. En fin, en lo que toca al periodo de Mesones, los gastos no fueron excesivos. En cuanto a la renta del *Fábregas*, es probable que Antonieta hubiera invertido cantidades más fuertes. Se suele decir también que ella financió la publicación de *Novela como nube* de Gilberto Owen, de *Dama de corazones* de Xavier Villaurrutia y de *Los hombres que dispersó la danza* de Andrés Henestrosa. Aunque se desconoce con exactitud la forma en que se realizó el apoyo económico, es posible que estos tres libros se deban a su generosidad, sobre todo porque el último lo entregó a su autor el día de su cumpleaños, a modo de regalo y de festejo por su entrada al mundo de las letras.

Es cierto, también, que a veces los Ulises se burlaban de ella, mofándose de ese personaje de la "culta dama" que satirizó Salvador Novo, pero no al punto en que Rodríguez Lozano le hizo creer. Ella, que en todo lo seguía y que, además, se jugaba con él otra apuesta que iba mucho más allá de la transitoria aventura cultural, acogió su voluntad con un gesto más de una sumisión que ella confundía con el dulce sabor de la complicidad.

No sabemos cómo reaccionaron los Ulises ante la traición

del pintor, sí que, finalmente, lo perdonaron y continuaron esa amistad siempre ríspida. El proyecto cumplió su cometido, a fin de cuentas, y eso superaba el hecho de que después haya fenecido, para placer del pintor. Tal vez las líneas que, a principios de 1929, Villaurrutia escribió en su diario puedan tomarse como un indicador elocuente de la relación que privó, durante esa temporada espléndida, entre Antonieta, dudosa Penélope, dudosa Calipso, y sus definitivos Ulises:

> Antonieta no tiene sino un tono de voz y un tono de espíritu. Es inflexible. Ha encontrado una manera de mover las manos mientras habla que encaja perfectamente con su suavidad inflexible. Suave pero inflexible. Me enfadan las personas que no pueden respirar sino un aire trascendente. A Antonieta quisiera verla dejar de ser ella (o lo que ella cree ser) en alguna ocasión. Creo que no podrá. Me arrepiento de escribir esto, pero no porque lo piense injusto sino porque a Antonieta prefiero quererla que juzgarla.

CAPÍTULO IX

Cerrar el Teatro de Ulises no fue sino una de las tantas redes que Antonieta echó para apresar el corazón huidizo de Rodríguez Lozano. Luego, nombró al padre del pintor administrador de sus bienes en una manera velada y simbólica de entregarle su fortuna. Recogió en su casa a uno de los protegidos de Rodríguez Lozano: un joven indígena oaxaqueño llamado Andrés Henestrosa que, decidido por las letras, vivía en un desamparo que rayaba en la indigencia. Antonieta lo vistió, lo alimentó, lo educó y lo civilizó en el mismo estilo con que Rodríguez Lozano emprendía el pulimento de sus talentosas criaturas. Era otra manera de agradarle y de parecérsele. Adoptó a sus amistades integrando un círculo que era, a un mismo tiempo, una familia, una corte y una secta religiosa.

El año de 1928 no fue menos rico en empresas que el anterior. Debajo de las apariencias, sin embargo, el pantano sentimental crecía. Antonieta vivía con la continua sensación de dar tres pasos hacia adelante y dos para atrás. Además, los pocos pasos en que parecía avanzar se sumaban a un círculo vicioso en la contabilidad de sus afectos, locos berbiquíes que giraban sin saber si horadaban una pared de concreto o los muros de un castillo de arena.

Pasados los primeros meses de 1928 —en los que, a causa del teatro, Antonieta y Manuel se veían casi a diario—, ella empezó a escribirle unas cartas largas y apasionadas donde le reiteraba peticiones, ofrecía muestras de gratitud, planteaba reclamos y profesaba sumisiones. Las más de las veces, Antonieta le escribía los domingos —día en que Rodríguez Lozano solía plantarla para ir a los toros— y también porque ésos eran los días vacíos que no llenaban ni el trajín de la semana, ni las reuniones familiares. Antonieta llenaba el desierto dominical con el espejismo de un amor que se iba encendiendo al ritmo de su pluma, despreocupada de convenciones formales y de gracia gramatical. Sentada ante el escritorio de su alcoba, confundida por el despecho y la incomprensión, borroneaba en soledad hoja tras hoja con objeto de analizar los últimos encuentros, conjeturar sus fallas, prometerse enmiendas de conducta y dar libre curso a sus sueños. Escribía con el aliento perdido, pensando que cada carta debía ser un definitivo esclarecimiento de su relación con Rodríguez Lozano, que sus propósitos de frenar la intensidad de su acoso serían en lo sucesivo su conducta permanente.

Como no comprendía, o no quería comprender, la naturaleza de la resistencia que le oponía Rodríguez Lozano, con un ritmo hecho de avances y recapitulaciones, de asedios y retiradas, furiosa y despechada, Antonieta buscaba antiguas heridas quiméricas a las que achacarla y profería amenazas de las que se retractaba en la frase siguiente. La ira cedía a la paciencia y la paciencia al temor: su miedo de perderlo para siempre si no lo podía poseer a cabalidad le suavizaba el tono, calmaba su irritación y la trocaba por una desmesurada gratitud y la promesa de una eterna devoción espiritual.

En abril, todavía se sentía fuerte, llena de equilibrio y de amor para los dos, lista para socorrer a Manuel, a quien aseguraba: "Por todo lo que no le han sabido querer, tengo que quererle; por cuanto le han negado, debo reconocerle. [...] Está usted tan solo, tan lleno de pudor, tan harto de dolor, tan dolorido, que, naturalmente, hace el gesto del que todo tiene y nada necesita." Como Manuel no hablaba claro, Antonieta especulaba de nuevo, emprendía minuciosas exégesis de pasados gestos en los que descansara la razón de sus evasivas, cuando no de sus rechazos, y frente a su parquedad Antonieta no cesaba de conversar consigo misma con objeto de colmar los silencios de su amado. Bosquejaba para sí el cuento de hadas en el que, un buen día, milagrosamente, el corazón preso bajo siete candados se abría al amor que tanto temía o, simplemente, no había encontrado aún. Ésta era la fantasía de Antonieta, el motor de su perseverancia y el cuento que reinventaba en cada carta para dotar de un anhelado paisaje a su imaginación amorosa.

Hasta que en mayo, azuzado por las interrogantes de Antonieta y agobiado por ese amor tan incondicionalmente rendido, Rodríguez Lozano confesó. Fue, por supuesto, una confesión restringida y ornamentada de abundante palabrería sobre la libertad del artista, la condena de su numen y la dolorosa pureza de su sino. De alguna manera, Rodríguez Lozano también procuró darle a entender que sus inclinaciones sexuales ya no lo conducían hacia el género femenino. Como pudo, hiriéndola lo menos posible para conservar una amistad que apreciaba y que su narcisismo requería, Manuel trató de abrirle los ojos, de hacer entrar en ella un poco de razón que atenuara su acoso. A pesar de todo, Antonieta optó por cerrar los ojos o simplemente desviar la mirada cuando, al entrar en el taller de Manuel, sorprendía al pintor acariciando, con una mirada que no le estaba deparada a ella, a los efebos que posaban desnudos a unos metros de su caballete. Disfrazaba en respeto por la libertad del artista el temor de mirar de frente una realidad que no era, por lo demás, secreto para nadie que integrara el círculo íntimo del pintor.

Para colmo, Antonieta tornó la confesión en una prueba más de los lazos espirituales que privilegiaban su relación y en una especie de reto que se tradujo en esta afirmación: "Soy, en México, la única mujer capaz de vivir con usted su vida. [...] La vida doble que no entiendo para mí, si *usted* la necesita, tómela, sólo que dígamelo. ¿Prometido? Suya devotamente..."

Rodríguez Lozano esperaba una renuncia de parte de Antonieta; ella encontraba en cada uno de sus argumentos un estímulo más para andar el camino de perfección que la conduciría a un amor sin reservas. La empeñosa ceguera de Antonieta le confería una fuerza singular para doblegar las razones y la realidad a su deseo. No podía permitirse otro fracaso, otro error de elección, porque esto le hubiera significado un golpe fatal. Pero el precio que debía pagar por permanecer en esa realidad deformada era el instalarse en una contradicción que no cesaría de querer elucidar ante Manuel y ante sí misma.

Si por un lado sabía que la permanencia al lado de Manuel, más o menos cercana según los días y los humores, se podía ganar con la "espiritualización" de su amor —que ella traducía invariablemente en trascendencia y en un vivir fatigoso en las alturas enrarecidas del arte y del espíritu—, por el otro no podía abandonar su convicción de que un amor completo se juega por igual en el espíritu y en la carne. Por encima de los convencionalismos y de las mojigaterías de su sociedad, concebía la entrega carnal como una ofrenda comprobatoria de la pureza y *nobilidad* del deseo. La peor lucha que debía librar era consigo misma. A ratos se prometía que su "sensualidad" no le estorbaría más, y se culpaba hasta la exageración; a ratos desenmascaraba la insensatez de las palabras de Manuel y afirmaba:

> Usted se ha engañado respecto a mí. No soy una mujer moderna, si por moderna se entiende que domina, como virtuoso, el problema sexual. Dominio por hartazgo. No soy moderna porque doy al amor en general, y al acto sexual en particular, una importancia otra que lavarme la boca o tomar un baño. El amor es una entrega simbólica y en ello, aunque resulte *démodé*, no puedo alterarme. Me considero absolutamente incapacitada para trazar una línea divisoria entre mi espíritu y mi cuerpo, porque amo, cuando amo, íntegramente. No podría sentar mi afecto en una persona y entregar mi cuerpo a otra. Supongo que eso sería comodísimo, que quizá se ganara en esa división de trabajo, que en vez de complicación sería simplificación. ¿No? Por ejemplo: usted tiene una división sensual espiritual y afirma que para salvar el espíritu no hay que confundirlo con el cuerpo. Hay entre usted y yo una relación perfecta, de comprensión, claridad, abandono espiritual, confianza. Perfecto. Si yo fuera suficientemente inteligente, en vez de enamorarme como una mujer necia que padece porque su amor no es correspondido, le querría con el espíritu liberado de todo lastre sensual. Y la liberación la lograría a precio de costo. Pero como me es imposible, porque la idea sola me repugna, imagínese la práctica. Me tiene usted en un callejón sin salida. Me tiene usted enamorada de un hombre para quien, sensualmente, no registro emoción. Además de trabajar, ¿qué debo hacer?, ¿dividir mi integridad?, ¿integrar en división?, ¿padecer?

"Lo quiero, y contra esperanza, espero", decía, para resumir su dilema, quizá recordando a Racine, el que había sentenciado: *Je meurs si je vous perds; mais je meurs si j'attends*

("Muero si lo pierdo; pero muero si espero"). Sin embargo, a pesar de la tormenta subterránea que sacudía su vida y gran parte de sus energías, Antonieta reunió arrestos para lanzarse a nuevas empresas, empresas que alternaba con estratégicas retiradas —principalmente a Cuernavaca y a Cuautla— cuando la presión de sus acosos a Manuel ponía en peligro hasta la cortesía de su amistad.

Se propuso la construcción de una nueva casa donde "enraizar" definitivamente. Mario, su hermano, planeaba la suya en un terreno que pertenecía a la familia en Chapultepec Heights. Pronto iba a casarse con Lucha Ruhle, una joven guapa, distinguida y rica de la que se había enamorado, traicionando así a todas sus admiradoras y a su fama de donjuán. Amelia viajaba, mientras tanto, por Italia y Francia, hospedándose en casa de los Pani y de los Boari, para reponerse de un noviazgo fracasado. En una carta fechada en julio de 1928, Antonieta le habla de sus proyectos de remodelación de una parte del convento de San Jerónimo: "También he comenzado a estudiar con Paco Martínez Negrete los planos para mi casa en San Jerónimo 53 [...]. La estamos proyectando tan amplia y bonita, con todo el confort moderno que pueda dar que, según Paco, va a ser una casa modelo en la ciudad y espero, no te repugnará vivir en una 'modelo'."

¿Había algo simbólico en su voluntad de edificar su primera casa en lo que había sido la morada de Sor Juana Inés de la Cruz? Huérfana de modelos nacionales para inspirar su búsqueda de una vida intelectual e independiente, tal vez Antonieta encontrara en Sor Juana una figura tutelar que guiara sus propios pasos. No que Antonieta pretendiera ser una nueva Sor Juana, pero era prácticamente el único "modelo" femenino en la historia de su país que le hablaba de una mujer entregada por completo al cultivo de su espíritu, decisión por la cual no había dudado en sacrificar su cómoda posición en la corte virreinal. Antonieta confiaba en que su siglo xx no le impondría un desenlace tan trágico como el de la monja mexicana. Sin embargo, apena observar que, tres siglos después, la sociedad la condenaría a una similar reclusión y le haría padecer un acoso parecido por haberse atrevido a transgredirla.

La prueba de que la figura de Sor Juana no se hallaba ausente de su imaginación está en el encargo que le hizo a Rodríguez Lozano de pintarle en su casa un fresco que retratara a la Décima Musa. Hacia finales de 1928, le escribía a su hermana Amelia: "Todavía no he podido terminar la casa nueva de San Jerónimo. Está muy adelantada y va a quedar preciosa. Manuel ha comenzado a hacer estudios para el fresco de Sor Juana y te aseguro que mi casa se verá elegantísima y de una grandísima sobriedad. Hasta la fecha es la única en México decorada así. En cuanto esté visible la voy a retratar."

Su actitud vanguardista se inspiraba en una figura del pasado que empezaba a revivir en los espíritus y las páginas de los escritores de la década. Antonieta escogió la protección tutelar de Sor Juana para iluminar, aunque fuera con las débiles velas de antaño, una vida que tenía que ganarle al siglo, tan estrepitosamente distinto a las celdas silenciosas y maternales de los claustros coloniales. Por un lado, entonces, Antonieta resucitaba el pasado en el seno de su futura casa y, por el otro, violaba la antigua quietud del claustro, al abrir a unos cuantos pasos del número 53 de la calle de San Jerónimo, en la esquina con Isabel la Católica, un centro de baile popular que Rodríguez Lozano bautizó como *El Pirata.*

La idea se la regaló accidentalmente un joven de 24 años, que se llamaba Isidoro Arreola y que se presentó un buen día de junio de 1928 a la puerta de la casa de Monterrey. El joven Arreola, al que le sobraban unos centímetros para pasar por enano, pero al que no le faltaban ingenio y espíritu de empresa, sólo conocía de Antonieta el nombre y la dirección que le habían proporcionado cuando había inquirido sobre el propietario del local. Arreola se plantó frente a la reja de la casa y esperó a que saliera su dueña, sin atreverse a tocar el timbre de la residencia. Cavilaba sobre cómo convencer a la propietaria de que lo dejara abrir un antro poco adecuado a la religiosidad ambiental y, sobre todo, interesarla en una empresa en la que él no tenía capital que invertir. Sólo podía ofrecer su experiencia en la materia y la garantía del éxito. En eso estaba cuando salió de la casa una alta y distinguida dama a la que acompañaba un hombre no menos imponente, que intimidó a Arreola con las miradas de recelo que le dirigió cuando éste se resolvió a abordar a Antonieta y explicarle sin más el propósito de su intromisión.

Antonieta escuchó a Arreola con benevolencia e interés, mientras Rodríguez Lozano intercambiaba con ella miradas de complicidad divertida. Antonieta captó en seguida que, más allá de la posibilidad de un negocio, esta empresa significaba una nueva oportunidad para involucrar a Manuel en un proyecto común ahora que el Teatro de Ulises había cerrado definitivamente sus puertas. Además, la idea la divertía y el joven Arreola le inspiraba confianza, a pesar de su escasa edad y estatura. Afirmaba, con diminutos aspavientos, tenerlo todo resuelto para abrir en un mes más el salón de baile que le haría competencia al *México* y al *Imperio*, después, claro, de algunas inversiones necesarias que no eran sino detalles secundarios. La labia con la que pintaba el futuro éxito que, sin duda, tendría la reconversión del antiguo vecindario de Sor Juana, acabó con las reticencias de Antonieta. Quedaron en reunirse los tres el siguiente domingo para recorrer algunos salones en boga, afinar el contrato de colaboración e iniciar los trabajos de remodelación.

El local era una bodega descomunal en no malas condiciones. Arreglaron el piso, que quedó como un espejo y Rodríguez Lozano cubrió las paredes con unos bastidores que pintó con abundantes motivos de piratería. En la entrada, que daba a la calle de Izazaga, se colgó una ancla luminosa que daba vueltas al compás de los lánguidos danzones. Las mesas, las bancas, los gabinetes y la cantina se mandaron hacer en la maderería *Excélsior* para constituir el necesario mobiliario alrededor de la pista.

Antonieta y Arreola acordaron una división exacta de los beneficios hasta que se cubriera la inversión realizada por ella. Arreola se haría responsable de la administración del salón y de su publicidad, de contratar a las orquestas, a los meseros y a los boxeadores desempleados que se encargarían de rectificar los malos pasos de la concurrencia.

El Pirata era un "salón de baile fino" (es decir, un lugar decente), al que las parejas acudían con el propósito exclusivo de practicar los meneos del danzón y del tango, del *fox* y del *shimmy*. Aunque Antonieta había conseguido, gracias a sus relaciones en las altas esferas gubernamentales, una licencia amplia que le permitía explotar el negocio con venta de alcoholes, *El Pirata* nunca funcionó como cantina. Abría los lunes, martes, jueves y domingos en el clásico horario de 5 a 11, a 10 centavos la entrada para los caballeros y gratis para las damas, con una reglamentación que obligaba a los primeros a llevar corbata y las segundas, a prescindir de las tobilleras.

El último domingo de julio de 1928 todo estaba listo para la inauguración. Un avión revoloteó sobre la ciudad arrastrando una red en la que se anunciaba el nombre del flamante salón de baile. A las cinco de la tarde, Antonieta se bajó del *Chrysler* negro estacionado frente a la entrada. Arreola la esperaba en la acera, echándole ojo a los cerros de sombreros que crecían en los estantes del guardarropa. Rodríguez Lozano le ofreció su brazo a Antonieta, pero ella lo detuvo con una señal de la mano, llamó a Arreola y le susurró algo al oído. Arreola se dio media vuelta y se metió como un correcaminos en el local, del cual reapareció unos segundos después con una sonrisa que le indicaba a Antonieta que todo estaba listo, conforme a sus deseos.

Entonces, Antonieta se cogió del brazo de Manuel y, sin decir una palabra, lo invitó a abrirse paso entre la muchedumbre. La pista estaba atiborrada, el calor sofocaba y olía a humo, a sudor y a efluvios de jabones y vaselinas populares. Era también el calor de la expectación previa al roce de los cuerpos, y a esa ondulación de las caderas en proporción inversa a la contención milimétrica de los pies. La valla humana se abría para dejar pasar a Antonieta y a Manuel. Se dirigieron al centro de la pista donde un ruedo se formó espontáneamente. Antonieta encaró a Manuel y se oyeron los primeros compases de un tango que éste reconoció con una sonrisa —era su favorito— y cuyos pasos esbozó con una Antonieta satisfecha de su pequeña broma. Inmediatamente se compenetraron con los acentos graves y solemnes de la melodía. Nadie se movió antes de que terminara la pieza. Después corrieron los murmullos de admiración entre los aplausos que interrumpieron, sobre una señal de Arreola, los trompetazos del danzón con el que inauguró el baile general.

El Pirata no fue una empresa comercialmente exitosa, no alcanzó a destronar la fama del *México* o del *Imperio* y tuvo una vida breve. Como solía suceder con las empresas de Antonieta sujetas a su capricho, a los pocos meses se desentendió de *El Pirata,* al que acudía muy de cuando en cuando, casi siempre en busca de Manuel, con el buen pretexto de vigilar sus negocios. Tiempo después y gracias a la perseverancia de Arreola, *El Pirata* pasaría a mejor vida y fama con el nombre de *Smirna.* Nuevos proyectos comenzaban a ocupar la mente de Antonieta. Uno de ellos era la creación de la Orquesta Sinfónica Mexicana.

Para quien quiera creerle a Rodríguez Lozano, el nacimiento de la OSM sobrevino en estas circunstancias:

> Por aquella época, Antonieta Rivas Mercado llegó a ser el centro del movimiento artístico mexicano. Había regresado de los Estados Unidos el maestro Carlos Chávez y se dirigió a mí para que yo influyera sobre Antonieta a efecto de organizar en casa de ella una reunión para formar, si era posible, el patronato de una orquesta sinfónica mexicana. Hablé con Antonieta y encontré en ella una gran resistencia que vencí, demostrándole que esto debía hacerse por México, y al fin aceptó invitar a su casa al embajador Morrow, a Luis Montes de Oca, secretario de Hacienda, y a Moisés Sáenz, entonces subsecretario de Educación, y de allí surgió el patronato, habiendo otorgado Sáenz el Conservatorio, que fue retirado a la Universidad, al maestro Chávez, como un elemento más de apoyo para la realización de su labor artística.

Es probable que así sucediera. Pero también es posible que otras personas presentaran a Chávez con Antonieta. Y si hubo efectivamente una resistencia de parte suya para lanzarse en una nueva empresa, ésta no debió ser más fuerte que su afán de participar en tareas decisivas para la vida cultural de México. Amaba la música, y en su casa se escuchaba a los compositores modernos que pocos intelectuales entonces conocían, como Maurice Ravel, uno de sus favoritos. Chávez regresaba a México con el deseo de introducir en México a los compositores que, con igual dificultad en todas partes del mundo, apuntaban como los renovadores de la música del siglo xx.

Chávez pertenecía a la raza de artistas que conmovían a Antonieta, la de los rebeldes. José Gorostiza lo definió como un "agitador". Era un talento incomprendido en su país, del que tuvo que huir cansado de ganarse un sueldo miserable como organista del cine *Olimpia.* Su personalidad irresistible y volcánica se adivina en este comentario de Gorostiza:

> No me gusta mucho como director de orquesta, pero como agitador me seduce francamente. Porque es el caso que he dado en creer que Carlos Chávez es sobre todo un agitador cuyo instrumento de agitación está por accidente en la música, como pudo estarlo en la política, si el día en que Chávez salió de casa con el ánimo de hacerse una profesión, en vez de dirigirse al estudio de Pedro Luis Orgazón en San Ángel, se hubiera dirigido a la Escuela de Jurisprudencia.

La Orquesta Sinfónica Mexicana depositó sus anhelos de renovación y de modernidad tanto en el repertorio como en su organización. Es casi exclusivamente en este segundo aspecto donde intervino Antonieta con su talento habitual y su dedicación desbordante. La Orquesta Sinfónica Mexicana (sólo hasta abril de 1929 se llamaría Orquesta Sinfónica de México, cuando estuvo, por unos meses, bajo el patrocinio de la Universidad Nacional en el rectorado de Antonio Castro Leal) se concibió como una sociedad cooperativa en junio de 1928; estaba integrada por todos los miembros de la orquesta (un poco más de un centenar de músicos) y apoyada por un patronato que incluía a individuos de renombre que, por sus cargos oficiales o sus fortunas personales, aportaban los recursos necesarios a su sostenimiento. El sistema cooperativo era sencillo: se procedió a una repartición proporcional de las acciones según la jerarquía profesional de cada músico, en función de la cual se dividían los ingresos de la taquilla, cubriendo así los sueldos por concepto de ensayos y de conciertos. Un estricto reglamento castigaba con retenciones de salario las ausencias o las impuntualidades de los integrantes, tanto en los ensayos como en los conciertos.

Pero el principal sostén de la OSM era el patronato que Antonieta se propuso constituir y cuyas aportaciones, aparte de los donativos, tomaban la forma de localidades pagadas con antelación y a un precio más elevado que el común. Los miembros del Comité Patrocinador eran las señoras Courtenay Forbes, Amalia Castillo Ledón, Carmen Amor, Adela S. de Cárdenas, las señoritas Carolina Amor, María Luisa López Figueroa, los señores Luis Veyan, Carlos Prieto, Harry Wright, G. R. C. Conway, Eduardo Mestre, Roberto Pesqueira, César Margáin y Alejandro Quijano, a los que, un poco después se sumarían la señora Lucina M. de Barrios Gómez, la señorita Teresa Cuervo Borda y los señores Antonio Riba y Cervantes y Manuel Cortina Vértiz, con los vaivenes usuales en este tipo de patrocinio.

El Consejo que se ocupaba de la dirección y de la administración de la Sinfónica, reunía básicamente a los fundadores que asistieron a la cena en casa de Antonieta y se constituía así: Moisés Sáenz como presidente, Luis Montes de Oca como tesorero, Antonieta Rivas Mercado como secretaria, y las señoras de Dwight W. Morrow y de Eugene Will, Hortensia Calles de Torreblanca, Margarita Couret de Sáenz, el doctor Alfonso Pruneda y Genaro Estrada, entonces subsecretario de Relaciones Exteriores, como vocales. La tercera instancia de la Sinfónica era honoraria y estaba compuesta por músicos extranjeros, casi todos amigos de Carlos Chávez, cuyos nombres decoraban con una garantía internacional la empresa: la señora de Arturo M. Reis, Bela Bartok, Aaron Copland, Darius Milhaud, Paul Rosenfeld, E. Robert Schmitz y Edgar Varèse.

Antonieta se encargaba de la correspondencia y de los cobros, de la publicidad y de las difíciles relaciones con el recién creado Sindicato de Filarmónicos del Distrito Federal; de pedir las autorizaciones para los locales de ensayo, de lidiar con la tramoya de los teatros y las otras instancias burocráticas que, ya desde entonces, se especializaban en obstaculizar el trabajo de los artistas. Sus tareas, como su cargo lo indicaba, eran administrativas pero no podía dejar de sentirse, después de Carlos Chávez, el alma de la empresa. Su sentimiento no era excesivo, puesto que sin su empeño y su dedicación al trabajo más ingrato de toda empresa cultural, la orquesta no hubiera emitido un solo acorde.

Los retos que suponía el sostenimiento de una orquesta sinfónica —sin duda el conglomerado artístico más costoso entre todas las artes— superaban con mucho lo que había significado la aventura del Teatro de Ulises. Ya no se podía hacer avituallamiento con lo que sobraba ni sacando vestuarios de los baúles. El día del debut, la imagen de la orquesta era lamentable. Hasta Carlos Chávez llevaba un pantalón decrépito. La leyenda quiere que Antonieta, espantada por la mala facha de la orquesta, haya mandado a hacer más de 100 *smokings* con el mejor sastre de la época: el maestro Emilio Pérez. En el concierto siguiente, los músicos lucían *smokings* negros y Carlos Chávez un frac impecable. Mas si se considera que cada traje costaba en esa época alrededor de 100 pesos, se puede calcular que, de ser cierta la leyenda, la cantidad que Antonieta invirtió de su fortuna personal en la orquesta pudo haber rebasado los 10 000 pesos. Esto, sin contar otras inversiones que probablemente realizó, como la impresión de las invitaciones o la publicidad en la prensa, además de los donativos con los que sin duda contribuyó.

Nada de esto le costaba cuando se sentaba en el palco de honor para presenciar esos conciertos sin precedente en la vida cultural de México. Los aplausos eran para ella como cheques en blanco que el público le giraba en recompensa de sus esfuerzos. Los siseos, en cambio, los números rojos que le imponían los malagradecidos y los ignorantes. Porque, en un principio y a pesar de una cláusula del reglamento que obligaba a la orquesta a tocar por lo menos una pieza de un autor mexicano en cada concierto, el repertorio mezclaba, sin clemencia para un público neófito, a Carpenter con Chaikovski, a Chávez con De Falla, a Mozart con Stravinsky o a Wagner con Ravel. La música de los compositores extranjeros provocaba verdaderas revueltas entre el público. Por ejemplo: después del segundo concierto, Juan León Mariscal, director de la revista musical *Arte*, intentó reconfortar a Carlos Chávez con una carta en la que le aseguraba:

> No se fije Ud. en la actitud irrespetuosa de ciertos elementos y parte del público que siseó, en el concierto pasado, el *Rascacielos* de Carpenter; ni el Sr. Carpenter ni Ud., Compañero Chávez, ni la orquesta, tienen la culpa de que haya gente ignorante y, por consiguiente, mal educada. Recurramos a la historia: la policía tuvo que proteger en París a los artistas que estrenaron una de las óperas de Ricardo Wagner. ¡Oh, culta Lutecia!... No había terminado Beethoven de escribir su cuarta sinfonía y había Manueles Barajas que lo tachaban de loco... La historia se repite. Dejémoslos que rían, que el que ríe al último ríe mejor: sus antepasados le decían loco a Beethoven; los hijos de aquellos gritan ahora ¡Viva Beethoven!; mañana gritarán los hijos de éstos: ¡Viva Carpenter!

Pero también, aires nacionalistas inflamaban ya el orgullo de los patrocinadores y de sectores del público. ¡Al fin existía una Orquesta Sinfónica Mexicana y México ostentaba a sus compositores: Chávez, Silvestre Revueltas, Manuel M. Ponce, Julián Carrillo! La música podía convertirse ahora en expresión de gloria nacional, aunque corriera, al igual que las otras artes, el riesgo de naufragar en lo exacerbado. Si bien la Orquesta se salvó gracias al cosmopolitismo de Chávez, el ingrediente nacionalista no estuvo ajeno a su creación. Así lo atestiguaba el mismo director de *Arte* dirigiéndose a Chávez:

> Quienes pensamos aún en la restauración de los fueros artísticos de México; quienes desde las columnas de mi revista musical *Arte* hemos venido luchando hace tiempo por la justipreciación de nuestros propios valores y nos hemos declarado en abierta rebeldía contra la indigna labor de ciertos "extranjeros perniciosos", filibusteros del arte que, no obstante comer el pan de nuestra casa y beber el vino de nuestra vid, no desapro-

> vechan cuanta oportunidad les sale al paso para, malagradecidos, menospreciarnos, amparados en la sombra de nuestro silencio, no podemos menos que congratularnos por la labor de alta cultura que viene Ud. desarrollando al frente de nuestra primera agrupación sinfónica, bajo el patrocinio de nuestro flamante sindicato de Filarmónicos, y de lo más granado de nuestra sociedad mexicana entre quienes descuella la cultísima y dinámica Antonieta Rivas Mercado. Urgía que un músico mexicano estuviera al frente de la sinfónica mexicana —y en este sentido éramos sistemáticos en hacer ver la conveniencia— ya que extranjeros incompetentes se habían apoderado de la dirección de la orquesta, apoyados, triste es decirlo, por mexicanos ignorantes que aún se aferran en creer que sólo lo extranjero es bueno y que lo nuestro no es digno de tomarse en consideración.

Durante el año de 1928, las relaciones entre Antonieta y Chávez fueron cordiales. Ambos se séntían mutuamente fascinados e intimidados por el otro. Antonieta se dejaba contagiar por la fogosidad de Chávez, pero, al mismo tiempo, guardaba una prudente distancia del volcán. Por su parte, Chávez, al igual que sus contemporáneos, sucumbió a la fascinación que ejercía Antonieta sobre los hombres, una fascinación que atraía o repelía, pero que no dejaba sitio a la indiferencia. Una mujer inteligente como Antonieta era una amenaza a la vanidad de los hombres, pero también una incitación. ¿Se habrá enamorado el músico de Antonieta? Hay versiones que así lo aseguran, pero en todo caso es poco probable que el enamoramiento haya ido más allá de la mitigada subyugación. Las relaciones de Antonieta con Chávez y la Orquesta cesaron de golpe a los pocos meses, a raíz de una discordia que no se ha esclarecido del todo. Parece que un buen día Antonieta fue relegada de su cargo sin previo aviso y que ella se ofuscó sobremanera de que la maniobra se hubiera hecho con la anuencia de Chávez. Éste se presentó a su casa para aclarar el asunto, pero Antonieta se negó a recibirlo. De ser cierta la circunstancia, después del denuedo con que Antonieta cumplió sus funciones, es comprensible el odio con que Antonieta reaccionó ante todo lo que tuviera que ver con Chávez en adelante.

Los hombres no eran los únicos en padecer la atracción que ejercía Antonieta. La rodeaba una corte de mujeres, amigas más o menos cercanas y, al igual que ella, de la alta sociedad mexicana, todas pendientes de sus palabras y de sus actos. Antonieta recibía su admiración, pero era también el objeto de sus devaneos e intrigas, cuando no de sus calumnias. A diferencia suya, Antonieta realizaba lo que ellas sólo se atrevían a soñar, perezosas o timoratas. En las comidas o en los tés de Antonieta, vivían vicariamente sus anhelos irrealizables en la persona de su anfitriona, los sueños de una libertad que no tenían, su apetito de una cultura que no perseveraban en adquirir. Se limitaban a ver en Antonieta las transgresiones, sin reparar en el costo de efectiva soledad y tormento que podían implicar. En los consejos que en esos meses Antonieta daba a su hermana Amelia, se adivina el anverso de la medalla que tanto brillaba a los ojos de sus amigas:

> No te comprometas en serio, pero diviértete. Yo nunca he sabido hacerlo, para mí la vida ha sido sufrimiento y trabajo, éste mi diversión y alivio; nunca he podido llevar el alma ligera, siempre me ha ido pesando algo y en verdad, a nadie le deseo destino semejante. Tú tienes mejores disposiciones que yo para ser feliz, aprovéchalas. Yo, en vista de una realidad espiritual que sola percibo, he ido rompiendo con mi comodidad, con mi medio. Parece que me persigue y atormenta algún tábano, porque nunca he deseado mi satisfacción. Afortunadamente tú no eres así. Tú sabes ser feliz, gozas de las cosas buenas que la vida te ofrece sin inquietarte por lo imposible.

El verano de 1928 fue un concentrado de confusión, de paradojas y de vertiginosas contradicciones. La vida interior de Antonieta semejaba cada vez más un trompo que ensayaba múltiples direcciones sin encontrar la línea sobre la que debía cavar un surco seguro en la tierra. Al mismo tiempo que se desvivía por dar nacimiento a la Orquesta Sinfónica Mexicana, soñaba con la sensualidad popular de los tangos y danzones de *El Pirata*. Al tiempo que le juraba a Rodríguez

Lozano su pronta y definitiva "espiritualización", se dejaba seducir por un secretario de la legación inglesa que le mandaba poemas de Valéry sazonados con declaraciones de amor que luego ella mandaba a Rodríguez Lozano con la intención de suscitar su incomodidad. Se ilusionaba con una casa propia que era su ancla, su arraigo, y no cesaba de fugarse por cortas temporadas a cielos asoleados *para vivir como un vegetal*. Luchaba por una vida de austeridad y de disciplina creadora, y se congratulaba de que Alicia Calles "tuviera la fineza" de convidarla a su boda. Alimentaba a Rodríguez Lozano con lecturas de Gide —*Les nourritures terrestres*, o *Incidences* que le mandó dedicado como si fuera una Biblia— y se torturaba con un drama amoroso que tenía los rasgos equívocos de una comedia.

El país pasaba por una conmoción no menos grave. Diecisiete días después de haber sido elegido Presidente de la República en sucesión de Calles, el 17 de julio de 1928, el general Obregón era asesinado en un restaurante. Desde su ventana, Antonieta contempló la romería que se organizó en la avenida Jalisco cuando trajeron el cuerpo de Obregón a su casa vecina. La figura de José de León Toral, el justiciero de Obregón, despertó en Antonieta una curiosidad que no estaba exenta de cierta simpatía. Más tarde, en el relato que escribió sobre la campaña de Vasconcelos, afirmaría del asesino:

> Su talla moral es rara en América, donde hay pocas convicciones y abundan los arraigos en la tibia neutralidad o las conveniencias directas. Católico fervoroso, obró como un nihilista de principios de siglo. Místico de una sola pieza, mató movido por el amor que las dolencias del pueblo despertaron en él; buscaba un atajo que llevara rápidamente al arreglo del lacerante conflicto religioso; quería mover a compunción a los poderosos del momento, hiriendo como un rayo de justicia divina. Entregó su vida a cambio de la que quitaba, convencido de que la firmeza que impidió a su mano temblar venía de Dios.

Al igual que el resto del país, Antonieta siguió con apasionamiento el patético juicio que los obregonistas le hicieron a Toral. Estaba, como buena parte de México, fatigada de militares impunes y atrabiliarios. Emilio Portes Gil aseguró la presidencia interina, en la espera de las elecciones que Calles prometió a México para el año siguiente. El 10 de noviembre, Vasconcelos llegaba a la ciudad fronteriza de Nogales para conquistar el beneplácito del pueblo hacia su candidatura. En posteriores palabras de Antonieta, el escritor "traía en el bolsillo, impresa, una proclama, en el pensamiento luz, en la acción libertad, y en la intención amor". Antonieta se esperanzó con el retorno del nuevo apóstol, pero no iba a ser sino hasta principios de 1929 cuando se decidiría a participar activamente en la campaña de Vasconcelos.

Junto a la confusión que crecía en el país, aumentaba la de Antonieta. El trompo estaba en sus últimos, vacilantes movimientos antes de caer. En septiembre, Rodríguez Lozano tuvo una de las frecuentes depresiones en las que amenazaba con dejarlo todo: su pintura, el país. Estas depresiones eran más que descorazonadoras, porque la incomprensión y la sospecha del fracaso lo hundían en parálisis que luego daban lugar a la violencia, a la enfermedad física, a los agresivos manotazos con los que pretendía borrar todo lo existente. La dulzura, el aliento o los razonados argumentos que le ofrecía Antonieta en esos momentos de nada servían para mitigar la contundencia de sus renuncias. Estaba resuelto a irse en busca de ámbitos más propicios, tal vez París, que la nostalgia convertía en una Meca. Mientras Antonieta pugnaba por forjarle una fisonomía cultural al país, con sus medios y en su reducida escala, Manuel gritaba que nada había que esperar de *este país* de charros y villanos, de artistas politiqueros y farsantes. Antonieta cedía, concedía, renegaba de sus camaradas intelectuales, suplicaba, chantajeaba y confesaba su desesperación: "Yéndose quiebra la espina dorsal." Porque, claro, de irse, Manuel se iría solo, dejando atrás al México que la incluía.

En una explicación más (de las que Rodríguez Lozano había hecho un arte para darle la vuelta a los problemas reales), intentó calmar la desesperación de Antonieta con un concepto tomado de Gide: "desprendimiento". No era sino otra manera de alejar a Antonieta, de quitársela de encima sin herirla, y hasta pretendiendo velar por su fortalecimiento. En este nuevo acto del drama, Rodríguez Lozano cambió su personaje: dejó de ser el Pigmalión enfrentado a la Psiquis que hacía Antonieta, para convertirse en el Ménalque que educa a su Nathanael. Antonieta accedía a representar al efebo, pero repetía sus palabras desesperanzadas en las cartas de amor a Manuel: "¡Ah, Ménalque, contigo hubiera querido correr aún por otros caminos. Pero odiabas la debilidad y pretendiste enseñarme a dejarte!"

Y Rodríguez Lozano repetía una y otra vez el "déjame", el "olvídame" de Ménalque y le volvía a leer a Antonieta las últimas palabras de *Los alimentos terrestres,* invitándola e incitándola: "No te aferres sino a lo que sientes que no está en parte alguna más que en ti mismo, y haz de ti, con paciencia o impaciencia, ¡ah!, el más irreemplazable de los seres."

Antonieta aprobaba. Recobraba su *fervor.* Pero sólo para caer en la melancolía que le avivaba el recuerdo de su destino tan semejante al de Nathanael: "Caí enfermo, viajé, encontré a Ménalque, y mi convalecencia maravillosa fue una palingenesia. Renací bajo un cielo nuevo, rodeado de cosas renovadas totalmente." ¿No había sido éste precisamente su destino hasta el encuentro con Rodríguez Lozano? ¿No se había sentido, al igual que Nathanael, renacer bajo la benéfica influencia de su Ménalque? Antonieta vislumbraba que lo que seguía era, efectivamente, el desprendimiento, el olvido de Ménalque para construir *lo más irreemplazable de su ser.* Pero amaba a Ménalque en la posesión, aunque, a ratos —relámpagos encendidos por el fervor recobrado— a ella le parecía "que sus ojos me limpiaban y al ponerme en pie me encontré investida de una nueva dignidad. Sentí que en forma única me había usted desprendido, empapando de sentido mi ser. Antes me encontraba siendo un valor externo suyo, algo tan independiente, aunque relacionado, como lo es el sol. Fue como si bajara las defensas en un mirar lúcido y profundo. Y sé que no hubo alucinación".

Cuando llegó la Navidad, Antonieta se fue a Cuernavaca en la certeza, como le escribió a Manuel, de que "en estos momentos *descansar para usted es descansar de mí*, que la ausencia sólo reza conmigo". Luego afloraron los reproches ("es usted injusto, es usted cruel"), acompañados por una sentencia que era una amenaza: "Si usted me deja seguir el camino sola, me iré a restañar en el silencio. Tiene usted mi vida entre sus manos." Antonieta, después de Manuel, a semejanza de Manuel, cayó en una crisis depresiva. Si los motivos eran múltiples, la razón central cabía en esta pregunta que dirigió a Manuel como un grito de náufrago: "¿Qué quiere usted hacer de mí?"

En la noche de Navidad, como dos años antes, el contraste entre los festejos que la rodeaban y el sentimiento de soledad y de abandono al que la había reducido Manuel, era demasiado vivo y cruel. Otra vez la única ancla de su vida había cedido; de nuevo estaba a la deriva, la melancolía y la autocompasión volvían a ser, de nuevo, sus marinos. El 14 de diciembre de 1928, le había escrito: "Manuel: es Navidad. Esta privación es infinita y cruel. Estoy sola en un mundo de amargura. No merezco nada, nada. Demasiado me ha dado, sólo puedo implorar, si no amor, piedad. Es Navidad. Gloria a Dios en las alturas y paz en la tierra a los hombres de buena voluntad. Hágame saber que todavía estoy viva..."

Antonieta, desesperada y casi fuera de control, huía de una confesión que le había hecho a Manuel, en un arrebato de honestidad o como una argucia para despertar en él improbables celos: lo había engañado. Pero, ¿se puede engañar a alguien que se obstina en el rechazo, en la ausencia, en la negación? Manuel tenía el don de hacerla sentir culpable hasta de respirar el mismo aire que él. Manuel aprovechó la confesión como un argumento más para exigir la separación de sus destinos y el fin de su amistad. Antonieta aceptó que se trataba de una traición, y alimentó su remordimiento hasta convertirlo en un nudo de culpa y de asco que le quitó las ganas de vivir y la orilló al suicidio. Su confusión se reflejaba hasta en su redacción: "Yo tenía, diré, seguía teniendo intereses pasionales, afectivos, de baja ralea, que ocultándole alimentaba y, de la duda, su apartamiento cruel, a la vez que la voluntad de no mutilar un contacto en tanto no estuviera seguro."

Antonieta jamás sería lo bastante perfecta para Manuel, lo bastante *espiritual* para hacerle llevadera una relación en la que cada uno buscaba una temperatura diametralmente opuesta. Manuel contestó al llamado. Optó por el rescate de la Antonieta que se aproximaba al suicidio. Al día siguiente de echar su botella al mar, Antonieta recapituló:

> En días pasados, de confirmarse su apartamiento, que, dado el carácter no-sentimental dominante que usted ha impuesto a nuestras relaciones, para mí no tenía más explicación que el que usted me considerara indigna de su trato, ya que, aunque no me amara, siempre podía ser mi amigo, estaba resuelta a acabar. Sólo Antonio me preocupaba y resuelta también estaba a dejarle ese hijo más a su cargo.

La señal de Manuel, su relampagueante aparición, fueron esta vez suficientes para impedir el naufragio. "La espera contra esperanza", como llamaba ahora Antonieta a sus días y sus noches de insomnio, era una cuerda a punto de romperse. Manuel la hubiera roto de un zarpazo; ella la remendaba con ilusión y engaño de sí misma.

CAPÍTULO X

SALIERON una hora después del amanecer. A pesar de la frescura que todavía adelgazaba el aire, Antonieta le pidió a Ignacio que preparara el *Chrysler* convertible y que pusiera en el coche unas cobijas de lana. Ese sábado 9 de marzo de 1929 se anunciaba asoleado y agradable. Acompañaban a Antonieta Manuel, Andrés Henestrosa y Julio Castellanos. Enfilaron por el Paseo de la Reforma, cruzaron Chapultepec Heights y tomaron la carretera hacia Toluca. Allí, Vasconcelos y su comitiva afinaban los últimos detalles de la entrada a la ciudad de México, la primera desde el inicio de la campaña presidencial de los antirreleccionistas.

Andrés y Julio se quedaron dormidos apenas entraron a la carretera; Andrés porque se había pasado la noche en mítines y reuniones; Julio porque se había desvelado cuadriculando una nueva tela que Manuel quería empezar. Antonieta y Manuel iban callados. La tensión los distanciaba y los recluía en sus propios pensamientos. Manuel divagaba sobre futuros cuadros mirando a Julio con la ternura que le despertaba verlo rendido por el trabajo. Antonieta se anticipaba al encuentro con Vasconcelos, para el que faltaban aún tres horas, y recapitulaba sobre los meses anteriores en los que, poco a poco, se había dejado contagiar, ante todo a causa de Andrés y de sus jóvenes amigos, por la esperanza que significaba la candidatura a la presidencia de la República "del buen caballero sin temor y sin tacha".

Pasada la Venta de Cuajimalpa, el coche corría, solitario, por "la carretera larga que se enreda entre los troncos de los pinos, ebrios de soledad y elevación" y se divisaban "las cimas donde murmura la frescura de los arroyos".[1] Antonieta se hundió el sombrerito *cloche* hasta las cejas, significando con ello que la señora no estaba para nadie. ¡Por fin iba a conocer al

[1] Véase Antonieta Rivas Mercado, "La campaña de Vasconcelos", en Luis Mario Schneider, *Obras completas de María Antonieta Rivas Mercado*, México, 1987, Lecturas Mexicanas.

Maestro de América! El movimiento antirreeleccionista había revivido de sus cenizas en el pasado mes de noviembre. Al renunciar al poder, Calles había prometido organizar elecciones limpias para el 18 de noviembre de 1929. Tomándole la palabra, Vasconcelos había regresado a México después de cuatro años de exilio en las universidades norteamericanas, con objeto de ameritar la candidatura si un plebiscito popular lo apoyaba en su voluntad de regenerar la sangre nacional.

En este espíritu había descendido de Nogales a Toluca, recibiendo por doquier la adhesión a su repudio al militarismo corrupto y sangriento; había sido festejado, alabado, divinizado casi y estaba en vísperas de la prueba de fuego que representaba vencer a "la ciudad mortecina en la que pesa atmósfera rarificada, que sin arder consume",[2] esa ciudad de México cuyos

> propios contornos, antaño rientes, al volverse enjutos, restada la savia que corría por sus canales, sufre el castigo del polvo perenne que todo endurece, petrificándolo. Tiene el alma doliente de melancólica incuriosidad, diríase que lánguida se abandonó en el poniente lívido de algún atardecer, en el cual el cielo prendía lenguas de cirio con sus ráfagas verdes en el ocaso ceniciento. Desde entonces, fría, sin cordialidad, adquirió el hábito de tolerar indiferente el tráfago que por sus arterias han traído y llevado en sus idas y venidas las revueltas, para ella igualmente insensatas.[3]

¿Sería posible que las llamas que Vasconcelos atizaba en el país, surgidas del rescoldo maderista, la consumieran ahora a ella? ¿Incapaz de saciar su fuego interior, Antonieta lo sustituía por una sed de gestas viriles y heroicas? Pensó en Blair, en su primer héroe, y en todo lo que había descubierto, después, de mezquino y traicionero tras la reluciente fachada. Con él, Antonieta había conocido la desilusión, el fracaso, la repugnancia. Ahora, desconfiaría un poco más antes de desbocarse. Pero, también, lo más valioso de la vida ¿no era precisamente la entrega total y enloquecida? Acababa de rozar

[2] *Op. cit.*
[3] *Ibid.*

sus límites, pero, sobre el tedio, sobre la mediocridad, sobre el interés y la muerte en vida a la que se condenan los timoratos, Antonieta prefería el riesgo del incendio, fuera su costo el que fuera. De sus infiernos resurgía purificada, con las fuerzas amplificadas de los iluminados.

Era una mañana despejada. El cielo transparente rendía "minucioso el contorno de los objetos lejanos, recortando con fino bisturí la mole eternamente azul de la cordillera distante".[4] Antonieta aspiró el aire frío y puro de las alturas. Esta vez iba al encuentro de Prometeo, decidida a atizar con él la yesca de la nueva esperanza. Anticipándose al calor de la muchedumbre, Antonieta levantó la frazada que protegía sus piernas y las de Manuel. El pintor despertó y la miró desconcertado. Una benévola sonrisa de Antonieta calmó su perturbación. Estaban llegando a Toluca y, extendiendo los brazos a un mismo tiempo, Antonieta y Manuel despertaron a sus respectivas criaturas.

La ciudad estaba semidesierta, salvo en las cercanías del mercado, donde colores y voces trenzaban su ajetreo. El grupo se dirigió hacia el hotel principal que, como en todas las ciudades que habían visitado Vasconcelos y su "escuadrón volante", hacía las veces de cuartel general. En todos los hoteles, las colas de simpatizantes solían subir desde el vestíbulo hasta los cuartos, donde Vasconcelos recibía hasta altas horas de la noche. Esta vez, al enterarse de la llegada de Antonieta, bajó al vestíbulo.

Nunca antes se habían estrechado la mano. Las referencias que tenía Vasconcelos de Antonieta eran sobradas y precisas, pero poco coincidían con sus aspiraciones culturales pasadas y actuales. Para él, Antonieta había padecido, al igual que toda la burguesía intelectual latinoamericana, la mala influencia de "la Francia de la literatura invertida del *maestro* Gide, la plástica deformada de Picasso, la música decadente de Debussy y el escepticismo calculadamente anticristiano de Anatole France".[5] Asociaba a Antonieta con las "mino-

[4] Antonieta Rivas Mercado, "La Campaña de Vasconcelos", en Luis Mario Schneider, *op. cit.*

[5] Véase José Vasconcelos, *Memorias*, t. II, "El Proconsulado", México,

rías" intelectuales que, ni en sus tiempos en la Secretaría de Educación Pública ni en su actual desempeño político, lo acompañaron ni lo acompañarían. Constituían para él una especie doblemente condenable de "intelectuales" —por los que sentía un irracional desdén—, y "burócratas" que, lúcidos o comodinos, rechazaban todo compromiso que pusiera en peligro sus canonjías en las distintas oficinas donde se cobijaban a la sombra de políticos más o menos deshonestos. Vasconcelos se acercó a Antonieta con recelo. ¿Qué podía esperarse de esta millonaria culta y emancipada? ¿Qué pretendía ella? ¿Sería útil o estorbosa en ese momento en el que se jugaba más que las palabras, sobre todo después de los intentos de los días pasados en Guadalajara, donde se había tratado de hacer correr sangre entre sus filas? ¿No se daría cuenta esta mujer de que esto no era teatro o literatura?

Antonieta estaba de pie en el vestíbulo del hotel. Después de los abrazos que sellaban virilmente pactos de lucha y fraternidad, Vasconcelos se sorprendió de recoger en la suya una mano elegante y fresca. Le gustó escuchar una voz melodiosa, grave y suavemente monocorde, como una sonatina, entre el estruendo de las vociferaciones. Estimó, con mirada penetrante y experta, las virtudes de ese "ejemplar de fina raza nativa". "El vestíbulo del hotel se tornó luminoso",[6] escribiría años después.

Antonieta no le dio tiempo para que prolongara su embelesamiento más allá de esas ráfagas. Propuso que se sentaran en alguna mesa para platicar sobre los acontecimientos. Venía a ofrecerle su apoyo y su ayuda. Los temores de Vasconcelos se esfumaron mientras transcurría la conversación. En una breve exposición, Antonieta le demostró que estaba perfectamente al tanto de la situación, que medía con justicia los peligros y la hondura de la apuesta que se jugaba. Lo hizo con un tono de ironía escéptica que, en ella, más que una señal de desconfianza, era evidencia de su disposición a poner su inteligencia al servicio de la causa. Hizo preguntas que

1982, Fondo de Cultura Económica, y *La flama*, México, 1959, Compañía Editorial Continental.

[6] *Op. cit.*

sabía perfectamente que Vasconcelos no podía contestarle, como, por ejemplo, las modalidades que se escogerían para defender el voto, en la certeza cada vez más clara de un triunfo de los antirreeleccionistas y del consecuente fraude. Lo importante no era ganar —el triunfo se consolidaba con cada día que pasaba— sino cómo defender el resultado de las elecciones y, antes que esto, cómo asegurar que éstas pudieran tener lugar. De tajo, le dijo que temía por su vida, que matarlo era, entre todas, la posibilidad más segura de desaparecer la oposición que se levantaba en el país. A pesar de que el tema había sido el *leitmotiv* de los últimos días, a Vasconcelos le sobrecogió el melodramatismo con que se lo planteó Antonieta. Se le quedó viendo unos instantes y después la invitó, con sus acompañantes, a comer.

Durante la comida se habló de cuestiones prácticas que faltaba resolver antes de la entrada a la capital al día siguiente. En la disyuntiva de recorrer el camino a caballo o en automóvil, Antonieta ofreció poner su auto a disposición de Vasconcelos, él agradeció la oferta pero aclaró que ya había sido puesto a su servicio un coche por un jefe obrero de la Compañía de Luz y Fuerza y en el que, efectivamente, entró a la ciudad de México por el airoso Paseo de la Reforma. Esto no impidió que Diego Rivera hiciera correr la voz, en las filas comunistas, de que el candidato "del pueblo" se paseaba en el coche de una millonaria. De allí a tacharlo de reaccionario —como muchos lo hicieron— sólo había un paso que las grandes zancadas de Rivera no tardaron en dar, olvidando que, unos años atrás, el mismo Vasconcelos había sido el promotor de su arte "revolucionario" en los muros de la Secretaría de Educación Pública, donde Vasconcelos mismo figuraba, sentadito sobre un elefante indostánico, dando la espalda al pueblo.

Afuera del comedor, unos optaron por la siesta reparadora, otros por ir a fumar al vestíbulo del hotel y otros a ocuparse del trabajo faltante. Algunas personas esperaban ser recibidas por Vasconcelos para ofrecerle una adhesión que pretendían personalísima, mientras que otros aguardaban para pedirle futuros puestos en la prevención del "por si acaso". Vasconcelos prefirió proponer a Antonieta que dieran un paseo por la plaza.

A esa hora, los portales estaban semidesiertos y pocos advirtieron a la pareja que caminaba sin rumbo fijo, con paso lento, buscando la sombra de la piedra añosa. Antonieta rebasaba por unos centímetros al macizo y musculoso Vasconcelos. Su elasticidad y suavidad contrastaban con el vigor reconcentrado de ese toro en el que se galvanizaba una mirada inteligente, viva, penetrante. Su elegancia sobria y primaveral resaltaba al lado de este hombre siempre desacomodado en una vestimenta sin refinamiento. Antonieta, melodiosa y curva; Vasconcelos, una fuerza viva, tosca, henchida por el aliento pulmonar de la oratoria.

Treinta años después, en lo que podría parecer una cesión de la palabra a Antonieta, Vasconcelos recuerda en *La flama* la impresión que su propia apariencia física le causaba a ella:

> Físicamente revelaba un vigor impresionante, no obstante su mediana estatura. El cuello grueso y los hombros anchos, le daban aspecto robusto; su piel blanca se veía quemada por una infinidad de soles; los labios, un poco gruesos, no le ayudaban mucho para la oratoria, su voz escasa, mucho menos. ¿Por qué entonces impresionaba? Una frente muy ancha impedía que su rostro agradable fuese realmente hermoso; los ojos pequeños, casi redondos y penetrantes, eran los de uno que rápidamente se entera de cuanto lo rodea; el bigote recortado acentuaba la impresión de masculinidad, pero la nariz, de corte fino, ligada con una frente espaciosa, denunciaba al intelectual. Al hablar, los ojos más bien grises, se encendían de pasión, como si un cruce incesante de relámpagos fuesen las señales de una pasión resuelta, una voluntad que conoce sus metas; pero luego, en el reposo, se advertía no sé qué ternura. En la acción, las orejas se le ponen rojas, denunciando un temperamento fácil para la indignación y la ira.[7]

Hablaron, si no de intimidades, al menos de la faceta más personal de la reciente aventura. Fueron sobre todo preguntas de Antonieta: acerca de la vida cotidiana en la gira, del

[7] *Ibid.*

ajetreo y del cansancio, de cómo veía él ese despertar de los esclavos del callismo, el oleaje de las masas, el silencio y la atención de los obreros durante sus conferencias, y finalmente la soledad que por fuerza acompaña al que, día tras día, se encumbra en la cima del poder, cualquiera que sea su naturaleza y su legitimidad. Vasconcelos le confesó su recelo hacia el efecto que el poder ejercía sobre su temperamento. Temía convertirse en un insoportable pedante. Si lo subyugaba la potencia hipnótica que el orador ejerce sobre su público —él, que meses antes era tan mal orador y lo seguía siendo en alguna medida—, lo asustaba la facilidad con que podía ahora formular lo que quería decir. Temía el contagio del mito que, un poco a pesar suyo, un poco gracias a él, sentía que se formaba a su alrededor. Sí, la grandeza de la causa que defendía era responsable de esos incendios disciplinados y fervorosos de las masas, pero también estaba consciente de que iba adquiriendo, por la palabra y el gesto (y al igual que cualquier otro político profesional), un dominio que hacía de la multitud el eco de las propias emociones, el brazo de las fobias propias, el empuje de los ideales propios.[8]

Antonieta lo escuchaba con interés y algo de compasión. Le agradecía su sinceridad, su honestidad tan pronta para manifestar lo que otros saborean en hipócrita silencio, y se enternecía de verlo desamparado ante su propia fuerza. Vasconcelos iba bajando el tono y en un casi susurro, le confesó lo transitorio de la aventura política y, frente a ella, lo esencial y lo permanente de su obra: su *Metafísica,* que llevaba en sus maletas y a la que daba los últimos retoques en los escasos instantes de aislamiento de que disponía.

Vasconcelos detuvo el paseo en una mancha de frescura frenando las preguntas de Antonieta. Coincidían con sus dudas más profundas y dolorosas. Y exclamó riéndose: "¿Se da cuenta, Antonieta, de que es la tercera vez que pasamos frente a esta tienda de dulces? Si seguimos así, vamos a cavar un surco. Mejor, acompáñeme." La arrastró cortésmente hacia la tienda de dulces.

Vasconcelos borró la gravedad de la conversación con una

[8] José Vasconcelos, *op. cit.*

decisión casi infantil y prefirió que brillara en sus ojos esa malicia de la que sólo son capaces los niños. Exultaba con el espectáculo y el perfume de los dulces que se amontonaban apetitosamente en las vitrinas que llenaban los tres costados de la tienda. Vasconcelos empezó a pedir naranjas y limones cristalizados, tamarindos pegajosos y ácidos, higos sensuales, guayabas panzonas redondeadas por su brillo de azúcar. Antonieta se reía de este niño embriagado por los nombres y la promesa de los dulces. "¿Para qué quiere usted tanto dulce, si no tiene casa en México?", preguntó. Y tendiéndole la bolsa de papel Vasconcelos le contestó: "No, si son para usted."[9] Conmovida por la ocurrencia, Antonieta no supo articular ni un "gracias" ni alguna otra palabra de circunstancia. Optó por la risa una vez más, para ocultar su nerviosismo ante el espontáneo gesto de coquetería.

Volvieron al hotel en silencio, dejando en la tienda perfumada esos instantes de complicidad ligera. Las circunstancias rectificaban por sí solas el abandonarse a la despreocupación. Se despidieron y esa misma tarde el coche de Antonieta desenredó la larga carretera entre los pinos ebrios de soledad y de elevación.

La incógnita sobre la naturaleza del recibimiento que los capitalinos deparaban a la causa se despejó temprano en la mañana de ese domingo 10 de marzo de 1929. "Todo México se había dado cita."[10] El coche de Vasconcelos se abría paso entre la multitud arremolinada desde el inicio del Paseo de la Reforma hasta la plaza de Santo Domingo, donde se realizaría el mitin. Hubo un primer alto en la columna a la Independencia, donde, a la sombra del ángel que, con la fisonomía de los Rivas Mercado, miraba al nuevo apóstol, un estudiante tomó la palabra. Se trataba de Alejandro Gómez Arias, famoso en el sector universitario tanto por sus dones de oratoria, que ya le habían valido varios premios, como por

[9] *Op. cit.*

[10] Antonieta Rivas Mercado, "La campaña de Vasconcelos", en Luis Mario Schneider, *Obras completas de María Antonieta Rivas Mercado*, México, 1987, Lecturas Mexicanas.

su liderazgo estudiantil en la todavía Universidad Nacional de México, a la que le faltaban unos meses para convertirse en Autónoma. De su breve discurso, quedarían en la Historia, pero tergiversadas, sus palabras iniciales: "Hoy que es Domingo de Ramos..." La simple retórica bastó para transformar el acto político en una suerte de resurrección nacional y, al propio Vasconcelos, en un símil del Cristo que predicaba el reino del amor bajo la amenaza de las espadas.

Antonieta estaba en la plaza de Santo Domingo, esperando entre la multitud la llegada de quien por sus palabras y por los sueños de la nación devenía cambio de Quetzalcóatl, Prometeo, Cristo. El cortejo se demoró cuatro horas en recorrer siete kilómetros.

Vasconcelos se dejó llevar por las parábolas que accidentalmente los acontecimientos y la muchedumbre habían urdido para fijar ese día en la Historia del país. "Recordó el antiguo mito de Quetzalcóatl, Prometeo, protector de las artes, de la paz, fomentador de la civilización a quien castigaron, no los dioses sino los propios mortales favorecidos, adversario eterno del sangriento Huitzilopochtli, guerrero cruento: batalladores que se disputaban aún la tierra del águila y la serpiente." [11]

Cuando Antonieta reconstruyó, un año más tarde, ese Domingo de Ramos, cerró el relato con un incidente protagonizado por una anciana indígena, "gota de agua de la inmensa muchedumbre".[12] Vasconcelos se alejaba a pie por las calles vecinas a la plaza de Santo Domingo cuando esta anciana de cabeza cubierta por un rebozo bíblico, se echó a sus pies, le abrazó las rodillas, repitiendo el gesto de Tetis en su saludo a los dioses. "Una sola palabra llenó su boca, humedeció sus ojos: *Padre.*" [13] Impresionada, Antonieta añadiría: "Padre, el que es fuerte y todo lo sabe, el que guía, el que defiende al hijo contra la vida inclemente. ¡Padre!" [14] En estas palabras alienta más que un arte narrativo, más que un recuerdo

[11] *Op. cit.*

[12] *Ibid.*

[13] Antonieta Rivas Mercado, "La campaña de Vasconcelos", en Luis Mario Schneider, *op. cit.*

[14] *Op. cit.*

enternecido de su propia orfandad: hay una inconsciente proyección de sus íntimas carencias sobre la figura agigantada de José Vasconcelos.

Faltaba todavía para que fermentara en el corazón y el espíritu de Antonieta la cristalización amorosa. Por el momento, estaba enamorada de los ideales, del movimiento, de una estética del pueblo en lucha; era la suya una adhesión mística. No que fuera incapaz de tener ideas políticas, pero estaba cautivada por el aura del movimiento: una pasión, una entrega, e incluso, una mística del sacrificio. La arrebataba la pasión de los jóvenes que leían con fervor el destino de *Sachka Yegulev* y habían hecho de la pequeña novela de Leónidas Andreyev una guía moral. Sachka Yegulev lo había abandonado todo, había sacrificado la comodidad y los afectos de su hogar, y una brillante carrera potencial, para unirse al movimiento revolucionario. Su épica era un vía crucis que culminaba en el sacrificio por sus ideales románticos. Al igual que los jóvenes vasconcelistas, Antonieta se conmovía ante las masas encendidas por la justicia de las palabras. En su casa, colgaba en las paredes fotografías que mostraban los mares de sombreros en los mítines de tierra caliente, plástica del vasconcelismo que la seducía sobremanera.

Antes de buscar a Vasconcelos, Antonieta ya capitaneaba uno de los tantos clubes de jóvenes dedicados al proselitismo y a la agitación. Los alentaba y los aconsejaba, los ayudaba económicamente, sobre todo cuando se trataba de viajar a la provincia a preparar organizaciones regionales, mítines y conferencias que dictaría el maestro. En "su" grupo destacaban Mauricio y Vicente Magdaleno, el ya conocido Andrés Henestrosa, un estudiante de derecho que se llamaba Federico Heuer, otro estudiante de nombre González Mora, el futuro cineasta Juan Bustillo Oro y el legendario Germán de Campo, entre otros. Antonieta los recibía en su casa en reuniones que se centraban en la organización de los mítines y en las tareas de propaganda y de afiliación. Luego los jóvenes se reunían en un café de chinos de la calle de Dolores, donde a veces acudía Antonieta para intervenir en las afiebradas discusiones, antes de que las brigadas salieran a los mítines nocturnos que improvisaban a la salida de las fábricas.

Los primeros meses de 1929 fueron arduos y muy delicados. Varios sucesos coincidían en complicarlos más: el brote traicionero de los villarrealistas contra la precandidatura de Vasconcelos; el levantamiento escobarista; las vacilaciones del rebautizado Partido Nacional Revolucionario para escoger a su candidato presidencial; la guerra cristera que seguía desangrando al centro del país. Antonieta desconfiaba de todo y de todos, menos de Vasconcelos. Discutía la legitimidad de Medellín Ostos en el mando del Comité Orientador —la principal organización vasconcelista de la capital— a pesar de que era uno de los pocos hombres mayores, viejo amigo de Vasconcelos, que se habían arriesgado en la campaña. Aborrecía a los antirreeleccionistas por su indecisión en apoyar la candidatura de Vasconcelos. Sus juicios, a veces precipitados y sin fundamento, le cosechaban reacciones semejantes de sus antagonistas. En el Comité Orientador la veían como una dilettante, calificaban su adhesión de "pose literaria" y temían la influencia que pudiera ejercer en el maestro gracias a sus millones. Antonieta poco podía contra los prejuicios que la rodeaban por su trayectoria y su posición social. Abraham Arellano, otro de los viejos que apoyaban a los jóvenes vasconcelistas, decía: "Antonieta es pura literatura. Lo único que quiere es manejarnos a todos, y eso no se va a poder, aunque tenga mucho dinero."

Era bastante lógico el recelo con el que miraban a Antonieta. ¿Qué hacía en esta cruzada una señora de sociedad que llegaba al Comité Orientador en ese coche lujoso? Sólo los muchachos con los que compartía su pasión podían dar fe de sus buenas intenciones, de su inteligencia y de la sinceridad de su militancia. Pero eran pocos, el grupo era más bien cerrado, y cuando alguno tomaba la defensa de Antonieta ante Medellín Ostos, Abraham Arellano o cualquier otro, éstos le reprochaban su ingenuidad o lo acusaban francamente de interés por la protección de la que el grupo gozaba gracias a Antonieta.

La acusación era injusta toda vez que Antonieta, en esos meses de la primavera de 1929, veía en la causa la única oportunidad de resarcir al país de sus agobios. En ocasiones titubeaba en abrazarla cabalmente, atareada todavía en su "espera contra esperanza" por el amor de Rodríguez Lozano (que, por otro lado, simpatizaba también con el movimiento), a quien seguía empeñada en demostrarle la lealtad y la pureza de su amor, aun después de los engaños y las traiciones; en forjarse un destino propio como el pintor se lo reclamaba; seguía recluyéndose por temporadas en Cuautla o Cuernavaca, para escribir y traducir, para volverse una escritora hecha y derecha, a pesar de que sus cartas de amor a Rodríguez Lozano seguían siendo sus más bellas creaciones de arte narrativo. Conjugaba así la pluma y la ausencia, que eran todavía las mejores pruebas de seducción para Rodríguez Lozano, con sus afanes políticos y no se resolvía por abrazar, o abandonar, de manera definitiva, ninguno de ellos.

Hacia finales de abril, Antonieta viajó a Puebla para asistir a una de las conferencias que Vasconcelos solía dar en cada ciudad que visitaba para sufragar los gastos de la campaña. Se realizaban de preferencia en teatros cerrados por falta, en esa época, de equipos de sonido susceptibles de cubrir amplios espacios al aire libre. Antonieta partió con la comitiva que siempre se adelantaba al candidato para preparar la recepción, convocar a los mítines, "calentar" el ambiente que, por lo demás, comenzaba a alcanzar temperaturas intolerables para los imposicionistas. El *Chacho* acompañó a su madre, como lo haría otras veces, y los vasconcelistas se acostumbraban poco a poco a la presencia de esta madre excéntrica que paseaba a su hijo en los mítines políticos como si se tratara de una vacación.

Desde Puebla, la víspera de su vigésimo noveno aniversario, el 28 de abril, Antonieta le escribió a Manuel una carta en la que nada dice de las actividades de la campaña. Era una carta de amor encendido en la que la mística revolucionaria se tornaba amorosa: "El esposo es un hombre en quien la divinidad encarna, que merece recibir el amor de la esposa como prueba de una realidad *otra*, divina. Que en ese sentido el contacto de los cuerpos no hace sino sellar el pacto. [...] Usted es mi esposo." Tomaba a Manuel como esposo, como las religiosas toman a Cristo. ¿En qué realidad vivía Antonieta? Entre la actividad política le habla a Manuel de un amor que es una religión; después de varias páginas de devoción extrema, le asegura, con un tono deliciosamente trivial, que le va a traer muéganos y camotes. Bastaba con un minuto para que Antonieta cambiaria de registro, dividida, como estaba, entre intereses y amores tan diversos que terminaban por hacerle perdedizo el corazón.

Las llamadas de atención de Manuel debieron ser reiteradas y severas en el mes que siguió, pues Antonieta se recluyó una vez más para trabajar en estricta disciplina. "Marco seis horas de trabajo y dos voluntarias." ¿Qué hacía? Escribía, leía, traducía, ideaba proyectos de organización cultural para el futuro presidente (como, por ejemplo, un departamento de teatro y danza, similar al que después tendría el Instituto Nacional de Bellas Artes). Escribía y traducía al correr de la pluma, casi sin corregir, y sus borradores conservan esta impresión de velocidad, llenos de errores mecanográficos y hasta de faltas de ortografía. De esa temporada datan sus cuentos "Un espía de buena voluntad", "Equilibrio", "Incompatibilidad" y seguramente otros que se perdieron al igual que muchos otros de sus papeles. Su vocación de escritora aún se tambaleaba, y más ahora que el impulso creciente de mezclarse en la ebullición política, de estar en la vanguardia y en la primera fila de todo lo que despuntaba en el país la distraía. Le faltaba la disposición, la disciplina y la constancia indispensable para hacer del talento un oficio y una obra. Además, el verano de 1929 se volvió una gigantesca verbena política: a pesar de la seriedad de la apuesta que se estaba jugando, México se volvió una fiesta.

Antonieta había afinado su trato con Vasconcelos. En el *Hotel Princess*, frente a la Alameda central, donde Vasconcelos se había domiciliado por lo que durara la campaña, corrigieron juntos las pruebas de imprenta de la *Metafísica*. Un ataque de gota, debido a los excesos de comida y de alcohol en la gira del Norte, inmovilizó durante casi un mes (marzo-abril) al candidato. En su cuarto despachaba los asuntos de la campaña, escribía sus artículos para *El Universal* y atendía a un sinnúmero de personas. Pero en medio del trajín había siempre un hueco para las visitas de Antonieta y el trabajo intelectual que compartían. A veces, la recibía en piyama, sin rasurar, como a otros que, al entrar en su cuarto como a un cuartel general, lo sorprendían así vestido, sentado al borde de la cama y con la máquina de escribir en las rodillas.

No existen pruebas, pero se decía que Antonieta aportaba considerables óbolos para la campaña, cuyos montos, en todo caso, se desconocen también. De todas formas, los fondos nunca alcanzaban. Para resarcir las finanzas, se proyectaron dos conferencias para principios de abril, una en el teatro *Colón* y otra en el cine *Politeama,* en las que seguramente Antonieta participó como organizadora. ¿De quién si no la idea de pedirle a la pianista Vilma Ereny, simpatizante del movimiento y amiga de Antonieta que tocara después de los discursos sonatas de Beethoven y de Liszt? Otra forma de participar en el movimiento era, para Antonieta, romper cada vez más radicalmente con sus antiguos amigos y conocidos, con sus relaciones en los medios oficiales, con su familia y su clase social. Se burlaba con Vasconcelos de los "intelectuales" que pretendían ofrecerle banquetes como si nada pasara, como si nada hubiera cambiado desde su retorno a México. Paradójicamente, mientras corregía las pruebas de su *Metafísica,* Vasconcelos declaraba que había dejado de ser un intelectual, que ahora sólo era un candidato político. Antonieta demolía con sarcasmos a quienes, como Carlos Chávez, se sofocaban de aprehensión porque se les incluía en las listas de intelectuales que querían festejar al pensador y filósofo. Los altos funcionarios del régimen de Portes Gil veían a Antonieta con exasperación. No les gustaba que ostentara su adhesión a la causa vasconcelista, pero tampoco la consideraban una militante peligrosa. Pasada la tormenta, seguro que Antonieta recobraría la sensatez y atemperaría la agresividad burlesca de su tono hacia ellos. En cuanto a su familia, la actuación política de Antonieta y, sobre todo, su manera de derrochar el capital familiar en causas contrarias a sus intereses, fueron motivos suplementarios para ahondar la brecha entre un sector y otro. Ya ni siquiera se discutían sus actitudes sino que, simplemente, se obedecía un silencio concertado alrededor de su nombre.

El 14 de mayo se inició el movimiento estudiantil en pro de la autonomía universitaria, que surgió de la escuela de Jurisprudencia de la Universidad Nacional. El rector Antonio Castro Leal rechazó sin más la petición de los estudiantes. Las autoridades del momento eran amistades más o menos cercanas de Antonieta: el rector de la Universidad, el secretario de Educación y el subsecretario, Ezequiel Padilla y Moisés Sáenz, así como el director de la facultad: Narciso Bassols. Antonieta tomó su conducta política como una afrenta personal. El día 23, la violencia policiaca agudizó el conflicto. Los estudiantes, recluidos en la Facultad de Medicina, padecieron los tiroteos de la policía, y una manifestación en la avenida Juárez fue disuelta por los bomberos. Si bien la huelga en pro de la autonomía no fue promovida por Vasconcelos, lo cierto es que muchos de los estudiantes eran vasconcelistas, empezando por su líder, Alejandro Gómez Arias. El gobierno se adelantó al peligroso crecimiento del movimiento estudiantil, que añadía un peso más en la balanza del descontento popular en favor del vasconcelismo, y promulgó ante la Cámara de Diputados la Autonomía de la Universidad Nacional. El 4 de junio, Ezequiel Padilla presentó ante el cuerpo legislativo una propuesta de ley que hacía suya la iniciativa de los estudiantes. Antonieta verificó que, en algunos casos, no se había equivocado sobre la cobardía y la falta de ética de algunos de sus antiguos amigos, entre ellos Carlos Chávez, que tuvo una lamentable conducta en contra de los huelguistas, si bien dentro del limitado ambiente del Conservatorio.

Al finalizar la primavera de 1929, el gobierno de Portes Gil finiquitó tres problemas importantes para el país: la sublevación escobarista (gracias a Calles y Lázaro Cárdenas), la sublevación cristera (con la muerte del generalísimo cristero Enrique Gorostieta, el 2 de junio, y la reanudación de los cultos religiosos el 21 del mismo mes) y el conflicto universitario. Por lo tanto, después de desbrozar el panorama nacional de los más estorbosos oposicionistas, los únicos enemigos que quedaban eran los vasconcelistas. Ahora les tocaría su turno, con mayor razón puesto que el movimiento tomaba el cariz de una protesta nacional cada vez más extendida.

La presión sobre los vasconcelistas tuvo varias y variadas caras, aunque siempre quedaba oculta e impune la mano que asestaba los golpes. En junio, la prensa oficial armó un escándalo, a instancias del Partido Nacional Revolucionario, con objeto de desprestigiar a la persona de Vasconcelos. Se hizo pública la noticia de que poseía una hacienda de 100 kilómetros cuadrados en el municipio de Villa Guerrero, en la Huasteca Potosina. "El Coco", como se llamaba la hacienda, era la prueba fehaciente de la corrupción de Vasconcelos y por lo tanto un elocuente mentís a sus ideales. En realidad, la existencia de "El Coco" era más bien prueba de la torpeza de Vasconcelos en materia de negocios. Había recibido la propiedad en 1920, antes de ser secretario de Educación Pública, como pago de una deuda que le debía un señor José Rodríguez Cabo. Sin saber qué hacer con la propiedad —que se reducía a una zona pantanosa sin explotar—, Vasconcelos la había conservado a causa de no haber podido venderla. Gómez Morín, el ex banquero y amigo de Vasconcelos, le había desaconsejado la venta de la propiedad y ésta seguía allí, abandonada a su aridez. Quien sí supo explotarla fue el prospecto de cacique Gonzalo N. Santos, quien erigió sobre ella la calumnia. Mas a pesar de los esfuerzos del partido en el poder, la noticia en poco o en nada menguó la imagen de Vasconcelos entre sus simpatizantes.

Poco después de la convención que designó a Vasconcelos candidato oficial de los antirreleccionistas, celebrada en el *Frontón México* de la capital en los primeros días de julio, la embajada norteamericana empezó a secundar al gobierno de Portes Gil en la intención de disuadir a Vasconcelos de la búsqueda del mando supremo. Se hicieron los primeros contactos con Vasconcelos por intermedio de un Míster Simpson, allegado a la misión diplomática. Antonieta conocía la embajada desde tiempo atrás, cuando su matrimonio con Blair, y, de modo personal, a Mrs. Morrow, la esposa del embajador, desde la fundación del patronato de la Orquesta Sinfónica de México. Un año antes, Antonieta la invitaba a su casa para volverla su asociada en la empresa artística, y ahora se declaraba su franca enemiga. Pasaron unos 10 días de comidas e insinuaciones, hasta que el embajador invitó a Vasconcelos a su casa de Cuernavaca para una cita secreta. Si los vasconcelistas no cejaron ante las calumnias organizadas por Gonzalo N. Santos, esta vez sí temieron un pacto secreto entre Morrow y Vasconcelos. Éste partió en automóvil hacia Cuernavaca con la única compañía de Raúl Pous Ortiz, organizador de la campaña en la capital. Morrow procuró en vano disuadir a Vasconcelos, prometiéndole ciertas prebendas en el futuro gobierno a los vasconcelistas si su líder renunciaba a la candidatura presidencial. Ni las ofertas ni las intimidaciones prevalecieron.

Antonieta no dejó de regocijarse del antiimperialismo de Vasconcelos y de la bofetada que acababa de propinarle a Morrow. Tenía razones personales para aplaudir la oposición a los norteamericanos, "los señores de la conquista nueva", como los llamaba Vasconcelos. ¿No eran de la misma raza que Blair, representantes de la América protestante con su inmenso poder mecánico? De modo significativo se entremezclan, en el análisis de la relación entre la embajada norteamericana y el movimiento vasconcelista que hizo Antonieta, estas reflexiones que acusaban al fantasma de Blair, principal promotor en México de la secta Christian Science: "Involuntariamente nos hacen pensar en la sosería de una secta, la Christian Science, la cual, frente al dolor, a la injusticia, a la enfermedad, a la muerte, afirma sin ironía, como el Cándido volteriano, 'que tout est pour le mieux dans le meilleur des mondes' y que nuestro infinito malestar resulta de leves, insignificantes y despreciables errores de apreciación." [15] Su

[15] *Ibid.*

antiimperialismo, más allá de las justificaciones que encontraba en el descarado apoyo de Morrow al candidato del PNR, se nutría en rencores personales. La raíz de su odio al "American way of life", al protestantismo y a la preeminencia del lucro sobre la pasión y la fe, estaba en los recuerdos de su estancia en San Pedro de las Colonias, en los días y las noches en que soportó una mentalidad y una cultura tan antagónicas con las suyas. El antiimperialismo de Antonieta tenía una cara y un nombre: era Alberto Blair, cuyo rostro se le traslucía en cada proclama de Vasconcelos en contra del gobierno de los Estados Unidos. Waldo Frank, que en esos meses vino a México a dar unas conferencias sobre el "American way of life" y otros temas continentales, le interesó vivamente. Pronto hizo de él un amigo y un aliado.

A finales de la primavera, la represión empezó a correr por las calles de la capital como un fantasma nocturno. El partido oficial diseñaba subterfugios para rivalizar en las calles con los oradores vasconcelistas. Organizaba encuentros de box y funciones de cine gratis en la esperanza de que el pueblo mordiera el anzuelo de la diversión. Las multitudes vasconcelistas recibían el circo con chiflidos. Entonces, hubo que endurecer la estrategia y los encarcelamientos nocturnos empezaron a hacerse cosa común. Los primeros en caer, todavía por unas disuasivas 24 horas, fueron Ollervides, Moreno Sánchez, Vicente y Mauricio Magdaleno y algunos otros. El coraje y la insolencia eran su modo de contestar a los interrogatorios policiacos, pero se enojaban tanto que Vasconcelos les impuso el ayuno obligatorio durante las horas de reclusión ante el peligro de que la bilis los enfermara si comían cualquier cosa.

Vasconcelos decidió volver a visitar el Norte a principios de agosto. Los acontecimientos de la capital no auguraban un buen trato en la provincia. Las autoridades, aparentemente, ponían una sola condición: "No ataquen a Calles." Antonieta se incorporó a la comitiva de Vasconcelos en esta segunda gira. Su intención —o el pretexto que puso— era comprobar, como Santo Tomás, si los relatos que describían el levantamiento pacífico de los provincianos eran creíbles. En Linares y Montemorelos, Nuevo León, a pesar de la tensión que reinaba en el estado desde la elección de Aarón Sáenz a la gubernatura, el recibimiento a los vasconcelistas fue, como decía Magdaleno, "una explosión femenina", una fiesta florida que contrapunteaba la gravedad de los pistoleros presentes. Todo el mundo parece haber conservado un recuerdo enamoradizo de estas dos pequeñas ciudades. Mauricio Magdaleno recuerda: "Montemorelos y Linares, efluvios de mujer y estrella y perfume de naranjal y todo eso que aturde como una embriaguez cuando coinciden los jóvenes años y la gloria toda de la vida." Quizá tal embriaguez de los sentidos favoreció que fuera allí donde Antonieta y Vasconcelos se hicieran amantes...

Parece que fue en esos días caniculares de mediados de agosto, y en la ciudad de Linares, cuando la camaradería se convirtió en amasiato, según algunos testimonios. Lo cierto es que, después de Linares —y a diferencia de las giras por Puebla y sus cercanías—, las cartas que Antonieta le escribe a Rodríguez Lozano parecen empeñarse en descripciones excesivamente minuciosas de los acontecimientos políticos. ¿Era una manera de ocultarle, a su amor divinizado, que su cuerpo había sido arrebatado por otro posible dios? También es cierto que, en el día, durante las sesiones de trabajo, las comidas, los mítines, las entrevistas privadas y públicas, nadie parece haber notado un cambio notorio en el trato entre Vasconcelos y Antonieta, lo cual es curioso en un hombre que solía vivir sus pasiones sin pudor ni recato frente a la sociedad, los maridos engañados, ni, desde luego, frente a Serafina, su esposa (que por el momento vivía en los Estados Unidos, pero que en otros había tolerado con una resignación a toda prueba los amores escandalosos de su marido). Esta vez, Vasconcelos no ostentó su nueva conquista, en parte por su actuación política, que lo obligaba a dejar en un segundo plano la vida sentimental, pero también porque la relación con Antonieta era diferente a otras. Años después, confiaría a Henestrosa que Antonieta había sido la mujer que más limpiamente había amado en su vida.

En ese mes de agosto de 1929, la comitiva recorrió las principales ciudades de Nuevo León y de Coahuila: Torreón, San

Pedro de las Colonias, Saltillo, Villa Acuña, Monclova, Monterrey, con una escala sentimental el día 18 en Piedras Negras, una de las ciudades en las que transcurrió la infancia de Vasconcelos. La siguiente etapa fue Tampico, donde la gira se inició en septiembre, y que era el coto de Ortiz Rubio. Era meterse en la boca del lobo. Sin embargo, el recibimiento fue apocalíptico y le hizo decir a Antonieta: "Después del plebiscito de Tampico, la campaña electoral está resuelta. Es necesario hacerlo saber a todo el país y a Suramérica y Europa. A ver qué cara pone el general Calles en Francia." La ciudad estaba infestada de agentes del gobierno que escucharon la ensordecedora aclamación que provocaron los discursos de Vasconcelos en la Plaza Libertad. Hubo marchas, himnos y huapangos hasta el amanecer. Coreaban el alboroto general las sirenas de los barcos y las campanas de las iglesias; desde el mar y la tierra se levantaban las muestras de adhesión a Vasconcelos. Antes de una semana, las autoridades comenzaron a sembrar el terror con la ilusión de contener el oleaje general. Los primeros vasconcelistas cayeron asesinados por los matones de Ortiz Rubio en Tampico. A la semana siguiente, los atentados se dirigieron directamente contra Vasconcelos. Una primera vez en Torreón, el 17 de septiembre, a la salida del *Teatro Herrera*, donde se desató una balacera; y luego, en Parral, Santa Bárbara, Santa Rosalía y Santa Eulalia, donde, a pesar de tan santa protección, los atentados se multiplicaron.

En la ciudad de México las cosas no iban mucho mejor. Antonieta volvió a la capital después de la abrumadora recepción de Tampico. Antes de su regreso, animada por una seguridad que le confería su cercanía al candidato, redactó y envió algunos telegramas y notas de prensa que comprometían a Vasconcelos, quien no había sido consultado. Éste fue el caso de un telegrama que Antonieta mandó a Gómez Morín, en el que anunciaba que Vasconcelos se proclamaría "agrarista" para provocar la adhesión de la organización creada y manipulada por el gobierno. Vasconcelos creía que no necesitaba proclamarse "agrarista" —un calificativo demasiado turbio a sus ojos— para ganarse a este sector que, al fin y al cabo, sólo representaba una parte limitada del campesinado mexicano. Más valía, como lo había declarado en Tlaxcala, ofrecer tierra y libertad a *todos* los campesinos y no brindar su apoyo a un programa totalmente desvirtuado por el partido oficial. No debió ser ésta la única tontería de Antonieta en el transcurso de la gira porque, tiempo después, afirmaría Mauricio Magdaleno: "Por otra parte, la personal intervención de Antonieta Rivas Mercado, que solía abordar este o aquel tema de la campaña tras acordarlo con Vasconcelos y a espaldas, naturalmente, del Antirreleccionista y el Orientador, sumaba incoherencia y confusión."

El ajetreo y la euforia sumados a la tensión nerviosa, las emociones encontradas de júbilo y temor, habían puesto a Antonieta en un estado próximo al agotamiento físico y mental. Por un lado, el incendio encarnado en Vasconcelos; por otro, la quietud del ancla en Rodríguez Lozano. Aquí, la turbulencia de la pasión que nacía; allá, el remanso estático de las aguas dormidas. Ya la arrastraban un hombre y una causa que eran un cohete en el cielo de la aventura; ya le escribía a Manuel: "Mi casa, mi vida, usted, me van a parecer oasis. Esta vida, acá, azarosa, de nómada, es un fuetazo que ya no voy necesitando. Quiero ir en hondura, buscar en mí lejos de toda ficticia exaltación —quiero mi paz y mi dolor, este dolor de estar viva—, lo quiero encontrar a usted. Por momentos casi me indigna estar tan sujeta a usted, pero no hay más remedio." Antonieta pensó que regresaba a un oasis para recobrar su serenidad. Ignoraba que regresaba a renovar su experiencia del escalofrío de la muerte en uno de sus más queridos muchachos: Germán de Campo.

Germán de Campo era, entre los muchachos del grupo, el más enjundioso y el más carente de arte oratorio. Hablaba invariablemente dentro de una excesiva temperatura, con los motores caldeados al máximo. Resultaba apasionante verlo encender a la muchedumbre no con sus conceptos sino con el propio fuego que lo consumía hasta el límite de lo tolerable. Rubicundo, bajito y regordete, ceremoniosamente atildado de traje azul marino y clavel rojo en la solapa, era sobrino del conocido cronista *Micrós*, y ex "cachucha" (como Frida Kahlo, Alejandro Gómez Arias y Miguel N. Lira) de la Preparatoria Nacional. Andaba metido en política desde la lucha contra la reelección de Obregón y era un rusófilo romántico. Bustillo Oro le había oído decir en un mitin: "Alguien tiene que morir para que México se salve, y ese alguien probablemente sea yo. Si me matan, si me toca caer, póngame sobre la tapa del féretro para hacer callar para siempre, con mi presencia muerta, a los enemigos del pueblo."

El viernes 20 de septiembre había sido un día particularmente enredado y fastidioso para los muchachos del Comité Orientador. Mil veces en el día habían subido y bajado la gran escalera de mármol que conducía a las precarias oficinas —unos cuantos archiveros, dos o tres *Remingtons*, mesas y sillas dispares—. Estaban en el primer piso del célebre edificio de la avenida Juárez desde cuyo balcón, medio oculto por el anuncio de la *Fotografía Daguerre*, había hablado, más de tres lustros atrás, Francisco I. Madero al entrar por primera vez a la ciudad de México. Ese viernes, el nerviosismo se había apoderado de todos y todas. La represión se recrudecía, las noticias que llegaban del candidato distaban de tranquilizar los ánimos, había confusión en la organización de los mítines y en la llegada de los contingentes. A eso había que añadir el trabajo creciente de afiliación y registro para el que las muchachas ya no se daban abasto. Un mitin que a última hora se organizó en el jardín de San Fernando le impidió a Germán de Campo asistir, como lo tenía previsto, a un concierto en Bellas Artes. Apenas había comenzado a incendiar a la multitud cuando se le acercó un tipo de catadura siniestra. Germán lo conocía de sobra: era un agente de la policía que solía amedrentar con sus rondas en los mítines vasconcelistas. Germán lo reconoció y lo denunció públicamente, pero —grave error— pidió a los asistentes que decidieron lincharlo que lo dejaran ir: el vasconcelismo no se mancharía las manos con una sola gota de sangre. Había que responder con estoicismo y no caer en la provocación. Después del mitin arrancó una manifestación que se encaminó por la avenida Hidalgo. Desde un automóvil que pertenecía a Teodoro Villegas, un político, una ráfaga de metralleta barrió a la gente. La multitud comenzó a correr dando gritos, tratando de ponerse a salvo en las calles más cercanas. Germán corrió hacia el *Cine Hipólito* tratando de controlar a la multitud: "No corran", gritaba. Un matón le pegó un tiro en la cabeza y Germán cayó instantáneamente muerto al pavimento. El tirador era el mismo al que, minutos antes, Germán había salvado de una buena paliza o del linchamiento. Otros dos vasconcelistas cayeron con Germán: un obrero, Alfonso Martínez, y un campesino, Eulalio Olguín.

Enrique Guerrero, otro estudiante, enloquecido al ver caer a Germán, se echó a correr por la Alameda. Al llegar a la avenida Juárez detuvo el carro presidencial que pasaba en ese instante rumbo a Palacio. Antes de que los guardaespaldas pudieran castigarlo, atizado por la adrenalina de su terror y su furia, logró que Portes Gil lo escuchara. El Presidente optó por deshacerse de él con el socorrido método de prometer recibir a una comisión de estudiantes, iniciar una investigación y castigar a los culpables. Subió el cristal de la ventanilla y siguió su camino.

Mientras tanto, los muchachos del grupo de Antonieta —Henestrosa, los Magdaleno, y quizá otros—, en ese estado de terror puro semejante a la amnesia momentánea, sin saber qué hacer o pensar, se encontraron por el rumbo de la casa de Antonieta. Demudados, pálidos y desarticulados como títeres, incapaces de comprender el golpe, entraron a la sala. Vicente repetía el seco contenido de la pesadilla: "¡Mataron a Germán, mataron a Germán!" Antonieta les hizo tomar un poco de coñac para asentarlos en la realidad. Pero, incluso en la realidad, la pesadilla seguía siendo la misma: "¡Mataron a Germán!" Poco a poco las palabras brotaron: chorros caóticos de imágenes, secuencias, caras que poco a poco se organizaron en la mente de Antonieta. Asustada, lo primero que hizo fue mandarle un recado a Manuel: "Mataron a Germán de Campo. Mauricio, Vicente y Andrés escaparon milagrosamente. Están conmigo. Necesitan, necesitamos consejo. ¿Puede hablarme?, ¿puede venir? Lo espero con intensa espera." Luego, comenzó a hablar por teléfono a amigos funcionarios y personas influyentes en el gobierno solicitando ayuda y castigo. Todo era inútil o ingenuo. Nada podía hacer, aun con sus múltiples contactos, para revivir a Germán. Ya entrada la noche, mandó a los muchachos a sus casas con la calma que suelen forzar las horas de embotamiento para mitigar el dolor.

En la calle desierta y oscura donde había caído Germán de Campo, una señora del pueblo lavaba el asfalto manchado de sangre. Tallaba y tallaba la acera a la que, de tanto en tanto, echaba baldes de agua fría. Lavaba la sangre de Germán para que no la pisaran. A partir de ese momento, se dijo que aquel que abandonara la causa vasconcelista pisaría la sangre de Germán. El crimen, desde luego, quedó impune.

El sábado 21 los tres cuerpos fueron velados en la gran sala, revestida de paños negros, del Partido Nacional Antirreeleccionista. La multitud desfiló durante todo el día frente a los ataúdes. Y en la tarde luminosa del domingo la misma multitud, agrandada por la ira, desfiló por las calles de Madero, la avenida Juárez y el Paseo de la Reforma hasta el cementerio de Dolores. La oración fúnebre estuvo a cargo de Carlos Pellicer, recién llegado de Europa: "No fue la suya una oración fúnebre de ocasión. Trepidaba al proferir apóstrofe tras apóstrofe. Su timbrada voz cálida vibraba, enardecida, y tuvo la virtud de hacer aflorar de lo hondo de nuestra sustancia el empozado llanto y la rabia", recordaría Mauricio Magdaleno.

Tres días después, Antonieta se subió a un tren en la estación Colonia. Se iba a los Estados Unidos.

CAPÍTULO XI

La partida de Antonieta a los Estados Unidos, repentina y misteriosa, pareció un arrebato que no se sabía bien a bien a qué atribuir. A unos les dio ciertas razones y a otros simplemente no les dijo nada. Se fue como una fugitiva, envolviendo su decisión en un secreto que no era sino una manera de evadir las explicaciones que ella misma no podía darse.

A Vasconcelos, que sabía bastante sobre la materia, y a sus allegados, les explicó lo necesario de una propaganda en los Estados Unidos. Se hacía necesario informar a la opinión pública acerca de la verdadera situación de México y contrarrestar así la intromisión de la embajada de Morrow en la contienda presidencial. Si a fin de cuentas no cesaban las maniobras intimidatorias o criminales que respaldaba el gobierno de los Estados Unidos, al menos no podría el pueblo norteamericano aducir una ignorancia tan condescendiente, y peligrosa, como la abierta intervención. Éste era, en pocas palabras, el propósito del viaje, tal y como se lo presentó a Vasconcelos en los últimos días de su estancia en Tampico. Vasconcelos aceptó que Antonieta era una persona indicada para la tarea. Al mismo tiempo, no dejó de sentir su partida como un error, una suerte de abandono personal y de traición a todos los que se quedaban: "...yo me oponía a su viaje. No quería verla desenraizarse de México, comprometerse públicamente. Su posición económica, brillante en un tiempo, empezaba a ser apurada. ¿Y con qué iba a sostenerse si se veía condenada a una expatriación larga?"

A Manuel le dio unas razones radicalmente opuestas. "Voy a la conquista de mí misma y del mundo", le escribió pocas horas después de cruzar la frontera, por Ciudad Juárez. Dejaba atrás todo lo que causaba su dispersión, sus malgastadas energías en proyectos ajenos a la construcción de *lo más irreemplazable de su ser*. Se iba fatigada de la política, necesitada de probarse a sí misma en la soledad. Explicaba que, finalmente, se decidía por abrazar la vocación literaria. Había decidido emprender con seriedad esa ambición, después de tantos ensayos fracasados por hacer un "algo" que fuera al mismo tiempo la edificación de un "alguien".

Ante su familia Antonieta actuó con completo sigilo y adujo la prudencia a la que apremiaba la situación convulsa del país. Sólo con Amelia tuvo un diálogo directo y hasta la animó a que se reuniese con ella en Nueva York para pasar a salvo "la ola roja" que se avecinaba. A Mario su hermano y a su cuñada Lucha, que en esa época pasaban su luna de miel en Irapuato, les dejó una carta que les sería entregada cuando ella estuviera del otro lado del río Bravo:

> No fue por temor a que uds. fueran indiscretos respecto a la necesidad o conveniencia inmediata que había en que me marchara, poniendo entre las bestias mexicanas y yo, una frontera. Fue, por un lado, que me pareció completamente innecesario preocuparlos con un acontecimiento que podía desencadenarse en cualquier momento, como hubiera sido el asesinato de alguno de los rufianes, Santos o Caparrosa, por alguno de los muchachos amigos míos. Era inminente que, cuando eso sucediera, me echaran a mí la culpa de andarlos aconsejando. Por otro lado, a qué obligarlos a uds. también, a fingir una tranquilidad, como la mía, que estarían lejos de sentir. Y también, que era conveniente guardar mi viaje en la sombra para no dar alarma. Me perdonarán este silencio mío, que no fue falta de amor o de confianza, sino exceso de prudencia.

Añadía, sugiriendo que ésa era la versión que se debía divulgar: "Muerto el perro se acabó la rabia. Ida yo, los jefes ortisrubistas que me estuvieron señalando como deseosa de Torales, se olvidaran de mi existencia y no nos molestaran en forma alguna, ya que saldrá a luz que mi actuación cerca de Vasconcelos ha sido amistosa y no política."

Parte del misterio que rodeó su partida se debía a la situación legal que la involucraba a ella y a su hijo en la espera de la revisión de la sentencia de divorcio. Antonieta y su hijo estaban arraigados en el país hasta que no se resolvieran los amparos presentados por las dos partes en conflicto. Antonieta decidió dejar a su hijo a cargo de su hermana mayor

Alicia —a pesar de las malas relaciones entre ellas, debidas, en buena medida, a las buenas que había entre su hermana y Blair—. Explicaba a Mario en la misma carta:

> Dejándoselo a Alicia, Blair no molestará a nadie, ya que allí podrá verlo a su antojo. Y hay otras ventajas para *Chachito*. Estará con los primos, no estará solo, se distraerá en su compañía y sé que Alicia, en proporción a no haberme querido y a no quererme, querrá más a mi hijo, lo cuidará y verá por él. Si no por otra cosa porque es un bálsamo para su vanidad herida. [...] Ya se lo digo a Amelia y te lo repito a ti: perdona a Alicia, yo ya le he perdonado al dejar en sus manos mi bien más preciado, mi hijo. Quizá el perdón logre de ella lo que nada y sea posible un entendimiento real con uds. Alicia me ofendió más hondamente que a ninguno de uds. Sin embargo, hoy, desde el fondo de mi corazón la perdono. Hagan uds. lo mismo, perdónenla, padece mucho. Es una pobre mujer a quien la codicia mala de nuestra madre le rompió la vida, merece compasión.

¿A quién decía Antonieta la verdad: a Vasconcelos, a Manuel o a su hermano? ¿Estaba realmente en peligro? ¿Los planes de asesinar a los "rufianes" eran reales o simples juramentos de venganza en la boca de los muchachos por la muerte de Germán? Nada de todo esto era ni muy real ni muy fantasioso. El asesinato de Germán de Campo había sembrado el terror y justificaba, con su cruenta rotundez, el miedo a la represión y a la muerte. El hecho de que hubiera caído un entrañable amigo, un ser cuya proximidad acrecentaba la ausencia, confería más realidad al peligro. Ayer había sido Germán; hoy, mañana, ¿por qué no Henestrosa, Manuel Moreno Sánchez, Mauricio o Vicente Magdaleno? Y, pensaba Antonieta, ¿por qué no yo? Era poco probable, poco redituable para los asesinos, mas ¿quién podía razonar entonces con los riesgos de la historia? La muerte de Germán le alimentó una paranoia que ella utilizó para apresurar motivaciones de índole más íntima.

En el fondo, su partida era más bien una huida. Huía de Vasconcelos porque no estaba segura de que la pasión tuviera cabida en su vocación de apóstol y también porque le quedaba cierta esperanza de reunirse con Manuel, en algún tiempo y en algún rincón de la Tierra. Huía de Manuel para mejor reencontrarlo después, para acabar de convencerlo, con su ausencia, de que ella era la única mujer capaz de amarlo. Huía de su país cuando más parecía preocuparle su suerte, a menos de dos meses de las elecciones por las que tanto había trabajado y sacrificado.

Se sentía acorralada, y la imposibilidad para decidir asuntos que le concernían y no dependían de su arbitrio, se convirtió en un interdicto, en otro de los habituales paréntesis llenos de puntos suspensivos en que Antonieta dejaba su vida antes de pasar la hoja y emprender la escritura de un nuevo capítulo.

Al subir al tren imaginaba que dejaba atrás lo enmarañado de su vida y que comenzaba una página limpia. El tiempo avanzaría en el mismo sentido que ese tren que corría hacia el Norte. Se contaría la conmovedora historia de una mujer solitaria, fuerte y disciplinada que asombraría al mundo con su talento de escritora. El bamboleo del tren adormecía su voluntad y debilitaba sus nervios; Antonieta recurría al bromuro y a un cuaderno azul en el que consignaba sus planes y cifraba simbólicamente su nueva vocación. En la segunda jornada de viaje, antes de llegar a Torreón, tuvo la visión de su primera novela y se la describió *ipso facto* a Rodríguez Lozano con la precisión de una iluminación:

> Estará hecha en la forma siguiente: la figura central, una madre sensual y terrible, indirecta; la figura en apariencia central, el hijo, que no es sino el actor, malo, de un drama heroico, directo, en acción. Con repercusiones sus actos en los seres que toca, la esposa, la amante ocasional, el amigo a quien traiciona. La madre lo tiene fascinado como la serpiente a su presa; su propia naturaleza pretende aparecer, está rozando la periferia de la conciencia sin jamás romper el círculo de la esclavitud. La madre muere y él queda como boya suelta, sin fuerza para tomar su camino, sin impulso suficiente para seguir el que su madre le impuso. Un perfecto náufrago. Yo sé que en esa novela se juntan dos cosas: Gómez Morín, su madre, etcé-

tera, y mi hijo. Podría llamarse: *La que no quise ser.* Estará escrita en capítulos que serán, cada uno, una unidad, al estilo del *City Block* de Waldo Frank. Tendrá de 10 a 12 capítulos. Los personajes, todos, sin conciencia, sin claridad. La claridad mayor está en la sensualidad potente de la madre. Si logro esto, y mi dolor me hace tan aguda que lo juzgo posible, se la enviaré inmediatamente para que la critique.

Lo que más llama la atención en estas líneas no es tanto la *modernidad* de la novela planeada, ni la parte autobiográfica que subyace en la ficción, sino los extraños mecanismos de la imaginación de Antonieta. Era incapaz de entender que una vocación tiene que subordinarse a un proceso de trabajo que implica el tiempo. Si decidía ser escritora, imaginaba el resultado: un libro escrito, empastado y dedicado. Veía el momento de poner las cuartillas en un sobre, de escribir en él el nombre y la dirección de Manuel y, sobre todo, veía la sonrisa aprobatoria de Manuel leyendo sus cuartillas, queriéndola un poco más cada vez que pasaba una página, más brillante que la anterior. Por supuesto que también quería ser escritora por ella misma, pero se anticipaba y sólo veía un *ser* escritora sin reparar en el largo proceso de *irse haciendo* escritora. Omitía en su fantasía las torturas que pasaría frente a la máquina de escribir, antes de poner el regocijante e irremediable punto final.

Entre los momentos de exaltación y de euforia, Antonieta caía en la angustia, en la depresión, en el miedo a lo desconocido, a la soledad real. Iba hacia los Estados Unidos como hacia una prueba inicial de su propio temple. Tomaba calmantes que ya no le hacían efecto. A ratos lloraba, pero pretendía reprimir el llanto como los niños que se empeñan en ser valientes antes de tiempo. En El Paso, cuyo nombre la debió de hacer sonreír un poco, tuvo que falsificar la firma de su marido para poder salir del país. Fue una pequeña venganza. Allí también sostuvo una última entrevista con Vasconcelos, en la que cada quien reiteró sus razones para bifurcar los caminos. Vasconcelos la presentó con unos periodistas norteamericanos que le encargaron artículos y conferencias sobre la mujer mexicana. Antonieta aceptó, halagada, el encargo de los primeros, pero se negó a las segundas, y se sintió reconfortada por la inmediatez de la tarea. La despedida con Vasconcelos dejó entre los dos un sabor amargo. Si bien se comportó "afectuoso como siempre", "delicioso compañero", Antonieta le escribió a Manuel: "Mi encuentro con el licenciado Vasconcelos fue penoso. Doloroso. Ni entendía. Un poco hubo en él el juicio informulado de quien se está jugando la vida de un año a esta fecha, para quien se pone a salvo, sin percibir que el sentido de una vida no es el de otra."

Llegó a Nueva York la mañana del 6 de octubre de 1929. Agradeció la familiaridad de la ciudad, que no le costara trabajo caminarla, sentirla suya: casi se hallaba en casa, sentía como si en otros tiempos hubiera vivido entre los rascacielos y Central Park y se tratara ahora de una reencarnación. Sin embargo, llevaba "el corazón en el filo de una crisis" porque se daba cuenta de que era "el momento de andar o de aflojar definitivamente", de que estaba sola "para hacerse o hundirse". Se instaló en *The Commodore*, un hotel en la calle 42 y Lexington Avenue, cerca de Pershing Square. Se fue inmediatamente en busca de José Clemente Orozco, pero no lo encontró. Quiso ir al museo, pero estaba cerrado. Caminó la Quinta Avenida, vio escaparates, anduvo más de dos horas por Central Park, almorzó en un *Child's* y regresó a su hotel.

Le urgía alguna ocupación, pero Nueva York estaba adormilado en una pereza dominguera que no concordaba con sus ansias enfermizas de acción. El temor a que el ocio o el relajamiento la orillaran al naufragio aceleraba su ritmo cardiaco y mental. Su tren había llegado a las 9:40 a Penn Station y a las 11 quería ya estar inmersa en la actividad. Se aferraba a la acción y a la idea del trabajo como a una panacea contra la depresión, mas, en su exagerada compulsión, iba a quemar también sus escasas fuerzas. Ya recluida en su cuarto, para remediar la fobia al letargo, redactó un plan de vida destinado a la aprobación de Manuel:

> ...las mañanas, dedicarlas a escribir. Tengo ya de punto la novelita de que le hablé. También la traducción del artículo de Frank sobre el *Vieux Colombier*; el compromiso de escribir sobre la mujer mexicana, y una carta a Romain Rolland, rela-

tándole el movimiento provocado en México por Vasconcelos, carta que ya tengo escrita y que sólo he de pasar en limpio. También para pasar en limpio tengo unas notas de Gide que acabé de corregir en el camino. Las tardes pienso dedicarlas, primero, a conocer bien Nueva York, a conocer sus museos, y luego, pienso meterme en la Biblioteca a leer todo cuanto haya sobre teatros orientales y sobre el teatro medieval. Por las noches, dos o tres no más porque no resistiría, iré al teatro. También a los conciertos. Entre lo de "conocer bien Nueva York" puede usted incluir conocer gente. [...] Necesito trabajar como jornalero, mis ocho o diez horas, para por la noche poder dormir. He perdido 4 libras en 10 días y no quiero seguir así.

Su renovado interés en el teatro se debía a una promesa que le había hecho a Vasconcelos de que, en caso de que triunfara en las elecciones, ella se encargaría de "un departamento cultural en el que estuviera comprendido todo aquello que, por medio de diversiones, libere y fortalezca al pueblo". Por otra parte, en su retorcido sistema de ambigüedades, no sólo dudaba del éxito de la campaña sino que hasta se sentía ya apartada del país y sus expectativas culturales: "La aventura de Vasconcelos me parece desesperada. Ojalá y salga bien. Siento que he saldado con mi país, que ya no lo tengo, que estoy fuera de los países y he comenzado a vivir una verdad universal."

Antonieta tenía una cualidad que era al mismo tiempo un defecto: se entregaba con excepcional generosidad a las causas ajenas y a sus protagonistas. En esos arranques, se olvidaba de todo, hasta de sí misma. Se entregaba como si se tratara de un sacrificio, se perdía y arriesgaba más de lo que se le pediría a cualquiera. Pero, en el fervor del torbellino, cuando se necesita más que nunca un ancla y una solidez a toda prueba, Antonieta parecía despertar y recapacitar en el olvido de sí misma a que se había sometido. Cuando eso sucedía, le venía una reacción que mezclaba su instinto de sobrevivencia y cierto rencor contra quienes la habían distraído de su propia realización. Entonces, en un gesto que, sin serlo, podía parecer egoísta, recogía los pedazos de sí misma que había desperdigado en los demás y fustigaba a quienes había pretendido ayudar, proteger o redimir. Le parecían unos malagradecidos, y su vida una cíclica expedición de cheques en blanco por los cuales no recibía nada a cambio. Éste había sido el saldo con Blair, con Rodríguez Lozano, con los Ulises, con Chávez y su Sinfónica, con Vasconcelos y su campaña, sin contar las pequeñas cuentas pendientes que habían menguado sus fuerzas y su fortuna.

En Nueva York José Clemente Orozco se ganaba una fama que su país le había regateado. Antonieta lo había conocido tiempo atrás, en México, por medio de Manuel. Fue el primero a quien buscó el mismo día de su llegada y también el primero de una larga lista de mexicanos residentes en los Estados Unidos con los que acabó peleándose, asqueada por verlos hacer lo mismo que ella: buscar una carrera artística en completo desinterés por lo que estaba sucediendo en México. En sus cartas a Rodríguez Lozano, Antonieta juzgaba severamente a Alma Reed, que se desvivía por llevar al éxito neoyorquino a Orozco. Según Antonieta, el "manco" ya sólo pintaba cuadros con dimensiones de departamento para las exposiciones que Alma Reed le organizaba a diestra y siniestra. Antonieta decidió entonces entrar al mundo de los *art dealers* en nombre de la justicia artística (es decir, para promover a Rodríguez Lozano y a sus protegidos) y para demostrarle a los norteamericanos quiénes eran los verdaderos talentos de México. Más que contra Orozco, la nueva batalla iba dirigida contra Alma Reed que, según ella, "era una Antonieta que no hubiera conocido a Rodríguez Lozano, toda buena voluntad y desorientación".

Luego de Orozco, su repudio cayó sobre José Juan Tablada, a quien Antonieta acusaba de estar "enfermísimo de la manía de ser el decano de la cultura hispanoamericana en Nueva York". Esta opinión la compartía con muchos de los artistas mexicanos que estaban allí o no tardarían en llegar, como Rufino Tamayo. Después atacó a Jean Charlot, que se creía "el pintor mexicano por excelencia", y prácticamente a todos los representantes del gobierno mexicano que organizaban cenas en las que recitaban versos de Amado Nervo y se regodeaban en el folklore de un México de exportación.

Le bastaron unos días para reñir con todos ellos, lo que no impidió que aceptara la ayuda de Alma Reed para encontrar un alojamiento mejor. Se instaló en el piso 19 de un rascacielos cerca del Hudson. Era el edificio de la American Women's Association, construido gracias a la hija del *tycoon* Francis P. Morgan. Se trataba de una especie de hotel para distinguidas pensionadas que contaba con un teatro, salones de reunión, gimnasio y tanque de natación. Antonieta se disponía a vivir a una altura aceptable, en un cuarto "envuelto en un sudario de silencio transparente como el aire. Invita a trabajar, es pequeño y acogedor".

Antonieta reanudó el trato con otros conocidos de México. Alcanzó a ver a Gilberto Owen que, a los cuantos días, se marcharía a Detroit adonde lo mandaba un nuevo nombramiento diplomático. Casi no había cambiado en poco más de un año. Owen se mostró más que reservado sobre su amor por Clementina Otero, a quien escribía cartas desesperanzadas, lo que no impidió que le platicara a Antonieta de las muchachitas, muchachas y damas a quienes había conquistado desde su llegada a los Estados Unidos. A algunas de ellas (con un neologismo que solía emplear en las cartas a sus amigos de *Contemporáneos*) pretendía "rodriguezlozanearlas", es decir, sacarles dinero para proyectos de revistas y publicaciones. El pintor español García Maroto fue otro de los gratos reencuentros. Había sido uno de los admiradores más fervientes del Teatro de Ulises y ahora colaboraba en *Contemporáneos*, la nueva revista del grupo. García Maroto puso a Antonieta en contacto con el pianista y crítico musical Francisco Agea, amigo de Carlos Chávez, y con el pintor y fotógrafo mexicano Emilio Amero. Pronto, alrededor de la persona de Antonieta, se comenzó a formar un grupo del que Agea y Amero eran los más constantes, junto a Fernando de los Ríos, Federico de Onís y Dámaso Alonso, españoles residentes en Nueva York. A éstos hay que añadir la presencia decisiva para Antonieta de Federico García Lorca.

El mes de octubre, su primero en la ciudad de Nueva York, fue más feliz de lo que Antonieta hubiera imaginado. Gracias a Agea, a García Maroto y sobre todo a Emilio Amero, que la escoltaba como un caballero a su dama de corazones, Antonieta dio sus primeros pasos por la estruendosa ciudad que trepidaba al ritmo del *shimmy* y se emborrachaba con cerveza falsificada a causa de la prohibición. Descubrió en una misma noche la plasticidad fría y casi perfecta de las mujeres de los *Ziegfeld Follies* y la pegajosa sensualidad de los cabarets negros de Broadway. Las primeras le parecieron "preciosas muñecas humanas", pero no la conmovieron mayor cosa. En cambio, la fiesta orgiástica del *jazz*, los cuerpos ondulantes de los negros, las voces roncas y plañideras de las mujeres, la hundieron en un éxtasis que se le confundía con una bizarra repugnancia. Era el ocaso del llamado "Renacimiento negro", durante el cual los blancos se habían dejado conquistar por los ritmos y la estética de la negritud. Para Antonieta, esa noche, el *jazz* fue un delirio: las parejas formaban un "grumo espeso que se movía en un recipiente", el aire estaba saturado de humo y placer que parecían "una bocanada de savia directa, sin elaborar". Allí entendió que, en el baile de los negros, en el sentido religioso del ritmo, "ser macho que busca a su hembra es un destino, no un placer ocasional". Antonieta evocó el *Salón México*, los danzones, los "pelados" lúbricos y engominados y a Rodríguez Lozano, que le había descubierto ese mundo. Estaba nostálgica de un placer que nunca había tenido y, en la semioscuridad escandalosa del *club*, incitada por la sensualidad ambiente, imaginaba el cuerpo de Manuel y se perdía en la invención de caricias y cópulas absolutamente ajenas a su habitual romanticismo. Se sentía ávida de placer, sin la menor sombra de culpabilidad.

Siempre acompañada de Agea y de Amero, Antonieta vio algunas muestras del teatro neoyorquino. En el *Princetown Player's* vio *Fiesta*, una obra en boga y acerca de la cual escribió una reseña que hizo llegar a Xavier Villaurrutia para su eventual publicación en *Contemporáneos*. Como nunca se publicó, se desconoce la opinión de Antonieta al respecto. También fue a conocer el *Guild Theater*, uno de los muchos teatros independientes que surgían en Nueva York como una alternativa a las grandes producciones del teatro comercial. Observó rápidamente que el Teatro de Ulises nada tenía que envidiarle al teatro marginal de Nueva York, lo cual le produjo desilusión y orgullo.

El encuentro con García Lorca, a la semana de haber llegado, fue un oasis en la aridez de los mexicanos. Se lo presentó García Maroto y de inmediato nació entre ellos un aprecio y un afecto basado, según Antonieta, en la fina y callada comunicación de las almas. El retrato que hizo Antonieta para Manuel de su nuevo amigo denota habilidad para captar en unos cuantos trazos una personalidad tan extrañamente compuesta de sencillez y de hondura:

> Un extraño muchacho de andar pesado y suelto, como si le pesaran las piernas de la rodilla abajo —de cara de niño, redonda, rosada, de ojos oscuros, de voz grata. Sencillo de trato, sin llaneza. Hondo, se le siente vivo, preocupado de las mismas preocupaciones nuestras. Es niño, pero un niño sin agilidad, el cuerpo como si se le escapara, le pesa. Culto, de añeja cultura espiritual, estudioso, atormentado —sensible. Toda una tarde en que perdimos a Maroto rumbo al centro en el *subway*, anduvimos juntos diciéndonos cosas, pocas, pero reales. Parecen las cosas que se dicen los que se reconocen, las palabras rituales de una comunión profunda. De la gente que está aquí es el único que siento cerca de mí. Su última obra es "Una oda al Sagrado Sacramento". Atormentado de Dios —querría levantar cosecha de inquietudes.

Más que intereses concretos como el teatro, compartían una disposición mental, una manera de sentir el mundo y de querer revelarla por el arte, que no estaba exenta del misticismo que Antonieta anhelaba. García Lorca maduraba en esa época su teoría del "duende", especie de demonio y de ángel con el que el creador combate para dar nacimiento y muerte a su creación. Había en su lenguaje una fuerte carga de religiosidad que, pagana y referida al arte, coincidía con las más profundas creencias de Antonieta. El andaluz se aureolaba también de dolor y muerte, fatales compañías de todo creador, y que uno y otra vivían en carne propia. Para Antonieta, el dolor y la muerte eran presencias más tangibles, menos susceptibles de trascenderse en una obra artística. Pero su lenguaje les hablaba a los dos, con imágenes que difícilmente se articulan en palabras o en teorías. García Lorca poseía, además, lo que para Antonieta era lo más preciado en un artista: una sensibilidad que era casi un estado nervioso y que distinguía a los verdaderos creadores. Después de un breve tiempo de tratarlo, Antonieta escribe a Manuel: "Su presencia aquí me ha salvado de tener conciencia constante de una desesperación que no acabo de comprender, de un no querer estar, de un desear irme que me come viva."

Antonieta disfrazaba su malestar en la diversión. Se lograba sentir bien y recordaba los primeros tiempos del "cacharro", es decir, los días felices. El pequeño grupo se reunía en el estudio de Amero a leer, a tocar el piano, retratarse, ver películas con un pequeño proyector y organizar las expediciones a los cabarets:

> Hemos charlado, discutido, ido después a las revistas negras, maravillosas revistas negras, donde todo es pureza, la pureza de los vegetales, a los cabarets negros, incomprensibles para mí sin mi iniciación del *México* y el *Imperio*; al cine, al teatro, a cenar, al restaurante mexicano un día y al siguiente al italiano y luego al español. Y muchas noches nos dan las dos y las tres de la mañana cuando volvemos en el *subway* y nos vamos despidiendo a la luz de la madrugada.

García Lorca era fascinante cuando se sentaba al piano. Hacía viajar a sus amigos por toda España, cantándola. La risa le ganaba al grupo cuando adoptaba los acentos y las poses de las diferentes regiones de su país; su repertorio era, además, inagotable. Leía a sus amigos reunidos en el estudio de Amero sus últimos poemas, sus romances que lo habían hecho famoso en toda la lengua española, y sus piezas de teatro: *Los títeres de Cachiporra, El amor de don Perlimplín con Belisa en su jardín*, la *Aleluya erótica*. Hacia el final de la noche, evocaba a su familia, a Andalucía, a sus amigos de la Residencia en Madrid, sus encendidas discusiones con Dalí acerca del surrealismo. Hablaba de poesía y de teatro como de la vida misma. Federico era, para Antonieta, un don, un milagro, una ventana de cielo azul que de cuando en cuando se abría en la grisura otoñal de Nueva York.

A su vez, Antonieta le hablaba de su México glorioso y herido. Le contó con toda clase de pormenores la experiencia del Teatro de Ulises, de los poetas que se habían vuelto actores por necesidad, de las revistas de México, su literatura y su música, sus fiestas y sus leyendas. Lo maravilló con la historia de Abraham Ángel, y Federico insistía en que se escribiera la breve vida de este ángel de las tinieblas. Se dejó ganar por el entusiasmo de Antonieta todas las veces —y no fueron pocas— en que le habló del talento y de la pureza de un pintor llamado Manuel Rodríguez Lozano. Y Federico acabó por declararse su amigo y le mandó un ejemplar dedicado de su *Romancero*. Federico, por su parte, escribía a su familia que se había hecho "amigo de una millonaria mexicana" que pertenecía a la categoría dariana de los "raros". En boca del poeta andaluz, era una sorpresa y una alegría encontrarse con esos "raros" americanos, definitivamente más chispeantes y vivos que los dinosaurios andaluces.

Entre los hispánicos de la Universidad de Columbia, donde residía García Lorca, se decía que Antonieta se había enamorado perdidamente del poeta español y que había sufrido una terrible desilusión al enterarse de su homosexualidad. Es poco probable que Antonieta, ya bastante alertada por su experiencia con Rodríguez Lozano, no hubiera advertido la naturaleza de las inclinaciones del poeta. Quizá, más allá de las excepcionales personalidades de sus amigos homosexuales, Antonieta se sentía cómoda en su trato con hombres que no representaban peligro para ella. Así podía abandonarse, ser ella misma, estar segura de que la apreciaban por su inteligencia, sin temer que el interés por su conversación escondiera intenciones puramente sexuales. Su amistad con García Lorca fue breve, sincera y correspondida. Sinceridad que atestiguaría Salvador Novo en 1933, cuando García Lorca le preguntó con "legítima furia" si era cierto que Vasconcelos había tenido la culpa del suicidio: "¡Dímelo, dímelo

—cuenta Novo, parodiando el acento del poeta—: si ez azí yo le digo horrore a eze viejo!"

En el transcurso del mes, varias noticias llegaron de México a ensombrecer el exilio de Antonieta. La primera venía en una carta de Vasconcelos: su reprobación inicial por la partida de Antonieta se transformaba en la franca furia de acusarla de traición. No es difícil leer, entre líneas, que la ausencia de Antonieta no le había resultado tan prescindible como hubiera querido, y que tal vez la acusación revelaba cierto despecho amoroso.

La segunda noticia tenía que ver con su hijo Antonio, con su "coronita de espinas", como solía referirse a él. Alicia se había tenido que negar a recibirlo en su casa por órdenes de su marido, rotundamente opuesto a darle refugio al *Chacho* en ausencia de su madre. José Gargollo se dejaba guiar en su decisión por su aprecio a Blair y por su temor a parecerle desleal si toleraba las locuras de su cuñada. La madre de Antonieta tomó cartas en el asunto. Desde el *Hotel Imperial* de México, donde vivía entonces, le escribió a su hija una carta que es un ambiguo modelo de generosidad maternal sazonada con el veneno de la eterna discordia:

> Querida Tonieta:
>
> Cuánto he sentido que al salir de México, sin poder llevar contigo a tu hijito, no te hubieras acordado de que aquí en la Capital tenía a su abuela materna que no tenía las justificadas razones de Alicia para no recibirlo en depósito. A la razonada negativa de ésta, he puesto un escrito a los Tribunales pidiéndolo, y si me lo dan en depósito, aunque no tenga el lujo y comodidades de las otras casas, tendrá todo cariño. Procuraré que siga la educación que está recibiendo y no dejará de ver y visitar a ninguno de sus allegados.
>
> Ya ves lo que esta ingrata vida hace con una, obligándola a veces a separarse de los hijos sin que sea abandono.
>
> Espero que pronto puedas regresar a reunirte con tu hijito.
>
> Te quiere tu
>
> Mamá.

A pesar de ser objeto de tanta querella, el *Chacho* no se quedó con su padre, ni con su abuela, ni con su tío; ni con ninguna de sus dos tías, y acabó viviendo sus meses de orfandad transitoria en casa de la señora Ruhle, madre de Lucha Ruhle —esposa de Mario Rivas Mercado—, tal vez porque éste era el único territorio neutro que podía cobijar al muchachito. Ya tenía 10 años y una asombrosa capacidad para adaptarse a las circunstancias en las que lo metía la vida impredecible de su madre. Desde la muerte de su abuelo, Donald Antonio había aprendido que su mejor amigo, con el que solía pasar muchos de sus ratos libres, era Ignacio, el chofer.

Otras malas noticias eran las que no llegaban en las cartas que no contestaba Manuel. A los 15 días de su arribo a Nueva York, Antonieta volvió al ataque: "¿Si yo tuviera un amante, usted se alteraría?"; "¿Qué haría usted si yo tuviera un amante?"; "Cuando usted me dijo, días antes de mi viaje: el mundo será nuestro, ¿qué quiere usted, qué quiso usted decir?" Es difícil asegurar a quién se refería Antonieta cuando alude a un posible amante: ¿será a Vasconcelos, a Emilio Amero, con quien parece haber tenido un trato un poco más íntimo que la simple amistad, a una mera figura retórica o a una sombra hipotética? Más que arriesgarse a una confesión, o a atizar los celos de Manuel, Antonieta quizá tanteaba sólo el terreno, por si acaso...

Presa tal vez de un sentimiento de culpa hacia Manuel, lo presionaba para que le mandara dibujos suyos, las monografías de Abraham Ángel, cuadros de Julio Castellanos, prometiéndole a cambio que haría su gloria y su fortuna. Antonieta había trabado amistad con una mujer relacionada con importantes fundaciones norteamericanas, con el *Art Center* y con cierto sector de la intelectualidad neoyorquina. Se trataba de una Mrs. Payne, competidora de Alma Reed y de Anita Brenner, que fungían como las *dealers ex oficio* de los muralistas. La ayuda que se prestarían las dos mujeres sería recíproca: Antonieta lanzaría a "sus" pintores en los Estados Unidos y Mrs. Payne tendría en Antonieta una excelente carta de presentación para con los artistas mexicanos susceptibles de constituir otra cara de la vida artística del país vecino. Pero Manuel no parecía entusiasmarse con el fulgor y la velocidad que le requería Antonieta. En cada carta, ésta le recordaba las ventajas de exponer en Nueva York, lo picaba con el aguijón del desquite sobre sus detractores, le hacía saborear el atractivo de los dólares, hablaba de justicia artística y prometía un pronto éxito. Pero Manuel se mostraba negligente, quién sabe si por desinterés o por lucidez. Tenía la mirada anclada en París, a donde se iría en cuanto se recuperara de las perturbaciones de salud por las que atravesaba.

Antonieta se desesperaba porque no podía tener acceso en Nueva York al lugar que había sido suyo en México como promotora de la cultura. En ese centro regido por criterios distintos a la promoción amistosa, su palabra no hacía ley. A causa de las dificultades por ocupar un sitio que pensaba conquistar en cosa de días o de meses, se reafirmaba en la marginalidad, buscaba razones que justificaran su girar en una órbita alejada del luminoso centro. Esta órbita era la zona oscura y desconocida del trabajo, del esfuerzo sostenido, de lo que Antonieta llamaba *el vía crucis* del autoconocimiento: una órbita que era un círculo de soledad.

A principios de noviembre, pasada ya la exaltación del redescubrimiento de Nueva York, llegadas las malas noticias de México, Antonieta no pudo resistir más la depresión que la venía asechando. Sufrió lo que los norteamericanos llaman, con cierto misterio y pudor, un *nervous break-down.* Ella, que presumía, en una elocuente metáfora, de poseer *una arquitectura sabia,* se sintió avasallada de pronto por *una tormenta tropical* que la condujo a un hospital. ¿Qué sucedió? ¿Cuáles fueron las razones? En lo físico, un extremo agotamiento nervioso, prolongados insomnios, dolores de cabeza, falta de apetito y la consecuente debilidad general. No era la primera crisis de esta naturaleza ni sería la última. Si hubo motivaciones para esta crisis, se desconoce su naturaleza, lo mismo que la posible noticia que destapó la boca del pozo negro en el que Antonieta, cada vez con menor cautela, comenzaba a abismarse. Pudiera ser también que la depresión se haya agudizado repentinamente en uno de esos días emplomados que en esas latitudes tiene el cielo en vísperas de

Todos los Santos. Y como ninguna luz aclaraba el cielo, Antonieta clavó los ojos en la tierra, una tierra que se abría bajo sus pies y le dejó entrever, otra vez, el hueco negro de su propia tumba.

Quiso regresar a México a "poner fin a mis días", pero el mismo cuerpo del que quería deshacerse le falló para emprender el viaje y cumplir con la única voluntad que le quedaba. Días después, en la cama del Hospital Saint Luke's donde estaba internada, dibujaba afanosa y tortuosamente la infantil caligrafía con que formaba una semblanza de explicación: "Me faltó usted, eso fue todo —no, Manuel, no puedo volar del nido."

Su letra de niña aplicada era el espejo fiel de su estado físico y anímico. ¡Qué lejos estaba de los grandes vuelos de la pluma que acostaba las palabras con la facilidad con que plegaba el mundo a sus designios! Ahora, su letra se derrumbaba como su espíritu, y la audaz y aventurera Antonieta, esa mujer toda altura y elasticidad, regresaba al silabario de la vida para deletrear su flaca voluntad de seguir viviendo. Dibujaba las letras y levantaba el mentón como una niña orgullosa y asustadiza para decir, con los ojos llenos de lágrimas: "¿Sabe usted que dos inviernos en Nueva York y mucho trabajo inteligente pueden darme una posición envidiable?" Hecha un guiñapo en una cama de hospital, inerme en el sudario de las sábanas blancas, se aferraba a esa frasecita como a un conjuro.

Después de dos semanas en el hospital, con un tratamiento que consistió en sobrealimentación, baños de sol artificial, largas horas de sueño y un reposo casi absoluto, Antonieta volvió a diseñar un plan de trabajo para el invierno 1929-1930. Este despropósito encabeza una carta a Manuel fechada el 15 de noviembre de 1929:

I. Mi salud.
II. Dar a conocer: M. Rodríguez Lozano, Abraham Angel, Julio Castellanos y Federico García Lorca. Plan de propaganda detallado.
III. Hacer conexiones necesarias.
IV. Reunir cuatro obras teatrales mexicanas y

sudamericanas o españolas contemporáneas, para presentar a más tardar en febrero al Teatro Guild.
V. Traducir al español *Rabad* de Waldo Frank, que publicará *La Revista de Occidente.*
VI. Escribir: tengo pedidos artículos en inglés y pendiente de concluir mi novela.
¿Aprueba usted?

El trabajo era la única redención posible. A pesar de esa convicción, Antonieta posterga su propia obra hasta el sexto lugar en el orden de las prioridades. En todo caso, no fue el trabajo sino la religión lo que la sacó de esta crisis. Pidió que le trajeran "un sacerdote inteligente" para confesarse y comulgar. El llamado a la religión es, a un tiempo, comprensible e inesperado. Lejos de significar una nueva "pose", Antonieta necesita purificar, según ella, su alma corroída por amores impuros, sensuales, temporales. La obsesiona cierta idea de "ascetismo" (que en el vocabulario de Manuel se llamaba "espiritualidad") y que ella, en la soledad y la enfermedad, remite a la fe que le propiciaba, así, un retorno a la pureza.

En efecto, la fe no estaba, en su mente, lejos de esta noción de espiritualidad y de pureza que Manuel había sembrado en ella, en parte para justificar sus reticencias sexuales para con ella. Por otro lado, las exigencias de Manuel caían en tierra fértil. Antonieta llegó, durante la crisis, efectivamente, a descalificar ese amor "impuro" —el adjetivo es de ella— que encarnaba, probablemente, en Vasconcelos.

La elección no se jugaba entre dos hombres, sino entre dos riesgos. La relación con Vasconcelos, más satisfactoria, más completa y natural, tenía el enorme riesgo de *ser posible* y, por lo tanto, perecedera. En cambio, la relación fantasiosa con el pintor era "eterna" porque no se realizaba y se postergaba sempiternamente. "El dolor me ha purificado —le escribe a Manuel al salir de la crisis, con su peculiar y confusa sintaxis, refiriéndose a Vasconcelos— vía antes el llamado de un amor, otro, impuro, imperfecto, se ofrecía tan entero, tan generoso, tan real."

Dos acontecimientos enmarcaron la enfermedad de Antonieta, como si el mundo se hubiera puesto a tono con su catástrofe interior. Entre el 24 y el 25 de octubre sucedió el famoso *crash* de la Bolsa de Nueva York que señaló el origen de la gran depresión mundial de los años siguientes. El suicidio se convertía en un recurso contagioso y, como lo quiere la leyenda, inversionistas y banqueros arruinados volaban entre los rascacielos para ir a estrellarse en el asfalto, donde los peatones debían cuidarse de la inesperada lluvia, como narra García Lorca a su familia:

> Cuando salí de aquel infierno en plena Sexta Avenida encontré interrumpida la circulación. Era que del 16 piso del *Hotel Astor* se había arrojado un banquero a las losas de la calle. Yo llegué en el preciso momento en que levantaban el muerto. Era un hombre de cabello rojo, muy alto. Sólo recuerdo las dos manazas que tenía como enharinadas sobre el suelo gris de cemento.

La depresión no era solamente un fenómeno económico sino una especie de enfermedad social que se metía a la manzana de la prosperidad como un gusano que todo lo infectaba y todo lo reblandecía. En un resumen expresivo del ambiente de esos días, escribió García Lorca: "Desde luego era una cosa tan emocionante como puede ser un naufragio, y con una ausencia total de cristianismo."

El segundo acontecimiento caló más hondo en el ánimo todavía frágil de Antonieta, que empezaba a dar los primeros signos de recuperación. Se trataba de la elección del 17 de noviembre de 1929, en la que el gobierno mexicano decidió no jugarse el destino de México sino, precisamente, evitar que se jugara. Los resultados de la votación llegaron a Nueva York a las 11 de la mañana del mismo día de las elecciones, rebasando así todos los "records" de cómputo en la historia universal de los fraudes electorales. En México, las cifras se publicaron en los vespertinos del domingo 17: Ortiz Rubio: 2 000 000 de votos; Triana: 40 000; Vasconcelos: 12 000. El volumen del fraude se reflejaba tanto en la anticipación de los resultados como en la desproporción inverosímil de las cifras.

Recién llegada la noticia de la "derrota" de Vasconcelos, al mediodía del 17, Antonieta recibió la comunión de manos de su sacerdote inteligente. Estaba decidida a salvar su alma del impuro amor de Vasconcelos.

Dos versiones sobre lo acontecido en las elecciones emanaron de los mismos antirreeleccionistas: la primera afirmaba que Vasconcelos las había ganado y que los resultados habían sido manipulados para imponer el triunfo de Pascual Ortiz Rubio; la segunda negaba igualmente la legitimidad del triunfo de Ortiz Rubio, pero aducía que las elecciones no habían tenido lugar y que, por lo tanto, no se había expresado la voluntad del pueblo. Es cierto que en muchas partes del país las elecciones habían *tenido lugar*, si bien en un clima de violencia extrema. Millares no habían podido votar, mientras que los muertos habían votado dos o tres veces; las boletas habían desaparecido o, simplemente, no se habían abierto las casillas reglamentarias. Era difícil pronunciarse sobre la realidad de la votación, a la cual se añadió sin duda alguna la manipulación de los resultados. Sin embargo, la falta de acuerdo entre los antirreeleccionistas sobre qué posición adoptar al día siguiente a los comicios, mermó definitivamente la posibilidad de una insurrección general.

En el último libro que escribiera, *La flama* (1959), Vasconcelos relata una cena que habría organizado Antonieta en su casa de Nueva York con objeto de ganar la simpatía de algunas personalidades locales para la causa vasconcelista. Alrededor de una mesa con "copas de cristal y piezas de plata, vajilla inglesa y en la hilera del centro, las velas de parafina de color que ponen tono de discreción", Antonieta reunió a Samuel Inman, el director de la revista *La Nueva Democracia*, protestante y feroz defensor de Calles, a un redactor de *The Nation*, también convencido callista, a otros norteamericanos simpatizantes de México y al poeta Federico García Lorca. Narra Vasconcelos que la cena terminó en catástrofe, pues

Antonieta no pudo reprimir su indignación frente a unos invitados tan dispuestos a justificar la política de Calles. Antonieta los despidió con estas palabras:

> Este Señor Lamont, tan estimado de todos ustedes, el jefe de los banqueros de Wall Street, socio de Morgan y de Morrow, dio a la prensa neoyorquina, y ustedes lo saben, un cómputo de las elecciones mexicanas, a las once de la mañana del día de la elección, es decir, siete horas antes del cierre de las casillas. Este cómputo se lo habían enviado de México la víspera de la elección. Esto, en cualquier parte del mundo, es una canallada que ningún hombre de bien puede tolerar.

Si bien se reconocen el estilo y el tono de Antonieta en el relato de Vasconcelos, se puede dudar de la cronología de los acontecimientos, tal como él la refiere 30 años después. Es difícil creer que la cena haya tenido lugar inmediatamente después de la publicación de los resultados de la elección en Nueva York, pues Antonieta se encontraba todavía en el hospital. Toda la estancia de "Valeria" en los Estados Unidos que Vasconcelos describe en *La flama*, coincide escasamente con las razones que ella remite a Rodríguez Lozano. Es evidente, pues, que Antonieta elaboraba, para el pintor y para el maestro, versiones muy encontradas de sus intenciones y de sus actos...

Vasconcelos se había refugiado en el puerto de Guaymas, donde lo custodiaban elementos del ejército con el pretexto de protegerlo. Había actuado su parte en esta empresa de salvación nacional, se había proclamado "presidente electo de México" y esperaba que el pueblo tomara las armas para defender un voto que, en rigor, no había sido tomado en cuenta. La confusión y la realidad impidieron que unos cuantos brotes de insurrección se convirtieran en el levantamiento que esperaba el apóstol encadenado.

La víspera de la publicación del Plan de Guaymas, el 1º de diciembre de 1929, Vasconcelos habló a Nueva York. Un amigo y agente suyo, encargado de conseguir una cita entre

Vasconcelos y el presidente Hoover para explicar la verdad de la situación mexicana, le pidió que se presentara urgentemente en Nueva York. Vasconcelos habló después con Antonieta que le reclamó también su presencia, aunque fuera por motivos más personales. Vasconcelos no lo pensó más y esa misma noche tomó el tren.

Sin embargo, los planes para lograr la entrevista con el presidente de los Estados Unidos fracasaron y, en cosa de días, sus simpatizantes fueron desistiendo uno tras otro en una fatal cadena de abandonos y traiciones. La única que quedó a su lado, asumiendo ahora su papel de indignación y furia, fue Antonieta. Vasconcelos desahogó en ella la ponzoña acumulada durante los últimos meses; se apoyó en ella, madre y Minerva; la alabó y la bendijo. La amó como si ella fuera la única sobreviviente de un naufragio total y con eso tuvo para reconquistar su devoción.

Antonieta tenía más nobleza que interés en el alma. El reencuentro fue ajetreado, nervioso y, en cierta medida, exaltado por las exigencias políticas. De inmediato se instalaron en largas noches de conversaciones, de cólera y de amargura. Antonieta no supo de dónde sacó las fuerzas descomunales para remover la lápida de calumnias, traiciones, desinterés y olvido que poco a poco iba ahogando los gritos del apóstol. Antonieta comprendió que el olvido era, en México, la piedra sepulcral más pesada que podía existir. De ser necesario, Antonieta juró que removería la tierra entera alrededor de ese sepulcro que todos, con demasiada prontitud, pretendían sellar con su silencio o su indiferencia.

Antonieta trató de ser María Magdalena y Virgen María para su Cristo crucificado. Fue sucesivamente Valeria —el nombre de combate que Vasconcelos le dio a su guerrera Minerva del 1929— y Antonieta: un manantial de amor puro que, durante años, había querido brotar sin encontrar un hombre lo bastante sediento de sus aguas. Antonieta organizó comidas en el *Village* con los hispanos susceptibles de participar en la denuncia; pero éstos se limitaban a mirar a la pareja con una mezcla de preocupación cortés y de tedio obsequioso. Probó sus contactos con la prensa local, pero Calles pagaba con "ruedas de oro" a los que en *The Times* y en *The Nation* fingían comulgar con su hostia. Hasta se dijo que Antonieta había amenazado matar al Presidente de los Estados Unidos, si bien el rumor denota más estupidez en sus creyentes que en la iniciativa misma. Proyectó escribir a todos los intelectuales de cierto renombre en el mundo para que propagaran la renovada historia del Judas coronado y del Cristo inmolado. Pero las cajas registradoras de Wall Street tenían un poder de convencimiento más poderoso que las indignaciones bien redactadas de intelectuales como Romain Rolland o Gabriela Mistral. Antonieta removía la tierra como si cavara trincheras mientras que con su amor embalsamaba las heridas de su héroe en desgracia.

Antonieta regresó a la cresta de su impetuosa pasión. El dolor la purificaba. Pero no solamente el dolor propio sino también el ajeno. Cuanto más sufría su amado, tanto más generosa se volvía su devoción. La conmovían las figuras derrotadas, y esto a pesar de un rechazo a la derrota dictado por su indignación y su orgullo. Era capaz de una ilimitada entrega cuando alguien, como era el caso de Vasconcelos, venía a pedirle su apoyo y su amor. Después de una crisis como la que acababa de padecer, la reconfortaba sobremanera no un brazo para afianzar sus pasos convalecientes, sino poder prestar el suyo a quien le pidiera su sostén. Además de su amor, se sentía maravillada por el hecho de ser necesitada.

A mediados de diciembre, la pareja decidió mudarse a California. Allí, la familia de Vasconcelos esperaba el retorno del guerrero. Antonieta se adelantó y se instaló en el *Park Vista* de Los Ángeles, un hotel de lujo que miraba al Westlake Park. El día 20 llegó Vasconcelos, haciendo una de sus mejores representaciones de amante apasionado. "Hoy espero a mi Dragón, hoy o mañana, viene en auto quemando el camino, así es su prisa", le confiaba Antonieta a su querido García Lorca. Pero alrededor de ese arrebatado presente había una tiniebla de incertidumbres a punto de trocarse en amenazadoras nubes de tormenta.

"Mi padecimiento comienza y acaba en un mismo punto: veo México escrito en círculo y yo girando, presa y clarividente en ese infernal tormento", escribe a su *Federico mío.* Los fusilamientos del general Bouquet y de un puñado de rebeldes en Nogales significaban que, para el gobierno, el juego había terminado. Durante un año, el gobierno había tolerado la farsa de la democracia poscallista, pero ya era hora de volver a la "normalidad". México reanudaba la continuidad fársica después de la zancada vasconcelista. Las viejas ilusiones se apagaban con la misma velocidad con que las balas impactaban los cuerpos de los insurgentes. Los "muchachos" aprendían a esconderse, temerosos de que su sola presencia pareciera un desafío al orden restablecido. Aprendían el arte de hibernar.

Si México estaba vetado, ¿qué porvenir deparaban los Estados Unidos a Antonieta? La cercanía de Serafina, la esposa de Vasconcelos, era una situación más bochornosa que amenazante. Serafina, discreta sombra de Vasconcelos, se había acomodado a situaciones similares y hasta más escandalosas. A Vasconcelos esto no le preocupaba mayormente. Lo que le quitaba el sueño era la dificultad de trazar planes para un futuro que no se abría hacia ninguna dirección. Había que esperar y, mientras tanto, aceptar como una inconmensurable gratificación los momentos de paz y de amor robados al asedio de la tormenta inminente.

El reciente ajetreo y el terror a la represión en México volvieron a cobrarse su cuota en la salud de Antonieta. Sus nervios la torturaban hasta en los momentos de euforia. Para ocuparse en algo, decidió escribir la historia de la campaña para dejar un testimonio a México, y comenzó a entrevistar a Vasconcelos sobre los episodios que ella no había vivido. El olvido era el único lujo que Antonieta jamás quiso darse. La firmeza con la que decidió defender la memoria de su país se comenzó a traslucir en su vida privada, a la que también añoraba ponerle un orden. Por primera vez, explicó sin rodeos a Manuel su relación con Vasconcelos:

> ...llegó por mí con la docilidad y la avidez de un niño que había perdido su único apoyo y consuelo. No es tiempo ya de detenernos a considerar si hice bien o mal al dar, sin usted sa-

berlo, como quien da una limosna de pan, algo que usted tanto tiempo rechazó. Es tiempo que usted sepa, como yo lo sé, que se ha realizado en realización perfecta la amistad absoluta y eterna que usted tanto luchó por asentar, ya que mi vida de mujer pertenece definitivamente a quien tanto la necesita.

Sin embargo, el desprendimiento no podía ser total. Como una venganza que traicionaba todavía un resquicio de esperanza, Antonieta añadía: "Si su amor, Manuel, no estaba sólo en lo eterno, sino pedía, como el mío pidió y mendigó tanto tiempo, un rinconcito de calor terreno, entonces comprenderé que cambie usted conmigo." Antonieta lo retaba con sus propias armas.

La Navidad de 1929 trajo, como todos los años desde la fúnebre Navidad de 1926, una fuerte recaída en su salud. Al recuerdo de la agonía de su padre se aunaban las complicaciones económicas, la dolorosa falta de su hijo y la amenaza de una pronta resolución de su pleito de divorcio que le podía hacer perder lo ganado. Vasconcelos intentó hacerla entrar en razón: le pidió que aceptara compromisos, que cediera en algunos puntos, que se evitara mayores degastes legales con su marido y con su madre, que seguía peleando la herencia de don Antonio. La conminó a la cordura, le sugirió que cambiara de apoderado para solucionar de una buena vez una situación económica que se veía más que comprometida por las disputas legales. Antonieta se limitaba a prometer que así lo haría, pero sin precisar cómo ni cuándo.

Vasconcelos partió para Colombia a donde lo habían invitado en calidad de conferenciante y de opositor político. La separación sería transitoria. Vasconcelos recordaría después: "Acordamos que, una vez terminada mi gira por el Sur y arreglados satisfactoriamente los asuntos de ella, tornaríamos a reunirnos en algún lugar del extranjero donde pudiéramos dedicarnos a redactar la revista que sería baluarte contra la calumnia y un ariete contra los enemigos de la patria." La revista sería su nueva *Antorcha*. Vasconcelos se embarcó rumbo al Sur, satisfecho con el arreglo. Sin embargo, preso en la casa flotante, escribía que una melancolía profunda lo embargaba, lejos de sus familiares, de sus amigos y de "Valeria", que "me dolía y me preocupaba".

Vasconcelos tenía razón en preocuparse por Antonieta. Todavía a principios de abril seguía en Los Ángeles, sin haber cumplido su parte de las promesas. Un acontecimiento ajeno a su voluntad decidió su regreso a México: el 1º de abril de 1930, recibió un telegrama de Manuel que le anunciaba la muerte de don Manuel, padre del pintor y apoderado de ella. Resintió la muerte del anciano como la de un segundo padre, con un dolor no exento de remordimientos, pues don Manuel había padecido a causa de sus terquedades, de sus huidas y de todos los líos que le había hecho enfrentar en su nombre. La muerte de don Manuel la obligaba a adelantar el regreso, "pues faltándome él, sé que es preciso que yo me enfrente con la situación y la salde para siempre." En realidad, sólo se trataría de una tregua antes de la nueva y definitiva huida.

CAPÍTULO XII

¿Qué es lo que tanto amas en las partidas, Ménalque?
Contestó: —El sabor anticipado de la muerte.

ANDRÉ GIDE, *Les nourritures terrestres*

COMO si la vida fuera una espectacular demostración de gimnasia, Antonieta multiplicó los saltos mortales y los inexplicables equilibrios a su regreso a México, un regreso que era un trampolín para saltar más alto, más lejos y de forma más arriesgada.

En el apremio de volver a ver a su hijo, toleró la idea de regresar al laberinto legal que la esperaba. En varias ocasiones, le había rogado a su madre que le llevara al niño a Los Ángeles, abriendo así la posibilidad de una eventual reconciliación con doña Matilde, a quien, por primera vez en su vida, le pedía ayuda y complicidad. El juicio de divorcio se había complicado de tal manera que Antonieta había perdido todo lo ganado en la primera sentencia. La resolución de la segunda sala del Tribunal Superior de Justicia reformó la sentencia pronunciada en aquella ocasión por el juez octavo de lo civil, absolvió a Blair de la demanda de divorcio por abandono de hogar, revocó todas las partes alusivas a la pensión alimentaria y anuló el pago de los 40 000 pesos pedidos por Antonieta como compensación por los gastos de su estancia en Europa. Un largo alegato de juristas zanjó el pleito de una manera extraña: si el juicio descansaba en la comprobación del abandono de hogar por parte de Blair, había que ponerse de acuerdo sobre cuál era el domicilio conyugal y, ya después, si en efecto Blair lo había abandonado. Si, en el caso de Blair, se revisaron exhaustivamente las razones de sus cambios de domicilio, incluso de país, para concluir que estaban justificados por sus negocios, en el caso de Antonieta —y de cualquier mujer en esa época— la cuestión era mucho más sencilla: su domicilio era *el de su marido*. Según esta impecable lógica, Blair no podía ser acusado de abandono de hogar: se hallara donde se hallare, la ley decía que cargaba sobre sí techo, paredes, ventanas y hasta un pedazo de jardín...

La furia de Antonieta al enterarse de esta resolución, y sobre todo de sus fundamentos legales, fue mayúscula. Le quedaba un último y único recurso antes de agotar el venero de la legalidad: ampararse ante la decisión en la segunda sala. Se recibió su demanda y se turnó el asunto a la tercera sala, donde Antonieta contaba con un aliado en la mesa de los magistrados, Vásquez del Mercado, quien fue el único que votó en favor de la concesión del amparo. A los cuantos días de su regreso a México, el 24 de abril de 1930, se dictó la sentencia de la tercera sala: se negaba la procedencia del amparo y se confirmaba la validez de la sentencia de la segunda sala.

Sólo quedaban tres caminos: la resignación, la negociación con Blair y la guerra de guerrillas. El carácter de Antonieta le vedaba la resignación —¿para qué tanta pelea si, en el último momento, tendría que aceptar la humillación sin poder chistar siquiera?—; la segunda solución había sido la recomendada por Vasconcelos, pero éste andaba tan lejos, tan despreocupado del destino de Antonieta y de su hijo, y tan egoístamente entregado a los banquetes y a la champaña con la que regaban su gira por Centroamérica... Además, para la negociación, hubiera sido necesario que las dos partes se sentaran con una mínima buena disposición, y los ánimos estaban caldeados a una temperatura muy ajena a la cortés templanza de la diplomacia. Antonieta optó por la tercera solución.

En menos de dos meses tramó un complicado plan para evadirse. La sentencia le prohibía salir del país sin la autorización de Blair y lo mismo sacar a Donald Antonio. Antonieta comenzó por recurrir a la complicidad de un funcionario de la Embajada inglesa (un coronel Mitford que, dada su baja estatura, parecía una muñeca cuando se vestía de escocés) para obtener dos pasaportes británicos que, en rigor, su matrimonio con un ciudadano inglés legitimaba. Todo se realizó con tan extrema prudencia y discreción que resulta difícil reconstruir en detalle el mecanismo de la fuga.

En un primer momento, Antonieta había pensado adelantarse sola en tren hasta Tampico y esperar allí que le pudieran mandar a su hijo en un avión para distraer así las sospechas de Blair en caso de que se enterara del viaje. Terminó marchándose por tierra con el niño, no sin tomar la precaución de mandar el equipaje por otro conducto. En Tampico, se escondieron una breve temporada en un rancho apartado del puerto, que pertenecía a unos amigos de Antonieta, tan ejemplarmente discretos que, hasta la fecha, se ignora su identidad. Con los calores de junio se temió el paludismo, por lo que Antonieta decidió proseguir en la siguiente etapa: Nueva Orleáns, donde otra aliada esperaba a los fugitivos. Se llamaba Monie, madre de un compañero de Mario su hermano, cuya amistad se remontaba a los tiempos en que Mario estudiaba en Princeton.

El 23 de junio de 1930, desde Tampico, Antonieta le escribió a su hermana Amelia: "Te quiero recomendar especialmente que te encargues de dos cosas: 1) que veas si el amigo de las Cabrera puede pasar mi equipaje a casa de Monie. Avísenle por carta que va, recomendándole que no le escriba a mamá nada respecto a nosotros." La segunda recomendación se refería a un envío de dinero, indispensable para "poner a salvo a nuestro muchachito". La carta estaba firmada: "tu hermana, Josefina". Antonieta escamoteó de casi todo el mundo el destino final de su viaje. Hizo creer que se dirigía a Inglaterra, cuando el destino final, vía Nueva Orleáns, iba a ser Francia.

Las únicas indiscreciones que cometió Antonieta fueron con Vasconcelos y con Rodríguez Lozano. Al primero, le mandó un cable a Quito para anunciarle que se fugaba de México con su hijo. La gira de Vasconcelos estaba a punto de concluir. De Ecuador, donde se encontraba a principios de julio de 1930, viajó a Cuba para reunirse con Serafina y con José, su hijo, que, durante la gira, habían permanecido en Nueva

York. La noticia de la fuga de Antonieta enfureció a Vasconcelos, que comenzaba a cansarse de las locuras de esta mujer que, además de desobedecer constantemente sus consejos, cargaba ahora con el estorbo de un hijo. Se negó a comunicarse con ella desde La Habana.

Los días de espera en Nueva Orleáns fueron tan tormentosos como las aguas de aluvión del Mississippi. El fantasma del suicidio comenzó a rozar con sus trapos el rostro de Antonieta. Desde la cubierta del buque de ruedas al que solía subir a pasear con su hijo, miraba los remolinos en el agua espesa. Se le antojaba imposible llevar la huida a término, no se sentía con fuerzas para "saltar las trancas definitivas" y cortar las amarras para siempre. El fondo del río Mississippi se le antojaba un lecho de reposo eterno e inmediato. Miraba al *Chacho*, empeñado en comportarse como un hombrecito a pesar de sus escasos 10 años, y la cancelaba el dolor de abandonar al hijo recién recobrado. Sus miradas se cruzaban y Antonieta veía en él sus propios ojos agigantados por la ternura melancólica de la incomprensión, y apretaba a su hijo contra su flanco para acariciar su cabeza en el hueco de la cintura. El calor húmedo se pegaba a los cuerpos como la mala suerte y las manos de Antoñico manchaban de sudor la seda de su madre. Eran, juntos, la imagen pura del naufragio. Antoñico, frágil, cobijado contra el vientre que lo había parido, se convertía a la vez en el mástil que enderezaba el barco tambaleante de su madre, metido ya en el aprendizaje callado de apuntalar sus ánimos siempre a punto de derrumbarse.

La travesía hacia Europa fue marcada por un acontecimiento inesperado para Antonieta en esos días de tensión y de desencanto. Un oficial del barco empezó a cortejarla de forma asidua e insinuante. El hombre, probablemente francés, era, como lo definió Antonieta, "un macho hermoso, acostumbrado a causar placer". No fue únicamente el despecho provocado por el silencio de Vasconcelos lo que llevó a Antonieta a vivir esta aventura con el oficial. Quizá, por única vez en su vida, Antonieta cedió al placer sin buscar más justificación que la satisfacción inmediata de su deseo.

Antonieta y su hijo llegaron a París a finales de julio. Se alojaron en un pequeño hotel cerca del Campo de Marte. Su presencia en París debía conservarse secreta y para prevenir que Blair se enterara de su paradero tenían que vivir en un anonimato casi absoluto. En la espera de una instalación menos eventual, se dedicaron a visitar parques y museos, y a oír, de cuando en cuando, algún concierto de música. Los fondos limitados que Antonieta había traído consigo obligaban, además, a una vida moderada. Su administrador en México, el licenciado Moreno, le mandaría mensualmente una remesa que correspondía a la parte de las rentas que se distribuían entre ella y sus hermanos. La cantidad acordada le permitiría vivir, sin lujos, la suerte de retiro espiritual en que ahora había decidido convertir su vida.

A su llegada, Antonieta buscó al cónsul general de México en París, Arturo Pani, que, desde tiempo atrás, era amigo de su familia. Era un hombre digno de su confianza y representaba una posible ayuda en caso de necesidad. Pani guardaba un especial afecto a Antonieta; la estimaba y quizá estuviera un poco enamorado de ella, en uno de esos enamoramientos que se manifiestan más en una actitud protectora y servicial que en un asedio amoroso. Sin embargo, después de verse, Antonieta le hizo creer que ella y el niño partían a instalarse por un tiempo a Inglaterra.

Antonieta había arreglado una dirección en Tampico donde se recibiría la correspondencia que, después, se le mandaría a Francia. Pero, a principios de agosto, cometió una nueva indiscreción con Rodríguez Lozano al mandarle una dirección en Burdeos donde podía recibir correspondencia directamente. Era la dirección de Carlos Deambrosis Martins, el agente literario de Vasconcelos para Europa e Iberoamérica, que vivía con su esposa en el número 2 de la Place Armand Falheres, en Talence, Gironda, es decir, en las inmediaciones de Burdeos. Por supuesto, le pedía una absoluta discreción, pues él era, aparte de Vasconcelos, el único en México que sabía dónde estaba. Le hablaba de su amor recobrado por su hijo, "la eclosión de un amor latente, milagroso como todo amor, revelador y luminoso", y de sus deseos de ponerse a trabajar en la soledad a la que la obligaban las circunstancias. También reiteraba la continuidad de su relación con el pintor y la esperanza de reencontrarse con él, pronto, en Francia.

Esta comunicación deja suponer que Antonieta ya había resuelto abandonar París para refugiarse en el puerto atlántico. No fue sino hasta el 12 de octubre de 1930 cuando se instaló "definitivamente" en Burdeos, en una pensión situada en el 27 de la calle Lechapellier, bajo la protección cariñosa de la señora Lavigne y de su hija Irene, las dueñas. Estas dos nuevas hada madrinas acogieron a Antonieta y a Antoñico como si fueran los miembros añorados de una familia lejana. Irene, apenas salida de la adolescencia, cuidaba de Antoñico como de un hermano menor, le daba clases de francés y, por las tardes, repasaba con él las tareas escolares. La pensión no era lujosa, pero tenía la placidez de las casas provincianas. El cuarto que eligieron Antonieta y el niño era amplio y con la comodidad poco frecuente en Francia, de contar con un baño privado dentro de la habitación. Un cancel separaba la cama de Antoñico y daba así una ilusión de intimidad. El mobiliario correspondía poco al habitual refinamiento de las casas de Antonieta: el papel tapiz con escenas de cacería transpiraba un inevitable mal gusto e impregnaba la casa con su olor de Antiguo Régimen venido a menos. Pero Antonieta decoraba este dudoso gusto con la añoranza de un hogar que, desde hacía tanto tiempo, faltaba a su vida. En la chimenea de su cuarto dispuso los retratos de su padre y de Amelia para reconfortar la vista con los dos seres que, de toda su familia, más quería y más la habían querido. Finalmente, arregló su mesa de trabajo cerca de la ventana por donde entraba la clorótica luz del otoño bordelés.

La entrada de Antoñico al liceo había sido uno de los motivos para elegir a Burdeos como nueva tierra de arraigo, pues allí había estudiado el padre de Antonieta. Para ella, era más que una coincidencia ver a su hijo franquear la puerta del mismo liceo, atravesar los mismos patios llenos de árboles apacibles e imaginarlo sentado en la misma banca de madera clara donde don Antonio, 60 años antes, había desgastado sus primeros pantalones largos, en una confianza casi supersticiosa de que, por estudiar allí, Antoñico tendría la misma sólida formación que su abuelo.

Carlos Deambrosis Martins representaba un contacto con América y con Vasconcelos. Atendía a Antonieta como si fuera otro de los muchos encargos del Maestro. Es probable que Antonieta haya recurrido a él para encontrar pensión y para resolver los aspectos prácticos de su mudanza. Deambrosis era de la misma edad que Antonieta, pero su juventud en muy poco le ayudó a comprender lo que él juzgaba como "locuras". Se lo impedía su espíritu limitado y una especie de rencor hacia los ricos que no saben trabajar y derrochan el dinero que no les ha costado ganarse. Este rencor social fue una de las razones por las que Deambrosis y su esposa, Simone, nunca intimaron con Antonieta. La ayudaron, sí, pero el cariño no fue la guía de una ocasional generosidad dictada más bien por su obediencia a Vasconcelos.

Burdeos se tornó, pues, en un claustro que ofrecía pocas oportunidades de diversión, susceptibles de estorbar el trabajo al que Antonieta pretendía dedicarse en cuerpo y alma después de lo que llamó su *wander year* en la campaña presidencial y en los Estados Unidos. Por primera vez, Antonieta ponía, al principio de su lista, por encima de cualquiera otra cosa, su trabajo de escritora, es decir, a sí misma.

Pero octubre terminó sin que Antonieta hubiera escrito una sola línea en el escritorio junto a la ventana. Claro, había habido que instalarse, organizarse en lo más elemental, inscribir a Antoñico en el liceo (cuyos cursos empezaban el 18 de octubre), conocer la ciudad y hacerse de un pequeño entorno íntimo.

Tenía la intención de escribir la memoria de los acontecimientos políticos de 1929. Sacó las notas que había tomado en Los Ángeles y empezó a ordenarlas. Aspiraba a un estilo objetivo, descriptivo y casi seco para consignar la reciente bancarrota de la democracia mexicana. Pero el obstáculo no estaba en el estilo. Una resistencia inconsciente le impedía concentrarse en el trabajo. Cuando releía las notas, no era tanto el dolor de la derrota política el que se reavivaba en ella, sino el recuerdo de la temporada en Los Ángeles, las promesas de Vasconcelos y su sucesivo desinterés y abandono. Se confundían en su mente la historia y el hombre que la había protagonizado. Frente a la historia, sentía una obligación moral; frente a su protagonista, un coraje y una desilusión íntimos que estorbaban el heroico trabajo que ella pretendía realizar.

Intentó sobreponer la razón histórica a la pasión sentimental y, en los primeros días de noviembre, consiguió organizar el material de cada capítulo, desde el que narraría los antecedentes de 1928 hasta el que contaría el fatídico 17 de noviembre de 1929, día del fraude electoral. La dificultad consistía en revivir la "infinita pasión desesperada" que sentía por México y que la había arrojado a la tormenta política. Al enfrentarse a este problema, Antonieta estaba haciendo precisamente, su aprendizaje de escritora: tenía que relatar pasiones ajenas a ella o que le habían pertenecido y había olvidado y, por medio de la literatura, tornarlas vivas y presentes. Pero Antonieta flaqueaba y se inventaba ocupaciones que le evitaran enfrentarse al doble reto, emocional y literario. Volvió a estudiar piano; se dedicaba a su hijo, cuidando de él como nunca antes lo había hecho. En un curioso dilema, hasta prefirió tejer para entretener las manos que se resistían a teclear la máquina.

Por fortuna, la inteligencia de Antonieta no tardó en poner fin a estas dilaciones. El invierno opaco que se cernía, la quietud ambiental propiciaba "la convalecencia, el asombro de volver a sentir la vida" y esto la condujo a un examen de conciencia: una cosa había sido la vida, otra sería la obra. Escribir ese relato significaría saldar una obligación moral ("si no escribo yo quizá nadie escriba en la forma debida") y, de pasada, purificarse con el sufrimiento del recuerdo.

El 6 de noviembre de 1930 inició un diario que es, entre los que llevó intermitentemente durante su vida y desde una temprana edad, el único que se conserva. Este diario representaba el ejercicio anticipado de la verdad que pondría en su obra de creación, una vez que saldara su deuda moral con México. Hasta ese momento, confesaba Antonieta en la primera página del "Diario de Burdeos", "todos los diarios comenzados ocultaban el móvil profundo" del género, sus secretos íntimos, por temor a que cayeran en manos de su marido. En éste, se proponía levantar la prohibición, "limitación que ahora es preciso vengar si quiero llegar a escribir con la verdad, única justificación de ponerme a escribir. Esa verdad que lleva uno dentro, que alimenta, teme y adora. Esta verdad íntima, difícil de forzar, como una virgen".

Su mayor limitación no estaba en la falta de valor ni de sinceridad, sino en su obstinación por vivir siempre en aquello que había percibido Villaurrutia: las alturas de la trascendencia. Por esto, el buceo en pos de la "verdad íntima" derivó rápidamente hacia los superlativos, la hipérbole y la proclamación de principios que hacen de su prosa un exasperante enrarecimiento del aliento interior. Reiteradas veces se propuso "desmenuzar las resistencias y dejar que suban a la superficie las verdades dolorosas, lamentables, vergonzosas, sublimes, de que está hecha nuestra humanidad". Los momentos en que afloran esas "grandes verdades" son escasos, mientras que las pequeñas verdades de lo cotidiano, que son también una manera de retratar nuestra humanidad, no lo hacen jamás. La morralla de la vida está ausente del "Diario de Burdeos" como una significativa resistencia de parte de Antonieta por verse a sí misma en una dimensión carente de *pathos*. Vivir era, para ella, trazar líneas hacia adelante y hacia atrás —estas constantes que conjugan por igual la superstición y el destino— sin reparar casi nunca en el hecho de que a una línea la componen innumerables puntos. "Se diría que soy toda tensión, de voluntad, y que me he fijado una meta lejana, difícil, en la cual clavo los ojos para no dejarme sentir este abismo que es mi vida, abismo de la soledad anhelada." La imagen del arco tensado que apunta a una meta lejana es bastante elocuente de la idea que tenía Antonieta de su vida: una flecha que *debe dar* en el blanco en una línea sin curvas que rasga el aire de las alturas en pos de un destino. Incluso cuando habla del instante y de la plenitud, su tono se contagia de los absolutos por los cuales abraza o rechaza la vida: "Es vivir, es hoy, es este instante en su plenitud lo que me mueve, es ahondar mi conciencia, es recrear mi mundo, y convalecer de haber vivido allá donde todo es pasión y choque y aniquilamiento. Tierra de sismos."

La contraparte de los absolutos eran las exigencias. Ya encarrilada en la redacción de *La campaña*, Antonieta trazó ahora un plan de trabajo que habría de regir su vida hasta el año de 1935. Para ese entonces, su hijo, que tendría 16 años, estaría en la edad de decidir razonablemente entre su padre y su madre. Esos cinco años que Antonieta se proponía pasar en Burdeos, serían suficientes para su propia maduración y para escribir sus primeros libros. Como Sor Juana se cortó la cabellera hasta que no dominó la gramática, Antonieta se prohibía retornar al mundo antes de finalizar, en 1933, su aprendizaje del latín, del griego, del alemán y de la música. Mientras realizaba estos estudios, escribiría el relato de la campaña; una novela titulada *El que huía*; tres estudios sobre diferentes tipos de maternidad ("la madre animal", "la madre virgen", "la madre amante"); unas obras de teatro inspiradas en José Toral, asesino de Obregón, y Germán de Campo; otra novela que se llamaría *Amantes*; uno que otro cuento; colaboraciones para la prensa norteamericana; traducciones y reseñas de libros cuya lectura constituiría otra faceta de su formación.

Este ambicioso plan de trabajo no era una quimera. Durante noviembre y diciembre, dedicó de 8 a 10 horas diarias a la redacción de *La campaña* y a sus diversos estudios. Escribía —como era su costumbre— a una velocidad asombrosa, y en menos de un mes terminó las poco más de 100 páginas que se llevó el relato de la campaña. Lo que faltaba del año se puso a revisar y corregir, dura prueba que nunca había compaginado con su poca inclinación a la paciencia y a la constancia.

La inmersión en materia de política reavivó en ella el interés por los procesos de cambio que estaban sucediendo en diversas partes del mundo, pero ahora en calidad de observadora y de comentarista eventual para las páginas de su diario. España, la Unión Soviética y la India eran, aparte de México, sus centros de atención. La República que se preparaba en España para poner fin a la dictadura de Primo de Rivera la tenía en un estado de viva expectación. El interés por la Unión Soviética, en esa época en la que, en Francia, muchos intelectuales se ilusionaban con la idea de un nuevo tipo de sociedad, le vino originalmente de la lectura de *Mi vida* de León Trotsky. Más allá de la evaluación de los procesos políticos y sociales, le interesaba la manera como Trotsky escribía la historia, la propia y la de su país. Antonieta iba afirmando sus premisas de escritora por inspiración y, sobre todo, por oposición. Intuía lo que tenía que ser, la literatura moderna. Por un lado, pensaba que lo que ella llamaba la "neutralidad" en la Historia era imposible e indeseable, que lo más importante no era *resolver* sino plantear las preguntas adecuadas: "...jamás he creído que la labor del escritor consiste en reflejar, sino en intervenir". Por el otro, sostenía que la literatura mexicana debía huir del "color local" que sólo corresponde a "la demanda europea de lo curioso". Pero esto no significaba fundar el "valor universal" de la literatura mexicana en temas o mentalidades ajenos sino, precisamente, en encontrar la verdadera hondura de lo local para que así, siendo profunda y genuinamente mexicana, la obra alcanzara este valor universal sin el cual no podría calificarse como obra de arte.

Pero el aspecto más atractivo de sus actitudes sobre la literatura tenía que ver con su proyecto de creación novelística, que no alcanzó a realizar. Antonieta sabía que su éxito dependería de su capacidad para expresar lo que la constituía y la distinguía de otros escritores: su ser mujer. De haberse cumplido su voluntad de sacar a la superficie las verdades íntimas que configuraban su grandeza y su miseria, Antonieta hubiera sido la primera de las grandes escritoras modernas de México.

Pasada la segunda quincena de diciembre (y después de haber escrito en su diario: "Estoy bien en mi quieto retiro y sólo anhelo que dure el tiempo en que mi hijo crezca"), Antonieta volvió a caer en una de sus cíclicas crisis de agotamiento nervioso. Esta vez, en una entrada del diario, Antonieta examinó los síntomas (conatos de mareo, náusea, fatiga, nerviosidad, súbito agotamiento y subsecuente jaqueca) y el origen del periódico malestar: la menstruación. "Sin gran temor a equívoco, la causa única es ésa." Es imposible determinar a ciencia cierta si, cada vez que Antonieta padeció sus frecuentes *break-downs*, el origen del mal fue el mismo, pero las conjeturas que hacía en ese mes lo dejan suponer. Consideraba estos trastornos como "la revancha del sexo destronado" y le preocupaba sobremanera su imposible compaginación con la actividad intelectual. Una reflexión final deja vislumbrar la gravedad del trastorno, que supera con mucho las conocidas perturbaciones de las mujeres en el llamado periodo premenstrual: "Se diría también que la irritabilidad, exagerada antes de este periodo, ha sido sustituida por trastornos más hondos que amenazan la médula misma de mi equilibrio, y que no son de superficie, sino de sustancia." El padecimiento premenstrual no es por supuesto una causa de suicidio —de serlo, cada mes, millones de mujeres se suicidarían—, pero puede explicar, como en el caso de Antonieta, el origen fisiológico de un rompimiento brutal del equilibrio nervioso, de una predisposición anímica para ver la vida y sus circunstancias con una "amargura casi total". Si a ese estado se agregan fracasos o desilusiones reales, la gravedad del padecimiento puede alcanzar dimensiones insospechadas.

Cerca de la Navidad, la situación se complicó por dificultades económicas. No había llegado de México la remesa ni tampoco alguna explicación al respecto. Antonieta había prácticamente agotado los fondos que trajo consigo y aún esperaba que sólo se tratara de un retraso, de algún embrollo pasajero. Le pidió a Carlos Deambrosis que le prestara un dinero que le devolvería en cuanto recibiera el envío de México. Deambrosis le entregó 2 500 francos, que eran todos sus ahorros. Más tarde, le contaría Deambrosis a Vasconcelos:

> Pues no sé cómo ha vivido, porque, verá usted, el día que recibió mis fondos, se fue a una juguetería; era época de Navidad y le compró a su chico juguetes por valor de quinientos francos; a los míos les obsequió en forma que yo nunca he podido igualar. Y a mi esposa se la llevó al restaurante más caro de Burdeos; por cierto que, usted sabe, Simone es persona modesta y se sintió deslumbrada, casi molesta en aquel lujo. . .

La Navidad fue, a pesar de todo, apacible. Pasó casi como un día cualquiera. Sólo una carta de Vasconcelos llegó a perturbar la tranquilidad del fin del año. Le anunciaba a Antonieta su próximo arribo a Francia, tal vez para enero. Era la tercera carta que Antonieta recibía de él en ese mes. Desde Nueva York, Vasconcelos apuraba su salida y, de una carta a otra, se intensificaba su urgencia de reencontrarse con Antonieta.

La carta provocó el efecto de una tormenta tropical, como solía referirse Antonieta a las repetidas apariciones de este hombre en su vida. El diario se llenó entonces de especulaciones y de cálculos sobre lo que habría de ser su convivencia y si ésta todavía tenía oportunidad de ser. De una página a otra, los sentimientos de Antonieta oscilan entre la resurrección de su amor y el desprendimiento razonado que le dictaba su conocimiento del personaje. A ratos habla de matrimonio, para luego restringir la relación a paréntesis amorosos en el marco de la colaboración profesional para la revista que venía a fundar Vasconcelos.

La noticia de su llegada fue un golpe duro para el precario equilibrio que Antonieta había logrado construir, mal que bien, en su refugio de Burdeos. Su "obra" se había vuelto un ancla —como antes lo había sido Rodríguez Lozano— para contrarrestar los arranques de la pasión y su necesidad de un amor carnal. En los últimos días de diciembre, mientras seguía revisando *La campaña*, se sumergió en la lectura de Nietzsche, a quien comenzó a llamar "su piedra de afilar" porque con su lectura templaba la fortaleza de carácter que le permitía afirmar: "Mi vida es tal y como la he deseado, libre, dura, solitaria." Repetía entonces con el filósofo de Sils Maria, la profesión de un credo personal: "Vivir es una aventura."

La lectura de Nietzsche, sobre todo de *Humano, demasiado humano*, la galvanizó a tal punto que le dio por organizar su vida futura como una partida de ajedrez: en lo que respectaba a Manuel, decidió sacudirse definitivamente su tutela restrictiva; en lo concerniente a Vasconcelos, se aseguró no sin gracia: "Él necesita de mí más que yo de él y lo sabe. Tengo el encanto de un espíritu poco común, una belleza cuyo sabor espiritual y exótico retiene y un cuerpo cuya pasión potencial exalta." Optó por sostener una relación "intermitente", la única capaz de dejarle tiempo y energía para su obra y la única capaz de acomodarse con las olas de pasión y el subsecuente hastío que marcaban el ritmo de la vida amorosa de Vasconcelos. Sí, lo amaría; sí, sería su mujer, pero no caería en esa dependencia que era garantía de fracaso. Los planes de Antonieta se teñían de cierto cinismo que, sin embargo, no era sino un ejercicio de su lucidez. Vasconcelos ofrecía una "solución digna" a sus necesidades sexuales, siempre y cuando ella se preservara de su dependencia, se mantuviera a distancia y le tolerara sus apartamientos e infidelidades.

El 1º de enero de 1931, Antonieta saldó en definitiva su deuda con México. Era tal su urgencia de acabar con el relato, que gastó *todo* ese día en la revisión de las 10 últimas páginas. Se trataba también de hacer simbólicamente tabla rasa con el pasado y de abrir, con el año nuevo que comenzaba, el capítulo de su vida que iba a dedicarse a su obra de creación. Quería escribir una novela que la habitaba desde hacía tiempo como una obsesión. Encabezando la primera página del diario de 1931, una interrogación algo retórica reflejaba su temperatura interior: "¿Y no hay más belleza en ceder al instante violento y vivir el resto del tiempo en austero apartamiento, a convivir sin pasión?" La exaltación llegaba a su punto máximo antes de caer nuevamente en el pozo amargo de la depresión.

Antes de que se cumpliera la primera semana de su año de escritora, Antonieta padeció una nueva crisis, similar a la anterior. Su pensamiento se desvió curiosamente hacia Manuel, a quien escribía cartas llenas de interrogaciones sobre su silencio y de ponderaciones sobre su trabajo y su vida de "abadesa". Reanudó su diálogo con el pintor, participándole del inicio de su novela que dedicaba "A la amistad preciosa y permanente de Manuel Rodríguez Lozano". Al referirse a su relación con Vasconcelos —como siempre en las cartas y en persona—, Antonieta ahondaba la ambivalencia de sus relaciones con los dos hombres, pronunciando sobre sí misma juicios adversos sumamente tajantes. Después de informar al pintor sobre la inminente llegada de Vasconcelos a Francia y del proyecto de hacer conjuntamente la revista *La Antorcha*, Antonieta le asegura: "He resuelto aceptar [la colaboración en la revista], siempre y cuando respete la cancelación de toda relación personal. Ignoro si será capaz de tolerar ese freno; si no lo fuese, al diablo con su revista..."

Una breve tregua en su agitación interior le permitió iniciar la tan anhelada novela. La empezó el 22 de enero, pero sólo para, apenas unos 10 días después, volver a caer en cama. Las páginas que logró escribir —unas 30, redactadas con precisión y velocidad—, son prueba de su talento potencial. El argumento iba a ser el siguiente: el reencuentro de un "pobre diablo" mexicano, un intelectual diletante, con la realidad arrebatadora de su país. Quería ser una prolongación o un complemento de *La campaña*, en la que Antonieta quería proponer un "intento de valoración vital" del momento. El proyecto fue resumido a Manuel en estos términos: "Quiero echar un clavado en medio de lo más puramente mexicano, sin *jicarismo*, sin que a nadie se le ocurra hablar de *color local*, y pretendo hacer del libro algo humano, humilde, penetrante y translúcido, como ciertas mañanas de azul que me embriagaron."

En este puntual ciclo de ascensos y caídas, los primeros días de febrero fue atacada nuevamente por la crisis nerviosa. A petición de Antonieta, cuya situación habrá sido grave, pues se quedó en cama y no podía siquiera escribir, Irene Lavigne le escribió a Amelia pidiendo socorro para Antonieta y su hijo. Le pedía que malbaratara las alhajas que había dejado en México y le enviara dinero sin tardanza. Asimismo, le rogaba que inquiriera con su administrador la razón por la que se habían suspendido las remesas. Añadía Irene, tal vez de su propia iniciativa: "Todo eso es urgente, pues la enfermedad de su hermana es nerviosa y puede tener consecuencias graves. Con esta angustia vemos con pena que no puede subsistir..."

Irene Lavigne ignoró el carácter profético de sus palabras. Lo que auguraba en su carta, fechada el 4 de febrero de 1931, y que tal vez sólo eran fórmulas para apurar a los parientes al otro lado del Atlántico, se tornarían realidad a la semana siguiente.

La segunda carta que Irene Lavigne mandó a Amelia Rivas

Mercado está fechada el 12 de febrero. En ella, la joven resume la situación inmediatamente anterior al viaje de Antonieta a París:

> Hacía ya tiempo que su hermana no estaba bien; por falta de noticias y de fondos estaba en un estado de angustia alarmante. Mi madre y yo los queríamos a los dos mucho, y aunque no estemos en una situación próspera, sabían muy bien que mientras estuviesen con nosotras no hubieran padecido. En fin, eso fue lo que decidió su viaje a París, donde quiso ir para el asunto de una revista que iba a fundar con Vasconcelos. Tenía yo miedo, pues estaba débil todavía, pero me convenció de que era necesario para su subsistencia futura y la de Antonio.

Además de ir en busca de su subsistencia, como lo afirmaba Irene Lavigne, además de ir al encuentro de Vasconcelos, como lo prueban los hechos, Antonieta iba, como ella misma lo hubiera dicho, a alcanzar su destino.

CAPÍTULO XIII

CUANDO Vasconcelos desembarcó en El Havre, las brumas de febrero impedían la visibilidad en el muelle. No tardó en darse cuenta de que nadie lo esperaba. "Nadie" quería decir Antonieta. Le sorprendió su ausencia porque había mandado repetidos avisos de su llegada y los detalles de su itinerario. Se fue directamente a París y se hospedó en el hotel de la Place de la Sorbonne, en un cuarto que se abría sobre el domo de la antigua universidad. También allí *nadie* lo esperaba. Desilusionado, puso dos telegramas: uno para Deambrosis y otro para Antonieta, ambos dirigidos a Burdeos. Ni ese día, ni el siguiente recibió noticias de "Valeria". Antonieta lo sometía a una espera que apesadumbraba la grisura de París, comprimido entre el plomo del cielo y el fango en que se convertía la nieve indecisa.

Vasconcelos buscó en su agenda alguna compañía posible. Con rencor hacia la ausente llamó a una antigua amante, Consuelo Sunsín, que, en ese tiempo estaba por casarse con el conde de Saint-Exupéry. Pasaron la noche evocando el pasado y hablando de los planes futuros de Vasconcelos, es decir, de la revista que pensaba editar en Francia con la colaboración de Antonieta. Consuelo Sunsín ofreció buscarle apoyo y se despidieron con la promesa de volver a verse pronto. Para el segundo día, Vasconcelos ya no pudo disfrazar su necesidad de Antonieta y le escribió una larga carta. La noche llegaba rápidamente, suerte que el invierno parisiense depara a los que anhelan el cobijo de la oscuridad para olvidarse en el sueño de la soledad y el frío.

Temprano al siguiente día, irrumpieron en su cuarto Antonieta y Deambrosis, recién desembarcados de la estación de Austerlitz, después de viajar toda la noche en el tren. Para Antonieta comenzó en ese momento la cuenta regresiva: era el domingo 8 de febrero de 1931 y le quedaban menos de 80 horas de vida, menos de cuatro días en este París que, 20 años atrás había sido una fiesta, y que pronto cubriría su rostro con la seda negra del duelo.

Primer día: domingo 8

La efusión del reencuentro borró las puntadas de rencor, los porqués y los cómos de la tardanza y los respectivos reproches. Deambrosis tuvo el tacto de pretextar la renta de los cuartos y la instalación del equipaje para desaparecer. Vasconcelos abrazó a Antonieta como si recogiera entre sus brazos todos los frutos del mundo. Hundió la cara en su cuello, aspiró el perfume de su piel como si sorbiera oxígeno después de una larga asfixia y repitió su nombre como se bendice al milagro. Antonieta se dejó venerar, abandonándose al deleite de sentir, contra el suyo, un cuerpo de hombre que clamaba con urgencia su femineidad. Escuchaba en la repetición de su nombre el eco de su propia existencia: renacía a la sombra de esos labios ávidos que decían su nombre y su deseo.

Deambrosis reapareció prematuramente, resignándose a jugar de aquí en adelante un incómodo papel de *chaperon malgré-lui.* Vasconcelos propuso que se reunieran en un café de la plaza para desayunar "a la francesa", después de un baño reparador para los viajeros. Había mucho de que hablar. El asunto candente era el de la revista: una nueva *Antorcha* que, desde el otro lado del Atlántico, seguiría iluminando al continente americano con el testimonio de las luchas pasadas y reflexiones sobre los tiempos futuros. Deambrosis confesó que había desistido de su tesis de hacer la revista en Burdeos y que era necesario instalarse en París.

Los *café-crème* llegaron a la mesa cuando Vasconcelos comenzaba a poner en claro la situación financiera del proyecto: "No cuento con dinero suficiente para sostener un año de pérdidas. Y a menos que el público en Hispanoamérica responda, no podré continuarla mucho tiempo. La publicaré, de todos modos, porque he contraído el compromiso de hacerla y porque no es justo quedarse callado ante lo que ocurre en México." Antonieta los escuchaba sin intervenir.

En su cabeza, corrían las visiones de un hipotético futuro: viviría en París, en un estudio sencillo pero acogedor, se afanaría en su trabajo en la revista para asegurar un sueldo. Aunque fuera modesto, sería su primer trabajo remunerado, el comienzo de una subsistencia ganada gracias a su pluma. Por supuesto, seguiría con sus libros, sus novelas, sus cuentos; pronto, mandaría sus artículos a Buenos Aires y a Nueva York, se consagraría en París donde, a diferencia de México, ese país gobernado por rufianes, realmente se podía vivir de la escritura. Y así reinventaba el cuento de la lechera, mientras sorbía su *café-crème* y escuchaba con un oído distraído la conversación que versaba sobre las exiguas posibilidades económicas de la empresa. Como siempre, estas cuestiones pragmáticas le parecían obstáculos deleznables en comparación con la envergadura histórica del proyecto. Antonieta se repetía que no debía rendirse incondicionalmente a Vasconcelos, si es que quería mantener el interés de un amante demasiado pronto a desviar su atención cada vez que su sed ha sido satisfecha. Esperó el final del desayuno para invitar a los dos hombres a su cuarto. Tenía una sorpresa para Vasconcelos.

Sacó de su equipaje el relato de la campaña y se lo dio sin decir una palabra. Se lo entregó como una niña aplicada que enseña sus calificaciones a un padre habitualmente distraído: para atraer su atención, para merecer su aplauso y su admiración. Vasconcelos se asombró, leyó con avidez el primer capítulo y exclamó: "Esto merece que echemos hoy la casa por la ventana; no todos los días llega a París gente como ustedes. Comeremos en un restaurante bueno, magnífico, pero antes los voy a llevar a un sitio que sólo yo me sé, donde sirven un oporto único."

Había dejado de caer la horripilante lluvia que, en febrero, teje en el aire de París una helada cortina de desolación. Se encaminaron hacia la ribera derecha, atravesando el Sena frente a Notre-Dame. Las torres de la Catedral se perdían entre la humedad del cielo y Antonieta no pudo reprimir un leve escalofrío cuando levantó los ojos hacia las agujas del *iceberg* gótico. ¡Se sentía tan poca cosa al pie de esta belleza desmesurada! Apretó el brazo que Vasconcelos le había ofrecido para la caminata y sintió el calor humano que faltaba a la piedra gélida de la Catedral.

Vasconcelos abundaba sobre el don del estilo de Antonieta: claro, era muy "Gide", muy "postguerra", un estilo "seco, destellante, un tanto irónico y sustantivo, también desconsolado, pero no escéptico". Antonieta escuchaba, aprobaba los calificativos, pero no respondía nada, como si ya no le importara la sanción ajena. Recorrieron los portales de la calle de Rívoli en busca de la antigua *Adega* portuguesa que recordaba Vasconcelos. No la encontraron. Vasconcelos refunfuñó como un veterano de la primera Guerra Mundial, maldijo la norteamericanización de la Ciudad Luz y desafió a Juana de Arco a que resucitara y echara a los nuevos conquistadores de su tierra natal.

Se metieron a otro sitio donde la exquisitez de la comida disipó la afrenta. Para Vasconcelos, una buena comida era un asunto de pundonor y ordenó caviar para celebrar la ocasión. En cambio, a Antonieta la comida le parecía una obligada concesión a la existencia. Vasconcelos empezó entonces una burlona disquisición sobre el subdesarrollo que caracteriza el paladar de las mujeres. Antonieta se reía, objetaba que ésas eran teorías machistas, pero no había enojo en su tono, sino, al contrario, un coqueto desafío al hombre que tenía frente a ella y al que en ese momento amaba y deseaba.

Después de una siesta en el hotel, Antonieta le hizo a Vasconcelos un recuento de sus andanzas desde su separación en California: ¡cómo había enfurecido con cada amigo o conocido con el que se había topado en México! Hasta le insinuó una discordia con Manuel a raíz de un comentario de éste sobre la partida de Vasconcelos. Manuel insistía en que Vasconcelos debía haber permanecido en México. Antonieta contaba que había sentido que le hervía la sangre cada vez que alguien le preguntaba: ¿y qué hace Vasconcelos en el extranjero? Esto era una manera de decirle a Vasconcelos que seguía a su lado, *envers et contre tous*, hasta contra Manuel que, al igual que todos allá, se negaba a entender la situación. Antonieta eludía las preguntas sobre su situación personal. Su insistencia en mostrarle su lealtad era una forma cortés de mantenerlo a prudente distancia de sus problemas. Antonieta no estaba para desalientos: quería disfrutar ese primer día de reencuentro y aplazar, hasta lo posible, la realidad que la esperaba.

Vasconcelos lo intuyó y desistió de sus preguntas que eran, por supuesto, velados reproches. Organizó una cena frugal en su cuarto a la que invitó a Deambrosis, cuya presencia era un resguardo contra la tempestad que inevitablemente habría de ocurrir. Deambrosis propuso una ida al cine, pero Antonieta prefirió una caminata por el Barrio Latino. Poco después, ella y Vasconcelos se perdían por las callecitas de Saint-Severin, de La Harpe y de la Huchette, para subir luego a la Montagne Sainte-Geneviève y llegar al Panteón y al barrio de la Mouffetard.

Vasconcelos recordaría años después "el paso regulado, el leve, grato roce de las caderas que liga los cuerpos, sincroniza las almas de dos que se han unido en la ilusión de la eternidad". Mientras caminaban, Antonieta recordaba los largos paseos con su padre por el Barrio Latino cuando, prendida de su mano, el mundo se desplegaba ante sus ojos de niña como una promesa ilimitada. La sobrecogió la claridad con la que sintió la ausencia de su padre, ahora que volvía a pisar sus pasos de antaño, los mismos adoquines que habían hecho sonar el compás desigualado de sus pisadas. Otros pasos ahora se hermanaban con los suyos, pero lo que oía en el silencio de las callejuelas desiertas era el hueco retumbar de la ausencia, las pisadas del *Oso* que ya sólo eran callados aleteos de ángel. Comprendió lo que era "la ilusión de la eternidad".

Regresaron al hotel sin casi decir una palabra. Antonieta se carcomía con las interrogaciones que plantearía a Vasconcelos, apenas se instalaron en el cuarto de ella para pasar la primera noche juntos. Pensaba Antonieta que la pasión del reencuentro propiciaría una confesión amorosa y casi moral en su amante. A ratos sentía que era su obsesión, pero luego comprobaba que podía prescindir de ella de un modo total. La oscilación entre estas dos certezas la llevó a hacerle a Vasconcelos la pregunta que, según ella, debería inclinar el fiel de la balanza hacia algún lado de la verdad: "Dime si de verdad, de verdad, tienes necesidad de mí." El tono con que se lo preguntó, exaltado por la desesperación de jugarse la vida en un sí o en un no —"Dejar de ser esencial para el otro, ésta es nuestra tortura", decía Cocteau— apartó a Vasconcelos de la generosa exageración de los enamorados. Apeló a la verdad filosófica y pontificó con excesiva sinceridad intelectual: "Ninguna alma necesita de otra, nadie, ni hombre ni mujer, necesita más que a Dios. Cada uno tiene su destino ligado sólo con el Creador."

Era una manera de contestar y, a la vez, de evitar la respuesta. Antonieta esperaba las palabras de un hombre *apasionado*. Su expectación estaba justificada por la urgencia con que Vasconcelos había reclamado su presencia. Ahora que la tenía a su lado, ¿por qué se negaba a reiterarle la amorosa necesidad de su compañía y de su cuerpo? Vasconcelos intuía que la pregunta intentaba horadar la corteza que lo envolvía. Si, aunque fuera sólo por un instante, aunque sólo por las generosas mentiras de los enamorados, cediera en la respuesta, Antonieta se metería toda por ese resquicio en su piel de rinoceronte, lo habitaría como cuando a un poseso lo invade una mística o una pasión, y dejaría de ser su propio dueño. Y Vasconcelos no era un hombre dispuesto, ni capaz, a olvidarse de sí mismo.

Antonieta registró la respuesta con el corazón crispado. Las palabras cayeron en su mente como monedas en una alcancía hueca. Pusieron en marcha una relojería interior que obedecía unas reglas de física fantástica: un diminuto resorte accionó un contrapeso que empezó a inclinar el fiel de la balanza hacia un péndulo que comandaba una bomba de tiempo. Era una mecánica compleja, precisa y demorada, que se echó a andar con el golpe tangible de unas cuantas monedas, pero que siguió funcionando solo, independientemente de la voluntad, de los sucesos ulteriores, como si el ser humano que le daba cobijo no fuera más que la envoltura accidental de un engranaje inmutable.

Antonieta sólo alcanzó a percibir el pellizco que el primer resorte que se rompía causó en su corazón. El dolor fue tan lacerante e instantáneo que, en ese momento, sólo atinó a enmudecer. Se trataba, además, de un resorte ya tan gastado, que había estado tantas veces a punto de ceder... La conversación prosiguió; se examinaron razones, se repasaron situaciones, Vasconcelos se perdió en especulaciones que parecían consuelos. Pero nada podía ya detener la cuenta regresiva que, sin saberlo, había echado a andar Antonieta.

Segundo día: lunes 9

Vasconcelos y Deambrosis salieron temprano en la mañana a buscar un departamento que funcionara a la vez como oficina para la revista y como casa para él y su familia, pues tenía la intención de traer a París a Serafina y a su hijo José para que terminara sus estudios. Antonieta prefirió quedarse en su cuarto a escribir algunas cartas. Éste fue, al menos, el pretexto que le dio a Vasconcelos para no acompañarlo. Algo le chocaba en esa promiscuidad a la que la obligaría Vasconcelos si reunía, bajo un mismo techo, la *Antorcha* de la que ella sería el ama y las cenizas de un matrimonio fracasado. Más que una torpeza o una necesidad de las circunstancias, esto le parecía una prueba de mal gusto o de un infinito egoísmo. Por lo demás, su estado de ánimo no estaba para asuntos tan pragmáticos.

Después de los meses de relativa soledad y de quietud provinciana, el día anterior la había agotado física y emotivamente. Cada aparición de Vasconcelos en su vida era tan devastadora como una tempestad tropical. Necesitaba estar en calma para reflexionar sobre lo dicho y lo acontecido. Sacó "su" Nietzsche y "su" Hölderlin de la maleta. Un poco de lectura, algo de alimento espiritual, la reubicaría en su fortaleza, enderezaría sus ramas azotadas por el meteoro. Pero no lograba concentrarse y sólo conseguía llenarse de coraje hacia sí misma por perderse tan rápida y seguramente. Entonces pensó en su Antoñico, que ya debía estar en el liceo escuchando con suma atención su lección de moral y educación cívica. Sonrió enternecida al imaginar cómo su pequeña alma se iba fortaleciendo. Antoñico era una planta que crecía en vigor cada día. *¡Su muchachito!* En cualquier terreno, encontraría la savia necesaria para desarrollarse hermosamente. A su lado o lejos de ella, maduraría como los árboles que se plantan en buena tierra. Antonieta tenía una ilimitada confianza en la sangre que corría por las venas de su hijo: sangre de Oso, de Rivas Mercado.

Bajó a la recepción del hotel y averiguó si había llegado el aviso de la remesa que esperaba de México. Su casillero estaba vacío. Regresó a su cuarto para escribir la enésima súplica a su administrador. El silencio era la peor estrategia que se podía emplear contra ella: no tenía a nadie contra quién pelear. ¿Sería irremediable el viaje a México, como ya se lo había insinuado Vasconcelos? No era necedad lo que la hacía aplazar continuamente esa posibilidad: la anonadaba una imbatible lasitud, un para qué cuya naturaleza no lograba aclarar del todo pero que se le antojaba más poderosa que su voluntad. Le faltaban las fuerzas para contrarrestar el efecto de las tenazas que una mano invisible iba apretando desde México para ahorcarla en lo económico y en lo mental. Las sentía tangiblemente sobre sus sienes; sentía el metal frío y duro sobre su piel y cómo, poco a poco, la presión recrudecía, amenazando a ratos con hacerle estallar la cabeza. Era un lento e invisible asesinato, el más cruel de todos: el que no supone ningún contrincante, ni siquiera aquel que oculta el rostro tras una máscara.

La llegada de Vasconcelos y de Deambrosis sacó a Antonieta de los pensamientos macabros en los que empezaba a hundirse. El frío que traían pegado a los abrigos sacudió el entumecimiento que llenaba el cuarto de Antonieta. Bajaron a almorzar a una fonda de la plaza: una comida rápida y ligera antes de ponerse a trabajar en el primer número de la revista. Aunque fuera algo prematuro, el trabajo daba realidad al proyecto, además que les permitía pasar el tiempo ahuyentando la ociosidad de la espera. Antonieta propuso que se revisara su comentario sobre *Mi vida* de Trotsky y algunas traducciones breves de prosas de Hölderlin. Antonieta llevaba la batuta en la corrección del estilo. Sin embargo, en un momento dado, Vasconcelos se empeñó en negarle la propiedad de una palabra que, aseguraba él, no correspondía a la acepción que defendía Antonieta. Se levantó para buscar en una de las cajas que se amontonaban en un rincón de su cuarto un diccionario que lo seguía en sus viajes. Mientras lo sacaba con dificultad de la caja, dejó caer en el suelo unos objetos heteróclitos que delataban la prisa con la que había empacado y también la incomprensible maleza con la que carga el que anda por el mundo sin domicilio fijo. Entre la estruendosa catarata, se oyó el golpe metálico de una 38 recortada que cayó en el piso de parqué. Los tres miraron el revólver negro. Deambrosis y Antonieta levantaron los ojos hacia Vasconcelos: "—¿Qué hace esto aquí?", dijo, asombrado. No se acordaba de haber empacado el arma que le habían regalado tiempo atrás en Mazatlán. En México, aunque las armas le repugnaran, había aceptado cargarla consigo durante la gira para responder una agresión personal o para evitar algún vejamen. Pero, en París, la presencia del objeto en ese modesto cuarto de hotel era una incongruencia. Para disipar la incomodidad que a todos les ocasionó la visión del revólver, lo escondió rápidamente en la maleta que guardaba debajo de la cama. La sesión de trabajo prosiguió, pero después del incidente Vasconcelos no volvió a discutir con Antonieta.

Antes de bajar al *quartier* para cenar, recapitularon sobre la organización de la revista. Vasconcelos tomó la palabra: Deambrosis sería el secretario de redacción y Antonieta, que no debía comprometerse aún a ningún cargo concreto, conservaría su título honorífico de "ama" de la publicación. Ella tenía que viajar a México para arreglar sus asuntos y ya se vería a su regreso qué cargo le correspondería. A Antonieta le irritaba la obstinación de Vasconcelos en ponerle los pies en la tierra cada vez que ella daba rienda suelta a su ilusión, como si le quitara la hierba de debajo de los pies antes de dejarla siquiera respirar su aroma.

Regresaron directamente al hotel al salir del restaurante. Los ánimos se caldeaban. Antonieta subió al cuarto de Vasconcelos en la esperanza de olvidar en el amor las dificultades. Lo encontró enfrascado en números y cuentas, pero, sobre todo, en el mal humor. Los 8 000 o 9 000 dólares que había acumulado durante la gira por América del Sur apenas le alcanzarían para mantener unos meses la revista, cubrir los gastos de su familia, los sueldos de los empleados y su propia subsistencia. Echaba pestes contra sus anfitriones latinoamericanos que habían derrochado el dinero en banquetes, champaña y fiestas, olvidándose de cómo las había gozado en su momento, y una especie de puritanismo a destiempo lo hacía maldecir de su propio placer. De nada sirvieron las cariñosas invitaciones que Antonieta le hizo para sentarse a su lado, desfruncir el ceño y abandonarse al gusto de estar juntos. Vasconcelos convirtió su incomodidad en agresividad contra Antonieta. Ella se mantenía callada ante sus protestas y sus subidas de tono; le fastidiaban las discusiones sobre sumas y restas. Hasta hacía poco, el dinero había sido un concepto un poco abstracto para ella, pero conservaba el pudor que sólo tienen los muy pobres o los muy ricos con respecto al dinero. No podía dejar de observar en la actitud de Vasconcelos cierta mezquindad que no encajaba con la imagen de héroe a la que lo había consagrado. Mientras el otro seguía vituperando contra quienes derrochan el dinero sin reparar en su utilidad, Antonieta volvió a sentir el metal de las tenazas contra sus sienes y los resortes que se movían. Ahora le era imposible callar los vituperios de Vasconcelos con su habitual desprendimiento, pues ni siquiera disponía de los recursos mínimos para su propia subsistencia y la de su hijo.

Vasconcelos inició la ofensiva interrogándola sobre su propia situación financiera. Ella pretendió eludir el tema con un silencio obstinado. Pero Vasconcelos la presionaba con preguntas cada vez más precisas de las que era cada vez más difícil escabullirse con un comentario despreocupado. El tono de Vasconcelos quería ser paternal, pero disfrazaba torpemente su irritación con Antonieta. Una llamada telefónica de Consuelo Sunsín interrumpió la primera ofensiva. Le avisaba a Vasconcelos de la inminente llegada al hotel de un tal Pacheco, que podía ser de ayuda para la revista. Antonieta le pidió a Vasconcelos que lo recibiera Deambrosis. Por supuesto, Vasconcelos no le había dicho una palabra de su reencuentro con su antigua amante y cuando tuvo que explicarle a Antonieta la razón de la llamada, ella se sintió celosa y desilusionada.

Antonieta se dio cuenta de que un solo día de soledad le era suficiente a Vasconcelos para sentir la necesidad de una mujer y buscar su compañía. Él le aseguró que ya no tenía nada que ver con Consuelo Sunsín; la calificó como una arribista capaz de "la frialdad sentimental más descarada", una verdadera "ave de presa" que perseguía, a través de los hombres, la celebridad y el poder. Si ésta era su opinión de Consuelo Sunsín, ¿por qué recurría a ella y aceptaba su ayuda? La pregunta de Antonieta ponía de manifiesto una contradicción de la que en sus memorias Vasconcelos se escapa diciendo: "ya lo ves, tiene su lado bueno, hago mal en juzgarla con tanta dureza..." Antonieta calculó que si seguía reclamándole a Vasconcelos sus contradicciones, se arriesgaba a despertar su orgullo y optó por callar su indignación. Además, ¿para qué luchar contra ese hombre cuyos mecanismos emocionales conocía tan bien?

Se regresó al tema de las finanzas. Antonieta expuso la situación sin atenuantes. Hacía más de dos meses que no recibía dinero de México, calculaba una colusión entre Blair, algunos miembros de su familia y su administrador como represalia por su huida y al rapto del *Chacho*. Si no habían podido detenerla ni obstaculizar sus planes, la forma segura de hacerla regresar era suspendiéndole las remesas de dinero. La guerra estaba declarada y todo se valía para hacer capitular al enemigo. Vasconcelos insistió en la posibilidad de salvar el resto de su fortuna, que nadie podía enajenarle. Debía poner orden en la administración de sus bienes, asegurarse una renta que le permitiera vivir cómodamente lejos de México. Sobre todo, debía poner sus asuntos en manos confiables, que no se subastaran a otros intereses. Antonieta acabó por confesar que su problema era que no tenía ni siquiera para pagarse un pasaje de regreso a México. Vasconcelos se lo ofreció. Antonieta aceptó con la condición de que reembolsaría el préstamo en un par de meses a lo sumo. El próximo barco salía en unos 10 días y acordaron reservar el pasaje al día siguiente. Al concluir la conversación, Vasconcelos estaba en la certeza de que Antonieta acababa de tomar una decisión, la mejor posible en el peor de los mundos.

TERCER DÍA: MARTES 10

Sus planes para esa mañana, que incluían ir al banco, sacar el dinero para el pasaje, reservarlo en la Compañía Francesa de Navegación, pasar al Consulado de México a sacar la visa de entrada a México (Antonieta tenía pasaporte inglés), le hicieron recordar a Antonieta sus concesiones de la noche anterior. No es que sufriera de amnesia, pero tenía la sensación de que otra persona que no era ella había tomado en su lugar una serie de determinaciones que estaba lejos de favorecer. Había cedido para no discutir más, porque las razones que expuso Vasconcelos eran inobjetables, al menos para él y todos los que consideraran su situación desde cierta objetividad. Cuando despertó, las tenazas se habían apretado unos milímetros más contra sus sienes y le impedían pensar. Como una autómata dejó que Vasconcelos siguiera decidiendo en su lugar; lo acompañó en el recorrido planeado con una calma sumisa que no era sino la manifestación de su propio y creciente apartamiento de la realidad.

Realizadas las diligencias prácticas, se separaron al mediodía, después del almuerzo. Vasconcelos y Deambrosis se fueron a buscar presupuestos a las imprentas de las goteras parisienses. Antonieta se fue sola al Consulado donde Vasconcelos había jurado que no pondría un pie en señal de protesta contra el gobierno de Ortiz Rubio. A pesar del frío, se detuvo en el camino para sentarse en la banca de un parque cercano a la calle de Longchamp, donde se encontraban las oficinas del Consulado y de la Legación mexicana. Necesitaba despejarse la cabeza. Intentar que las dos Antonietas que parecían habitar en ella se reunieran en una sola. La primera era el fantasma de sí misma que iba, venía, y cumplía, entre razonable y resignada, los designios de Vasconcelos; la otra también era un fantasma, pero éste era el de una muerta viviente que anhelaba un descanso sin despertar, un punto final para los sucesivos capítulos inconclusos de una vida vicaria. ¿Para qué, se preguntaba la muerta en vida, abrir un nuevo capítulo que, tarde o temprano, sólo tendría como propósito un fracaso más? *¿Para qué?* Había intentado tantas veces renovar la ilusión, pasar la hoja hacia una nueva vocación, un nuevo paisaje, un nuevo amor, que sentía lo absurdo de engañarse una vez más con un capítulo suplementario cuyo título no le estaba deparado conocer. No se le ocurría nada sólido sobre lo cual elaborar una nueva ficción. Vislumbraba que sólo le quedaban las fuerzas suficientes para doblar la hoja y entregarse por última vez al vértigo de la página en blanco. Pero en esa página tenía la impresión de que sólo cabía una palabra que ya estaba escribiendo, pero que prefería no pronunciar. Cerraba los ojos y veía esta página inmaculada como un lecho mullido en el que podría acostarse para siempre a disfrutar el silencioso bienestar del sueño. Ella sola, sin nadie que le preguntara nada, sin guerras ni contrincantes invisibles; ella sola, sin exigencias ni fracasos. La nieve comenzó a caer como una acompañante muda de su anhelo, que acallaba, alrededor de ella, el estruendo ensordecedor de la vida. Durante unos minutos pudo perderse en la paz de la página nevada. No pensaba en nada más. Poco a poco, el pasto al pie de los árboles se iba cubriendo de silencio.

Se levantó de pronto, con el desamparo fatigoso de alguien que sabe que no tiene más recurso que fingir que hay razones para explicar lo inexplicable, y que hay que buscarlas. Caminó las cuadras que faltaban para llegar al edificio del Consulado mexicano. Tuvo que esperar media hora al cónsul Arturo Pani que no regresaba de su almuerzo. En la oficina corrió la voz de que allí estaba Antonieta Rivas Mercado, esperando con impaciencia apenas disimulada al Cónsul. En esta reproducción en pequeña escala de la sociedad mexicana, no todos los días caía un personaje tan propicio para las habladurías de funcionarios engreídos y burócratas aburridos. Pani llegó a rescatarla de miradas y cuchicheos y la hizo pasar a su oficina.

Antonieta obvió las formalidades y expuso a Pani la razón de su visita. Solicitaba una visa de entrada a México, a donde necesitaba ir por una breve temporada, apenas lo necesario para arreglar sus asuntos económicos que iban de mal en peor. Pero al tiempo que trazaba los planes de ese futuro inmediato, apenas adelantaba una razón para el viaje, declaraba la inutilidad del propósito. Concluyó ante Pani que, si bien ésta era la intención de su visita, ya de nada serviría iniciar los trámites porque acababa de tomar la decisión de suicidarse.

Arturo Pani entendió, con sólo asomarse a los ojos de la mujer, que había seriedad en esas palabras que tomó como expresión de una desesperación momentánea. Juzgó que si Antonieta había acudido a su oficina, debía reciprocar la confianza y decidió sinceramente asumir el papel de un amigo. Pensó que Antonieta estaba en esa condición en la que alguien solicita que sea *otra voz* la que enumere las consabidas razones para perseverar. Pani se decidió por unir la solícita piedad a una necesaria energía. Emprendió, nervioso, la predecible enumeración de motivos para vivir, incitado y cohibido a la vez por la estima y la admiración que sentía por ella. Balbuceó las virtudes de su persona: era una mujer inteligente, culta, distinguida y guapa que no podía seriamente considerarse un fracaso. Tenía mucho por delante, un talento que afirmar y una vida que conciliaba demasiados privilegios como para sacrificarlos a un arrebato. Después evocó a don Antonio, la nobleza y la fortaleza de su carácter. Un suicidio significaría una traición a ese padre que tanto había esperado de ella, y que había sido el primero en alentar sus dones. Al escuchar la mención a su padre, Antonieta se contestó a sí misma: "Pero él ya no está." Arturo Pani le recordó sus propias palabras de unos meses atrás, cuando ella le había contado que iba en busca de un refugio donde escribir sometida a la disciplina del trabajo cotidiano. Con el tono paternal que le permitían sus años, le aseguró que la vida daba muchas vueltas y que tal vez, pronto, todo se arreglaría si ella sabía esperar y calcular con mayor frialdad los beneficios del tiempo. Ante cada consejo, ante cada argumento, Antonieta desarrollaba en el acto una impecable contraargumentación que sólo obedecía a su lógica obsesiva. Deseaba ser convencida, pero había elegido a un interlocutor incapaz de enfrentar con más inteligencia que ella los engranajes de su relojería interior. Se sentía mal ante el buen Arturo Pani, que se prestaba a esa absurda discusión, sin talento y con el solo recurso de las buenas intenciones de que está pavimentado el camino del infierno.

Pensando en el argumento final, y al observar que era poco lo que conseguía, Pani apeló a la presencia de Donald Antonio. Intentó colocarse en el terreno de la lógica que seguía Antonieta. Le señaló la incongruencia de exponerse a tantos riesgos y privaciones para alejar a su hijo de las malas influencias que ella le quería evitar, y luego abandonarlo a ellas cuando más la necesitaba. Antonieta improvisó su mejor y más absurdo argumento. Afirmó que ya lo había pensado: su hijo estaría mejor si regresara a vivir con su padre, pues ella sólo le traía dificultades y desdichas. Pani le acicateó el orgullo preguntándole si estaba dispuesta a perder el pleito. Antonieta hizo con la mano un gesto que significaba su hartazgo por la guerra en la que ya no tenía ningún interés en participar. ¿No se estaba ella sacrificando para el bien de todos? Por primera vez, subió el tono y reiteró que no abandonaba a su hijo: antes bien, desaparecer de su vida era la forma de lograr que viviera mejor. Pani insistió: "¿Qué le dirán a su Antoñico?" Años después, el Cónsul recordaría su respuesta a esa pregunta:

"Le dirán que estoy enferma, en un sanatorio, y su padre inmediatamente mandará recogerlo; es mejor para el futuro de mi hijo. Le quedará de mí sólo el recuerdo de una infinita ternura."

Antonieta por fin dejó salir el llanto. Pani pensó que algo había logrado y quiso suponerla a un paso del desistimiento. Ordenó que le trajeran un té. Llevaban más de dos horas hablando. Al igual que Antonieta, necesitaba una pausa. Con los movimientos de Arturo Pani, Antonieta recapacitó y secó sus lágrimas. El Cónsul no se atrevía a tocar la vida íntima de Antonieta, ni su relación actual con Vasconcelos. El punto era delicado porque podía derivar hacia las diferencias políticas entre el representante del usurpador y el candidato agraviado. Intentó convencerla de que un viaje a México no sería tan terrible como ella lo imaginaba. Ella se pescó del tema para iniciar un largo vituperio contra México, contra el gobierno impostor y contra todos aquellos que, con su silencio o su traición, habían desistido de la lucha. Era todavía el único terreno en el que sentía que la razón y la verdad le asistían y se vengó de Pani, incorporándolo a la nómina de traidores. Se vengó de él como si esperara algo que ni él ni nadie ya le podía dar: el gusto por la vida y, sobre todo, una razón, una sola razón para postergar su suicidio.

Pani no se inmutó. Su conservadurismo le impedía tomar en serio a una dama que discutía de política. Siempre había pensado que la participación de Antonieta en la campaña había sido un error. No tanto porque él se encontrara en el bando adverso, sino porque le parecía que una dama de la estatura de Antonieta desperdiciaba su vida en asuntos incompatibles con la sensibilidad femenina. Se consideraba un caballero y ofreció su ayuda: lo que Antonieta quisiera, él se lo daría. Antonieta no supo exactamente cómo interpretar estas palabras, pero prefirió no investigar el trasfondo de la oferta. Con la cólera, Antonieta había recobrado la apariencia de una digna contención. Pero Pani no podía calcular que un fantasma carece de ella. Al igual que Vasconcelos, confundió esa aparente apacibilidad con una aceptación de los planes que le proponía. La visa para México estaría lista para el día siguiente. Sólo se necesitaba que Antonieta entregara unas fotografías para identificar el documento. No quería dejar de verla y la citó para la mañana siguiente, en su misma oficina. Después, le ofreció acompañarla en coche hasta su hotel.

Al salir de la oficina, se toparon con Ignacio Fernández Esperón, *Tata Nacho*, un compositor en boga que se empeñó en ser presentado. Resultó que viajaría en el mismo barco y se regocijó ante la perspectiva. El músico exclamó: "¡Tan chulo nuestro México!", lo que provocó una nueva andanada de Antonieta contra el país que había traicionado, uno tras otro, todos sus ideales. Lo insultó de una manera inusitada que ella llegó todavía a registrar en su diario: "¡Tan puerco como todos los que ven con indiferencia aquella situación! ¿Qué no les da asco? ¿Qué ya se acabaron los hombres? Por mi parte a mí me da náuseas pensar que he de volver a mirar las caras de todos aquellos rufianes sin ponerles el puño en el rostro!"

Los gritos de Antonieta le provocaron el efecto de un bromuro y bajó la cabeza mientras Antonieta salía del Consulado como una tromba. Pani corrió tras ella y la condujo a la acera donde su coche estaba listo para arrancar.

En la rue Saint-Jacques, Antonieta bajó del auto y se despidió de Pani como si nada hubiera sucedido. Prometió ir al Consulado al día siguiente, como si nada fuera a suceder. Vasconcelos y Deambrosis todavía no habían llegado al hotel. Entonces, Antonieta se metió al cuarto de Vasconcelos. El día anterior se había fijado bien dónde había colocado la pistola. Regresó a su cuarto y la escondió en su propio baúl con la extraña satisfacción de haber recobrado la certeza de haber decidido finalmente algo. Aunque ésta fuera su última decisión, nadie podría ya escoger su suerte en lugar de ella. Vasconcelos, Pani, Blair, la vida en general, le estaban jugando vencidas en nombre de sus respectivas conciencias e intereses. Si nadie había sido capaz de un sacrificio por ella, podía colegirse que a nadie le importaría que ella se sacrificara a sí misma. Desde la muerte de su padre, pensó, no había sido capaz de inspirar un sentimiento lo suficientemente poderoso para despertar la necesidad de su presencia y de su amor. No tuvo la presencia de ánimo para calcular el papel de su hijo en estas cavilaciones. Estaba más que predispuesta a considerar que su vida afectiva había sido el fracaso más irremediable.

En eso, Vasconcelos entró con los ánimos irritados. Había estado esperando a Antonieta desde hacía más de una hora. ¿Dónde se había metido? Antonieta contestó vagamente que había estado en su cuarto, desde que Pani la dejó cerca del hotel. El nombre del Cónsul despertó en Vasconcelos una incomodidad que disimuló mal y degeneró en violencia. Antonieta avivó sus celos con un relato parcial y tergiversado de su tarde en el Consulado. ¿Acaso así le sacaría la confesión de su necesidad por ella, que tanto esperaba? Pero no tenía ya arrestos para reinstalarse en disputas, se quebró y volvió a caer en un amargo repaso de su vida derrotada.

Vasconcelos relató, años más tarde, la conversación de esa noche. ¿Habrá que creerle? Sí, por lo pronto, y ante la carencia de documentos más verosímiles, lo que no impide darle importancia al difícil papel desde el que habrá redactado esa evocación:

Me casé enamorada, es decir, ilusionada. Y acabé por asquearme: no hay nada que me repugne tanto como la codicia del dinero; necesitaba probarme a mí misma que podía seducir, abstracción hecha de la posición de mi padre. Luego, inesperadamente, la muerte de mi padre me dejó de albacea y beneficiaria principal de una fortuna. En cierto modo, la había ganado, pues estuve siempre al lado de papá en sus dificultades matrimoniales; fui su predilecta, porque supe darme cuenta de su bondad y de su genio... ¡mi padre!... Tu generación no supo apreciarlo, veía en él un porfirista más, pero él se formó solo, hizo estudios brillantes aquí mismo, en París...

—Y he aprendido a admirarlo —le afirmé—. Más aún, cierto amigo mío, muy entendido, me llevó una vez a la Columna, me estuvo haciendo ver sus ventajas, su impecable armonía; para aquel técnico, tu padre era el genio, el maestro... Y tú para mí, ya te lo he dicho, eres una de las estatuas, eres la patria que anda conmigo.

Entonces, cambiando bruscamente de la confidencia a la reserva, declaró:

—¡Pues se te va entre las manos la patria!...

—¿Cómo es eso?

—Nada, ya lo ves, me embarco el día tantos...

Las llamaradas que un momento antes me provocara con el relato de las galanterías de sus conocidos volvieron a encenderse, y con ira mal entendida le solté las únicas palabras que habían de pesarme, entre todas las que le dije.

—¡Está bien, no será la primera vez que me encuentre solo y esté a gusto!...

No pareció recoger el reto involuntario; sin duda su gran penetración, que veía en mí como dentro de un manantial iluminado hasta el fondo, advirtió que no era desdén mi desplante, sino desesperación de quien no puede alterar su destino. Y en tono que se hizo conmovedor, exclamó:

—No es justo, no es justo que yo también pese sobre ti; tu carga es ya demasiada; no te perteneces ni a ti mismo. Desde que estábamos en Los Ángeles, a ratos sentía que te destrozaba, te hacía jirones; tengo esa fatalidad, destrozo mi propia ventura.

Lo más notable de la conversación, tal y como la evoca Vasconcelos, son los repetidos y bruscos cambios de tono en Antonieta. Pasa de la seducción a la amenaza, del ruego al desprendimiento, del incendio a la calma. Todo en ella oscila entre la desesperación y la confusión. Pretende, una vez más, buscar en el balance de su vida pasada motivos para reivindicar la futura. En parte porque él ignoraba la verdadera apuesta de esos minuciosos análisis, y en parte porque su egotismo le impedía interesarse por otro destino que no fuera el suyo, Vasconcelos dejó que se le notara la impaciencia, alegó estar cansado e instó a Antonieta a que se retirara a su cuarto para que lo dejara dormir en santa paz.

Antonieta obedeció con el alma aturdida y maltrecha. El rechazo había sido más duro que el despecho que Vasconcelos había manifestado en el transcurso de la conversación. Cercana la medianoche, empezó el infierno. Antonieta intentó dormir. Pero la ebullición que literalmente evaporaba sus pensamientos no la dejó un minuto.

Las tenazas oprimían sus sienes más allá de lo tolerable. Escuchaba dentro de su cuerpo el latir de su sangre deshilvanada en un tic-tac desconocido.

Se sentó frente a la pequeña mesa que hacía las veces de escritorio y de buró. Redactó una carta a Arturo Pani en la que le aseguraba, anticipándose al tiempo y a toda vacilación posible:

> Antes de medio día me habré pegado un balazo. Esta carta le llegará cuando, como Empédocles, me habré desligado de una envoltura mortal que ya no encierra un alma.
>
> Le ruego cablegrafíe (no lo hago yo porque no tengo dinero) a Blair y a mi hermano para que recojan a mi hijo. Vuelvo a darle las direcciones: Alberto E. Blair, Allende 2, Tlalpan (casa) 16 de septiembre 5 (oficina). Mario Rivas Mercado, San Juan de Letrán, 6, México, D. F.
>
> Mi hijo está en Burdeos: 27 rue Lechapellier con la familia Lavigne. Gente que me quiso mucho y quien quiere bien a mi pequeño. Pero urge que lo recojan.
>
> Me pesó demasiado aceptar la generosa ayuda de Vasconcelos, al saber que facilitándome lo que necesitaba le robaba

fuerza, no he querido. De mi determinación nada sabe, está arreglando el pasaje. Debería encontrarme con él al medio día. Yo soy la única responsable de este acto con el cual finalizo una existencia errabunda.

Dobló la hoja, la metió en un sobre en el que escribió la dirección particular del destinatario y le pegó la estampilla. Después, sacó otra hoja, escribió la fecha y empezó a trazar la P de París. Se detuvo en la mayúscula. Rompió la hoja y la arrojó al basurero. No tenía por qué rendirle cuentas a Vasconcelos de su decisión. Sabía sin embargo que sus papeles caerían forzosamente en manos de su amante y optó por redactar una despedida vicaria en las últimas páginas de su Diario.

He decidido acabar —no lo haré aquí en el hotel para no comprometer a los que me han ayudado. Luego consignó algunos acontecimientos de su visita al Consulado de México, como si efectivamente se tratara de convertir el Diario en lo que tantas veces había sido: un resguardo frente al silencio y la soledad ambientes. Se detuvo nuevamente en un análisis somero del carácter de Vasconcelos, así como de sus recientes afirmaciones y, por último, se planteó otra vez la pregunta que había quedado sin respuesta: *En el fondo, ¿qué es lo que quiere?* La respuesta, que Vasconcelos no pudo (o no quiso) darle, la contestó, pues, ella sola: *Pero ¿acaso algún hombre sabe de verdad lo que quiere? Sólo los santos; pero él es apenas un santo malogrado.*

Un inexplicable ardid se filtró entre los párrafos finales. Antonieta se preguntó con falsa inocencia:

Imagino sus reflexiones en caso de que cayera en sus manos una de las cartas que me ha estado mandando el oficial aquel del barco. Insiste en que le otorgue otra cita de plena sensualidad; no me arrepiento de lo que hice, pero no le he contestado. ¿Le dolería verdaderamente a Vasconcelos saber lo que pasó? Cierto que en aquel momento nos hallábamos distanciados; me causó enojo que no me llamara desde La Habana. El oficial de marras es un macho hermoso, acostumbrado a causar placer. Presiento, sin embargo, que allá en el fondo tendría que darse cuenta de que una traición de la carne en nada altera la identidad de dos almas.

¿Cómo entender esta confesión casi póstuma? ¿Como un exceso de sinceridad confesional o como una última provocación contra el orgullo de Vasconcelos, y, por tanto, como una venganza final?

Seguía una suerte de dictado para sugerirle a Vasconcelos la reacción que Antonieta esperaba de él después de su suicidio. Era, a un tiempo, una orden, una secreta esperanza, un testamento y casi una justificación:

> ...estoy segura de que él no volverá a sentirse ligado con nadie tan íntimamente como lo ha estado conmigo. Sé que no renegará de mí, ni siquiera con motivo de mi suicidio, y eso que él no es del tipo que se suicida. Por lo pronto, al saber lo que he hecho se enfurecerá. Sólo más tarde, mucho más tarde, comprenderá que es mejor para mi hijo y para él mismo. Entonces se enternecerá y no podrá olvidarme jamás: me llevará incrustada en su corazón hasta la hora de su muerte.

Por fin, describió lo que sería, al día siguiente, el escenario de su suicidio:

> Terminaré mirando a Jesús; frente a su imagen, crucificado... Ya tengo apartado el sitio, en una banca que mira al altar del Crucificado, en Notre Dame. Me sentaré para tener la fuerza para disparar. Pero antes será preciso que disimule. Voy a bañarme porque ya empieza a clarear. Después del desayuno, iremos todos a la fotografía para recoger los retratos del pasaporte. Luego, con el pretexto de irme al Consulado, que él no visita, lo dejaré esperándome en un café de la Avenida. Se quedará Deambrosis acompañándolo. No quiero que esté solo cuando le llegue la noticia.

Cuarto y último día: miércoles 11 de febrero de 1931

No hubo mayores variantes en la puesta en escena que Antonieta había concebido para sus últimas horas. Antes de que dieran las siete, irrumpió en el cuarto de Vasconcelos, tal vez para intentar una última conciliación. Le informó que había cancelado su viaje a México y le suplicó que la contratara en la revista destinándole el sueldo que reservaba a la taquígrafa. Vasconcelos volvió a razonar la inutilidad de la petición y Antonieta volvió a interpretar esto como un gesto más de rechazo. Entonces le anunció que había tomado la decisión de suicidarse. Ésta fue la primera caída en su vía crucis. Vasconcelos recuerda que interpretó esas palabras como las de un niño engreído que amenaza con echarse por la ventana si no se le cumple su capricho y que agregó: "No hables así, no puedo creerte, no es digno de ti; sabes lo que es eso, es cobardía frente a la vida, es deserción... No, no creo que lo hagas, no puedes decirlo en serio..."

Vasconcelos le ordenó que fuera a prepararse para la larga jornada que habían arreglado la noche anterior. Ella no replicó. Se bañó meticulosamente y se vistió con más cuidado todavía, poniéndose un impecable traje de seda negra que, entre la poca ropa que había traído consigo, era la prenda más elegante de la que disponía. Se puso también un sombrero negro con un corto velo que no alcanzaba a taparle la boca impasible.

La temperatura había subido en grado notable desde el día anterior. Curiosamente para esas fechas, el cielo estaba despejado. Vasconcelos, Antonieta y Deambrosis bajaron a pie el bulevar Saint-Michel y al llegar al Sena esperaron el autobús para viajar hasta la rue de la Paix. De reojo, antes de subirse al autobús, Antonieta miró las torres de Notre-Dame que brillaban bajo el azul plúmbeo del cielo. Durante el trayecto, no hizo mención a sus palabras de la mañana e intercambió con sus compañeros comentarios triviales sobre la ciudad que desfilaba por los recuadros de las ventanillas. Se bajaron en la rue Royale y caminaron unos cuantos pasos hasta la rue de la Paix. Vasconcelos escribiría años más tarde sobre el inevitable placer que sintieron al detenerse frente a los escaparates de las joyerías más lujosas de París a mirar los diamantes. Pero cada quien tuvo sus razones para concluir que esos tesoros nunca le serían deparados.

Después de retirar dinero del banco, se separaron al igual

que el día anterior: Vasconcelos y Deambrosis se fueron a visitar un almacén de muebles usados, y Antonieta a sacar las fotos para la visa que tenía que recoger en el Consulado. Estuvieron de acuerdo en reencontrarse en un café del bulevar des Italiens a la una de la tarde.

Cuando los vio doblar la esquina de la rue Royale, Antonieta paró un taxi y le dio la dirección del hotel de la Place de la Sorbonne, adonde llegó antes de las 11:30. Subió a su cuarto y metió en su bolso de mano la carta timbrada para Arturo Pani y la pistola de Vasconcelos. Iba a salir del cuarto cuando sucedió su segunda caída. Pidió una llamada telefónica al Consulado con el señor Pani, quien, en ese momento, se encontraba en compañía de Palma Guillén. Antonieta le avisó que había decidido llevar a cabo su suicidio. Sobre los reparos urgentes de su amigo, le repitió la dirección de su hijo para que lo recogiera y lo entregara a su padre. Le dio las gracias por su amistad y por lo que aún le faltaba hacer por ella. Vaciló y no pudo cortar la comunicación y las peticiones desesperadas de Pani, que le rogaba le dijera dónde estaba y que lo esperara unos minutos. Pani recuerda su respuesta: "No tiene eso importancia; guarde de mí un buen recuerdo. Fue la de ayer nuestra última discusión." Antonieta colgó la bocina. Subió al cuarto de Vasconcelos y, de pie, redactó las siguientes líneas: "En este momento salgo a cumplir lo que te dije; no me llevo ningún resentimiento; sigue adelante con tu tarea y perdóname. ¡Adiós!"

Cruzó la plaza de la Sorbonne hacia el bulevar Saint-Michel. Caminó con la cabeza en alto, sin mirar a ningún lado, dejándose imantar por la Catedral que se erguía en la otra ribera. Semejaba una estatua enlutada que acompañaba el solitario funeral de una dama llamada, curiosamente, como ella. Al llegar al *quai* Saint-Michel padeció su tercera caída: no pudo resolverse a echar al buzón del correo la carta dirigida a Pani que guardaba en su cartera. Quizá pensó que si la depositaba se condenaba a un absoluto anonimato, pues carecía de otra identificación, y éste era un postrer sufrimiento que se quiso ahorrar.

Caminó los 200 metros por la ribera del Sena que la separaban del puente que la depositó en la inmensidad del atrio de Notre-Dame. Unos pasos más y pisó el corazón mismo de la ciudad. Se detuvo y levantó los ojos hacia la fachada buscando, entre la piedra y el cielo, el rostro de Dios. Musitó unas palabras, que pudieron ser el principio de un rezo, y avanzó hacia la puerta. No había casi nadie adentro. En la penumbra interior brillaban, lánguidamente, las llamas de algunos cirios. Un par de beatas caminaban los corredores dejando en el aire helado el vaho de sus oraciones. Otros feligreses oraban de rodillas.

Antonieta avanzó hacia el altar mayor. Sus pasos resonaban en la piedra fría, generando el eco largo y ligero que iba a ser su último acompañante. Se sentó en el extremo izquierdo de la primera banca, en la nave central, frente a Cristo crucificado. Sin separar sus ojos de los párpados dolidos de la imagen, abrió su bolsa para sacar la pistola. A través del guante palpó el acero pulido y helado. Maniobró con el arma hasta que encontró la posición adecuada. Luego la levantó lentamente, apuntando el cañón contra la curva de su seno. No podía sostener el arma en las manos, que cayeron en su regazo. Había inclinado la cabeza y había vuelto a levantarla y ahora miraba otra vez al Cristo.

La detonación atronó en el silencio mortecino del mediodía. El cuerpo de Antonieta, arrebatado por el impacto, comenzó a deslizarse sobre la madera bruñida. El estruendo del pistoletazo rebotaba del presbiterio al rosetón y de regreso, entre bóvedas y vitrales, trepando por las nervaduras, cayendo a las lozas, metiéndose a las capillas laterales y convirtiendo la cúpula en un descomunal tambor de piedras trepidantes.

El cuerpo que mostraba su corazón despedazado a los ojos de Dios cayó, con un golpe de silencio, en el centro de esa telaraña de ecos.

Después, muy lentamente, sus hilos sonoros se fueron callando y, por fin, se volvieron a quedar en paz.

EPÍLOGO

En la Morgue del ensueño
pertinaz ilusión refrigera
entre prismas de hielo,
bocas pintadas
palabras pintadas,
[. . .]
restos mortales
de mujeres telescopiadas
en catástrofes de recuerdos.

José Juan Tablada
"Mujer hecha pedazos", 1923.

Antonieta falleció en el Hôtel-Dieu, un hospital de caridad cercano a la Catedral. La carta que llevaba en su bolso de mano —además de unos 15 francos y la pistola—, permitió que la policía se pusiera en contacto con Arturo Pani para pedirle la identificación del cuerpo. Las averiguaciones legales se realizaron esa misma tarde, en el *Comissariat* del IV Distrito, en presencia del comisario Pineau, del cónsul Pani y de Vasconcelos. Los tres hombres acordaron que el motivo del suicidio que se comunicaría a los reporteros que esperaban en los pasillos iba a ser el de "perturbación mental momentánea, ocasionada por dificultades matrimoniales". El comisario Pineau quiso regresarle su pistola a José Vasconcelos que la rechazó: era *un triste souvenir*. En la espera de las instrucciones que se solicitaron a la familia sobre el funeral, Antonieta habitó la helada y oscura nada de la morgue durante cuatro días con sus noches, hasta que le encontraron un pedazo de tierra donde finalmente ponerla a descansar.

El entierro tuvo lugar el lunes 16 de febrero de 1931, en el nuevo cementerio parisiense de Thiais, a unos 20 kilómetros de París, sobre la carretera a Fontainebleau. Un magro cortejo acompañó a Antonieta hasta la división 40, línea 11, tumba

46, a orillas de una avenida plantada de cipreses azotados por el viento helado. Pani y su familia, Vasconcelos y Deambrosis, y algunos empleados del Consulado vieron bajar a la tierra el modesto ataúd de pino marcado con el número 331/1931.

Unos días más tarde, Dolores Pani le escribió a Amelia Rivas Mercado respecto del entierro:

> Obsequiando los deseos que usted manifestó en su cable, [Arturo Pani] trató de que fuera incinerada; pero la ley, en casos como éste no lo permite; así es que se decidió que fuera sepultada en un cementerio nuevo y bonito en los alrededores de París.
>
> Quise ver a Antonieta para más tarde poder decir a usted cómo estaba: estaba muy bonita, perfectamente arreglada, parecía que dormía, era tal el aspecto de paz y tranquilidad que tenía. El entierro estuvo muy decente. Iba ella materialmente cubierta de flores y fue rodeada de mucho cariño por los que la acompañamos.

El escándalo del suicidio no pudo ser detenido en París. Las puertas de Notre-Dame permanecieron cerradas toda la tarde del miércoles 11, mientras era reconsagrada con mucha prisa (con un ritual de purificación que ofició el canónigo Fauvel con el auxilio del clero catedralicio), pues al día siguiente tenía que celebrarse un *Te Deum* solemne por el noveno aniversario de la coronación de Pío XI.

El escenario que Antonieta escogió para poner fin a sus días puso la noticia de su muerte en la primera plana de los diarios vespertinos. Sin el escándalo, Antonieta hubiera quedado en el traspatio de la nota roja, lo mismo que la princesa Poniatowska, que murió esa mañana en Saint Pierre de Neuilly, o que Juliette Baraine, otra mujer anónima que, casi a la misma hora que Antonieta, se disparó también un tiro en el corazón, en un sombrío departamento de la plaza de la República. Por última vez, Antonieta protagonizaba la historia. ¿Acaso compartía la convicción de Anna de Noailles, que sostenía que estaremos mucho más tiempo muertos que vivos y que, siendo el afán de gloria una de las formas más elevadas del instinto de conservación, hay que prepararse una larga vida de muerta?

Entre las notas periodísticas que se publicaron en Francia, en México y en los Estados Unidos, ésta es seguramente la que más desazón le hubiera causado a Antonieta:

> Entonces, por qué no admitir que esta mujer, abandonada por el marido que amaba, haya querido hacer su última visita a la iglesia, en recuerdo del día venturoso en que, delante de otro altar, había oído los juramentos de aquel a quien ella se creyó unida para siempre... Las muchachas de aquel país, de México, continúan siendo románticas. Sus pasiones tienen la intensidad de sus perfumes. La esposa abandonada no tuvo la fuerza de luchar contra la crueldad de su destino. Nada de lo que vivió en su país pudo olvidarlo. Llegó a nuestra patria; atravesó el dintel [?] de Notre-Dame como había atravesado los mares, con las pupilas desmedidas de las neurasténicas y de las poseídas. Se arrodilló y, tranquilamente, partió para el reino de las sombras...

¿En qué medida este periodista de *L'ami du peuple* simboliza, hasta en la caricatura, lo que cada uno de los protagonistas de esta historia lucubró acerca de la verdad del suicidio de Antonieta? Si su muerte fijó su recuerdo en los espíritus de sus contemporáneos y de las generaciones por venir, ¿cuál fue el precio que tuvo que pagar por esta pequeña inmortalidad?

Ante todo, pagó la alta cuota del escándalo que, de tan ensordecedor, equivale eventualmente al silencio del olvido. Su muerte la transformó en un mito que, al filo de los años, opacó la verdad de su vida, y dio pie a las tergiversaciones, a las calumnias que se disfrazan de confesiones morbosas, a la mentira y... a la leyenda. Para sus prójimos, su muerte, más aún que su vida, la convirtió en estorbo. De la incomprensión a la culpa, la vasta gama de sentimientos que su muerte provocó entre sus seres queridos, cupo, sin embargo en un lacerante malestar que sacudió o adormeció las conciencias. Inevitablemente, todos se preguntaron alguna vez si, de haber hecho tal o cual gesto, de haber pronunciado tales o cuales palabras, Antonieta hubiera elegido vivir. Cada quien se formuló la respuesta de acuerdo con sus creencias personales y con el beneficio del vano planteamiento de la pregunta.

Unos años después, Vasconcelos conjeturó una posible respuesta en un artículo titulado "El amargado", donde habla de las pasiones, esas fiebres infecciosas cuyos microbios desgastan el alma. Sin nombrarla, la evoca:

> Una pasión recuerdo a menudo porque estuvo dentro de mí, como ajusta en sus círculos la esfera. Pero flaqueó su voluntad en el instante en que la ruta se nos mostró tal cual era, larga y áspera. Temerosa, quizá, de claudicar, y no permitiéndole su noble índole ninguna deslealtad, prefirió adelantarse hacia el refugio de la muerte. Su pérdida me dejó desgarrado, pero no amargado. El Señor, sin duda, la recibió misericordioso. No es el hombre juez del hombre. El misterio nos envuelve a todos y el destino es para algunos benigno, para otros terrible. ¿Quién osaría condenar, salvo lo que es bajo y desleal?

Hacia el final de su vida, al redactar sus memorias, Vasconcelos matizó el desgarramiento con la extraña ufanía del amante que acepta, resignado y halagado, el sacrificio de la persona amada. En su mitología personal, la estorbosa y carnal Antonieta se convirtió en la heroica "Valeria", símbolo de la patria derrotada. Poco antes de morir, revivió una vez más a su Valeria en una excursión imaginaria al Purgatorio que describió en su último libro, *La Flama.* En la delirante escena, Vasconcelos ensaya distintas respuestas, poniéndolas en boca de la suicida: "A la vida se le ponen condiciones, de lo contrario lleva a perder la dignidad. No envidio a mis paisanos y lo que tienen que soportar en injurias y humillaciones para seguir arrastrando una existencia vil"; "pero no tenía madera de Santa, sólo vocación de rebelde"; "prófuga de mi propio destino, eso soy yo, eso es un suicida." Vasconcelos transformó así a Antonieta en el recordatorio perenne de su propia derrota. Pero el fanatismo religioso que se alió a su radical conservadurismo en los últimos años de su vida llevó a Vasconcelos a cerrar el episodio con la certidumbre de la salvación de Antonieta. "Su anhelo que tantas veces se equivocó en el mundo, empezó a deletrear un propósito final: ¡aprender el cantar que otorga sitio y participación en los Coros de la acción infinita! [...] Así quedó Valeria, fuera del tiempo, adiestrándose para penetrar en los estadios de las venturas celestes."

Manuel Rodríguez Lozano se habrá planteado esta pregunta: ¿por qué no llegué unos días antes a París? En efecto, se había embarcado para Europa la víspera del suicidio de Antonieta. La última carta que ella le mandó, fechada el 23 de enero de 1931 en Burdeos, viajó largo tiempo entre Francia y México, y luego entre México y España, donde lo alcanzó cuando ya toda respuesta era inútil. El pintor se encerró en un mutismo que en vano trataron de violentar los periodistas que, alguna vez, quisieron interrogarlo acerca de Antonieta. Sería imposible discernir la parte de culpa y de desinterés que concurrieron para sellar su silencio. La memoria que le dedicó se redujo a un atado de cartas y unas cuantas fotografías que conservó secretamente hasta su propia muerte.

La ley que impuso la familia Rivas Mercado sobre la muerte de Antonieta fue, durante mucho tiempo, la del silencio. En vano trataron de detener la publicación de la noticia del suicidio en los periódicos mexicanos. Pani mandó recoger a Donald Antonio a Burdeos, lo trajo a París y lo instaló unos días con la familia Martínez del Campo, en su residencia de la calle de la Faisanderie, antes de mandarlo hacia los Estados Unidos, donde lo recibió Blair. Su padre lo depositó después en Chicago al cuidado de su hermana Grace, que dio al niño el hogar que sus padres no le habían podido ofrecer. Con el tiempo, se convertiría en un próspero hombre de negocios y regresaría a vivir a México. El tiempo también fue atenuando el dolor que le causó saber, tardíamente, las condiciones reales en que murió su madre.

A los que sólo pudimos establecer una relación vicaria con Antonieta a través de sus escritos y, sobre todo, de su leyenda atribulada, su muerte puede parecernos, alternativamente, un enigma y un estropicio. Como el disparo que la causó, viajamos de la indignación a la piedad, buscando, sin mayor fortuna que ella cuando intentó encontrar una razón para perseverar, las explicaciones y los posibles culpables de su suicidio. Y nos quedamos pasmados ante el misterio de una vida sobre la que el fin no arroja mayor luminosidad, y de una muerte que la ensombrece inútilmente.

Poco después del suceso, se publicó en la sección "Puntos de vista" del periódico *Excélsior* una nota de un señor Leonardo Pargazal que, de niño, había sido vecino de la casa de Héroes. Evoca el jardín encantado y a la niña que jugaba en él, fresca e irresponsable como en todo paraíso. Luego confiesa que la había perdido de vista y que la noticia de su muerte lo condujo a pensar en que "del jardín encantado a la desesperación y a la muerte, pasaron, apenas, tres lustros".

La *existencia errabunda* de la que Antonieta hablaba refiriéndose a su destino, terminó por fin, en 1936, cuando caducó la concesión de su tumba y sus restos fueron trasladados a la fosa común.

AGRADECIMIENTOS

Quiero hacer constar mi deuda con todas las personas que me concedieron una o varias entrevistas. En su mayoría, fueron largas horas de conversaciones, a través de las cuales no era solamente la vida de Antonieta la que se recreaba, sino también la de otros personajes, otras épocas, que, desgraciadamente, tuvieron que quedar fuera de este libro. Mi memoria las conserva, al mismo título que ciertas experiencias entrañables de la vida.

Debo agradecer muy especialmente a la señora Katheryn Blair, quien, en San Miguel de Allende, me abrió generosamente las puertas de su casa y los cajones de sus archiveros. Tuve la suerte de poder compartir su obsesión por el personaje de Antonieta, al que ha dedicado muchos años de investigación y de reflexión. Sin su ayuda, muchas etapas de la vida de su suegra hubieran quedado incompletas u oscuras.

Los descendientes de la familia Rivas Mercado —Vértiz, Gargollo, Goethers, Blair— tuvieron hacia mí una actitud abierta y cordial. Más de una vez, les hice remover recuerdos dolorosos, papeles y fotografías cuya existencia, en unos casos, ignoraban o habían olvidado. Confío en que nunca confundieron mi tenaz insistencia con una forma de impertinencia.

A mis otros informantes, directos e indirectos, les estoy agradecida por el esfuerzo y el tiempo que me dedicaron. Entre ellos, quiero mencionar de manera particular a Andrés Henestrosa y a Alejandro Gómez Arias quienes, invariablemente, me regocijaron con sus relatos vívidos y excelentemente narrados.

Antes de dejar constancia de todos mis informantes, en una formal relación de las entrevistas que realicé, quiero agradecer a Anna Margules por su colaboración en mis pesquisas sobre la Orquesta Sinfónica Mexicana; a Christopher Maurer que, generosamente, me dio a conocer una carta de Antonieta dirigida a Federico García Lorca; a Ninfa Santos por haber encontrado, casi por milagro, en su biblioteca un libro de

Marie Bashkirtseff que había pertenecido a Antonieta y estaba anotado de su puño y letra; a Magnolia Kubli, del Instituto de Investigaciones Filológicas, por la transcripción del manuscrito en un sistema computarizado.

ENTREVISTAS REALIZADAS:

Jorge Vértiz, 23 de marzo, 5 y 12 de abril de 1988, ciudad de México.

Carolina Amor de Fournier, 5 de mayo de 1988, ciudad de México.

Viviane Blair, 6 de mayo de 1988, ciudad de México.

María Asúnsolo, 14 de mayo de 1988, ciudad de México.

Leonor de Rojas Rosillo, 15 de mayo de 1988, Cuernavaca.

Clementina Otero, 27 de mayo de 1988, ciudad de México.

Carmen Marín de Barreda, 28 de mayo de 1988, ciudad de México.

Andrés Henestrosa, 27 de mayo, 16 de julio, 5 de agosto de 1988, ciudad de México.

Alejandro Gómez Arias, 11 de julio y 30 de julio de 1988, ciudad de México.

Antonio Armendáriz, 27 de julio de 1988, ciudad de México.

Vicente Magdaleno, 16 de agosto de 1988, ciudad de México.

Katheryn Blair, 2, 3 y 4 de noviembre de 1988, San Miguel de Allende; 29 de agosto de 1989, ciudad de México.

José Gargollo, 28 de noviembre de 1988, ciudad de México.

Lucha Ruhle de Rivas Mercado, 30 de noviembre y 9 de diciembre de 1988, ciudad de México.

Nefero, 15 de enero de 1989, ciudad de México, 19 de enero de 1989, Cuernavaca.

Mario Pani, 20 de enero de 1989, ciudad de México.

Carlos Monsiváis, 21 de enero de 1989, ciudad de México.

Ermilo Rojas, 31 de enero de 1989, ciudad de México.

Marilyn Goethers, 7 de febrero de 1989, ciudad de México.

Isidoro Arreola, 8 de febrero de 1989, ciudad de México.

BIBLIOHEMEROGRAFÍA

"Qué opinan los fomentadores del Teatro de Ulises de la crítica que les han hecho", *El Universal*, 30 de mayo de 1928.

"Cincuenta años de la muerte de Antonieta Rivas Mercado", *Sábado*, número 173, 28 de febrero de 1981.

"El teatro de Ulises en el Fábregas", *El Universal*, 5 de mayo de 1928.

Alessio Robles, Miguel, *Mi generación y mi época*, México, 1949, Editorial Stylo.

Alessio Robles, Vito, *Mis andanzas con nuestro Ulises*, México, 1938, Editorial Botas.

Andreyev, Leónidas, *Sachka Yegulev*, Santiago de Chile, 1934, Editorial Cultura.

Bashkirtseff, Marie, *Lettres*, París, 1922, Eugène Fasquelle, editor.

Blanco, José Joaquín, *Se llamaba Vasconcelos*, México, 1977, Fondo de Cultura Económica.

Bustillo Oro, Juan, *Vientos de los veinte*, México, 1973, Sep-Setentas.

Charles-Roux, Edmonde, *L'irrégulière, ou non itinéraire Chanel*, París, 1974, Grasset.

Dalevuelta, Jacobo, "El teatro de Ulises", *El Universal Ilustrado*, 12 de enero de 1928.

El joven Telémaco, "*Ligados* de Eugène O'Neil en el Teatro de Ulises", *El Universal Ilustrado*, 16 de febrero de 1928.

El joven Telémaco, "El Peregrino y Orfeo en el Teatro de Ulises", *El Universal Ilustrado*, 29 de marzo de 1928.

Epistolario selecto de Carlos Chávez. Selección, introducción, notas y bibliografía de Gloria Carmona, México, 1989, Fondo de Cultura Económica.

Forma (1926-1928), México, 1982, ed. facsimilar del Fondo de Cultura Económica.

Fuentes Ibarra, Guillermina, "Un momento en la cultura nacional, historia del Teatro de Ulises", México, 1986, tesis de licenciatura en historia, Facultad de Filosofía y Letras, UNAM, inédita.

García Lorca, Federico, *Escribe a su familia desde Nueva York y La Habana* (1929-1930), Madrid, 1986, edición de Christopher Maurer, Ministerio de Cultura.

Gide, André, *Romans, récits et soties, Oeuvres lyriques*, París, 1958, Gallimard, Bibliothèque de la Pléiade.

Hölderlin, *Empédocles y escritos sobre la locura*, Barcelona, 1974, traducción de Felieu Formosa, Editorial Labor.

Icaza, Alfonso de, *Así era aquello, sesenta años de vida metropolitana*, México, 1957, Editorial Botas.

Júbilo, "Qué opina usted del Teatro de Ulises", *El Universal Ilustrado*, 7 de junio de 1928.

Krauze, Enrique, *Caudillos culturales en la Revolución mexicana*, México, 1976, Siglo XXI Editores.

Lange, Monique, *Cocteau, prince sans royaume*, París, 1989, J. C. Lattès.

Las escuelas de pintura al aire libre, monografía, México, 1926, Editorial Cvltvra.

Magaña-Esquivel, Antonio, *Salvador Novo*, México, 1971, Empresas Editoriales, S. A.

Magaña-Esquivel, Antonio, *Teatro mexicano del siglo xx*, II, México, 1956, Fondo de Cultura Económica.

Magdaleno, Mauricio, *Las palabras perdidas*, México, 1956, Fondo de Cultura Económica.

Mañón, Manuel, *Historia del Teatro Principal de México*, 1932, Editorial Cvltvra.

Manrique, Jorge Alberto, Teresa del Conde, *Una mujer en el arte mexicano*, memorias de Inés Amor, México, 1987, UNAM.

Margueritte, Victor, *La garçonne*, París, 1922, Flammarion.

Maria y Campos, Armando de, *El teatro de género chico en la revolución mexicana*, México, 1956, Instituto Nacional de Estudios Históricos de la Revolución Mexicana.

Morand, Paul, *El aire de Chanel*, Barcelona, 1989, traducción de Ana Torrent, Tusquets Editores.

Nietzsche, Federico, *Humano, demasiado humano*, Traducción de Pedro González-Blanco, Valencia, 1909, F. Sempere y Compañía Editores.

Novo, Salvador, *La vida en México en el periodo presidencial de Lázaro Cárdenas*, México, 1964, Empresas Editoriales, S. A.

———, *La vida en México en el periodo presidencial de Miguel Alemán*, México, 1967, Empresas Editoriales, S. A.

———, *Toda la prosa*, México, 1964, Empresas Editoriales, S. A.

Novo, Salvador, "Punto final", *El Universal Ilustrado*, 14 de junio de 1928.

———, "Como se fundó y qué significa el Teatro de Ulises", *El Universal Ilustrado*, 17 de mayo de 1928.

Olavarría y Ferrari, Enrique de, *Reseña histórica del teatro en México*, México, 1961, Porrúa.

Pani, Arturo, *Ayer...*, México, 1954, Editorial Stylo.

Reyes, Alfonso, *Diario* (1911-1930), Guanajuato, 1969, Universidad de Guanajuato.

Rivas Mercado, Alicia, "Diario", inédito.

Rivas Mercado, Amelia, "Diario", inédito.

Rivas Mercado, Antonieta, *87 cartas de amor y otros papeles*, México, 1981, 2ª ed. de Isaac Rojas Rosillo, Universidad Veracruzana.

Rodríguez Lozano, Manuel, *Pensamiento y pintura*, México, 1960, UNAM.

Schneider, Luis Mario, *Obras completas de María Antonieta Rivas Mercado*, México, 1981, Ediciones Oasis, 1987, Lecturas Mexicanas.

Sheridan, Guillermo, *Los contemporáneos ayer*, México, 1985, Fondo de Cultura Económica.

Skirius, John, *José Vasconcelos y la cruzada de 1929*, México, 1978, Siglo XXI Editores.

Taracena, Alfonso, *La verdadera Revolución mexicana*, Décimacuarta etapa (1928-1929), México, 1964, Juan Pablos, S. A.

———, Decimaquinta etapa (1929-1930), La epopeya vasconcelista, México 1964, Editorial Jus, S. A.

———, *Viajando con Vasconcelos*, México, 1938, Editorial Botas.

Taracena, Berta, *Rodríguez Lozano*, México, 1971, UNAM.

Tovar, Juan, *El destierro*, México, 1981 Universidad Autónoma Metropolitana.

Usigli, Rodolfo, *México en el teatro*, México, 1932, Imprenta Mundial.

Valéry, Paul, *Escritos sobre Leonardo da Vinci*, Madrid, 1987, traducción de Encarna Castejón y Rafael Conte, Visor.

Vasconcelos, José, *La flama, Los de arriba en la Revolución. Historia y tragedia*, México, 1959, Compañía Editorial Continental, S. A.

———, *Memorias*, I y II, México, 1982, Fondo de Cultura Económica.

Vasconcelos, José, *Páginas escogidas,* México, 1940, selección y prólogo de Antonio Castro Leal, Editorial Botas.
Villaurrutia, Xavier, *Obras,* México, 1974, Fondo de Cultura Económica.
Yáñez, Agustín, *La creación,* México, 1959, Fondo de Cultura Económica.

ÍNDICE

Este libro se terminó de imprimir y encuadernar en el mes de marzo de 1992 en los talleres de Encuadernación Progreso, S. A. de C. V., Calz. de San Lorenzo, 202; 09830 México, D. F. Se tiraron 6 000 ejemplares.